試みの岸

ogawa kunio
小川国夫

講談社文芸文庫

目次

試みの岸

試みの岸

栃木県の牧場から、益三郎は三頭の四歳馬を連れて来た。二頭は沼津と江尻で売って、家まで曳いて来たのは一頭だった。その日は夕方まで家の大戸につないであった。十吉は軒の土止めの石に腰掛けて、半日近く眺めていた。細身の鹿毛《かげ》だったが、脚が太く、蹄は並みはずれて大きかった。十吉が竜の鬚の実を摘んで、胸へぶつけると、筋肉を顫わせて躍《は》ねのけた。実が触れる前に、筋肉は反応するようだった。一瞬現れる充実した皺が、十吉の気に入っていた。彼はそれを、なん度見ても見倦きなかった。

牧場で飼葉を嚙み終ると、突然顎で空気をたぐる恰好をして弾みをつけ、走り出す様子が、十吉には想像出来た。今彼の眼の前に憩っている胴体を、頑丈で撓《しな》やかな脚が軽々と運んでいた。少し離れているだけで、蹄の音は聞えなかった。純粋に視覚的な夢のようだった。鮮かで、怖れの影など一カケラもなかった。

夕方になると、十吉は馬を家の中へ入れた。一晩家において、翌朝まだ五時半ごろだったろう、大戸の柿の木の下へ曳き出した。柿の枝を透かして見ると、澄み切った空の奥に、星があるのが判った。そして、十吉の鼻先には、馬の息が親密な感じに流れていた。彼自身の息も、槙《まき》の生垣の暗がりに白く見えた。益三郎は十吉の方をしばらく見つめていて、

——十吉、落着いて寝ていられないのか。どうだ、馬と一緒に来て見るか、といった。

——骨洲《ほねす》までか、と十吉は胸を弾ませていった。

——そうさ、と益三郎はいった。

十吉は頷いた。益三郎は、

——手を擦って待っていよ、といって、飼葉をこしらえた。

彼は桶の縁で天水の氷を割り、音をさせてそれを沈めた。そして、麦糠と藁を水で掻いた。彼は冷たいのを気にしていない様子だった。馬も平気だった。ただ、盛んな食欲を、十吉に感じさせるだけだった。彼がそばへ寄ると、暖かった。十吉は体を馬にくっつけて、霜の上に動く桶を見ていた。馬は鼻で桶を追い廻すようにして、飼葉を食べた。食べ終ると、元の姿勢に戻って、しばらく不思議な程動かなかった。十吉は馬の眼の真下から、そこに夜明けの経過が映るのを見ていた。

家では台所に二燭の電燈がついていただけだったが、やがて、雨戸の隙間から流れ出た光が、馬の胴を這っていた。朝飯の支度が出来たのらしかった。納戸では、余一が泣き出した。体の芯からしぼり出すような泣声だった。

——あの赤は腸《はらばた》で泣く、と益三郎は呟いた。そして、十吉をうながして、家へ入って行った。

朝飯を済ませると、カンテラを持って、二人は出発した。寒気は弛みそうもなく、蹄の音が冴えて、かなり遠い山に、まるで別種の音のように鳴っている谺と交錯した。それが、十吉には物めずらしかった。しかし馴れて来ると、広い空間が、一致して、自分たちに調子を合せているように感じた。

やがて、朝日が大井川から光の流れになって射し込み、少しずつ拡がって行った。だが、その橙色の光も見えなくなって、道は山の青い蔭の中へ続いていた。山沿いの池は乾いて、大部分枯葦の原になっていた。真中に残っている水が、紺屋の甕《かめ》の中のように青黒く見えた。彼らが通ると、雁が被害を受けた感じに鳴いて舞い上がり、いつまでも羽音を聞かせた。影の中を飛んでいるうちに、突然光が翼に射して、燃えるように見えた。十吉には、自分たちの頭上の、光の層が判別出来た。

——今に日なたが拡がって来るでな、と彼は自分にいい聞かせた。

鳩見沢の峠を越えると、下の盆地を陽が満遍なく浸しているのが見えた。十吉の感じでは、そこは光の海だった。そして、暖まった手先が痺れる気がするのも、光の作用のように彼には思えた。

道は濡れていて、益三郎は上りの時以上に、馬に気を配っていた。短い息だけの懸声で、馬の動きを抑えた。やがてなだらかな道になり、楽になった。大井川の太い水の筋が流れ込んでいる淵があった。淵の真中まで流れは突き出ていて、たゆみなく同じ動きを繰り返していた。そこは特に明るかった。鳰《にお》が泳いでいたが、頭の黒点が水中に潜《もぐ》るのと、光の反射の中に紛れるのと、区別がつかないこともあった。

十吉は立ち止って、しばらく眺めていた。反射はもっと眩しくなって来るようだった。眼をこらしていると、かえって、なにもかも判らなくなる気がした。彼は瞬きして、足元の澱の部分を見た。そこには氷の庇があって、流れの余波に軋んでいた。ギュウギュウいう音が、岩のうつろに響いていた。遠くでせわしく瀬の音がしていたが、氷の音はそれと全く異質だった。十吉は放心していた。しかし、速足で歩き出すと、澱を見ながらなにか考えていた、と思えた。なにを考えていたのか思い浮かばなかったが、特別な考えだったような気がして、こんなことを考える人が自分以外にあるのだろうか、と思ったりした。

益三郎と馬が、鷺が模様になって降りている田圃を横切っているのが見えた。十吉は駆け出した。追いつくと、粘る唾を飲み込みながら、黙って歩いた。

——道草を喰っていて、迷っても知らんぞ、と益三郎は前を向いて足を運びながら、いった。

——一本道じゃあないか、と十吉は少し昂ぶった声でいった。

——崖から落ちたらどうする……、父さんも、だれも見ちゃあいない場所で。

——落ちて見たいわえ。

——ははは、落ちたら泣くに。泣いたぐらいじゃあ済みゃあせんぞ。

大井川の木の橋を越えて、台地へ上ると、一面の茶畑だった。最初は槙垣や木立に囲まれた家が点々としていたが、やがて、空と茶の葉だけになってしまった。十吉は、こんなに広い茶畑を見たことがなかった。頭上を駆け抜けて行く鳥も、空に融け込むまで、眼で追うことが出来た。

道は杉木立に入り、そこで台地は終りだった。益三郎がいつも、一段落ついた、と感じる地点だった。

——海だな、と十吉はいった。

——そうだ。お前も脚が強くなったの。浜まで来れたもんな、と益三郎は、馬を杉の木につなぎながらいった。馬は小刻みに蹄を動かして、乾いた土を蹴った。そして、す速く筋肉を顫わせた。夜明けからの七里の道のりは無かったかのように、新しい精力を持てあましていた。その様を見ると、十吉の膝の裏に溜った疲れも、一気に消えてしまう気がした。

益三郎は枯芝に腰を下ろして、竹の皮の包みを開き、握り飯を出した。二人はそれを食べ、水筒の蓋で、交替にお茶を飲んだ。冷いお茶がうまかった。それほど、二人の体は暖かくなっていた。

海は馬の踝《くるぶし》の高さに見えた。台地の縁に細い帯になって、二人のいる地点を取り囲んでいた。澄み切った真昼の空より、なん倍も濃く、硬く耀く別の台地のようだった。それは水というよりも、石の一種のように、十吉には思えた。

——僕は船へ乗りたい。大い《いか》舟へ乗って、長いこと海にばっかりいたいや。そういう衆だって、骨洲には大勢いるずら、と十吉がいうと、

——骨洲の舟方衆の仲間へ入れてもらうか、馬方なんかやめて、と益三郎は応えた。彼は、きせるから掌に落した火種を吸っていた。それから、煙の塊りを吐き、それが崩れて薄れて行くのを見ながら、笑っていた。

——馬方を儲けさせてくれるのは、浜の衆じゃんか、と十吉はいった。

益三郎は少し表情を崩して笑った。しかし、それでも控え目にしか笑わなかった。笑おうか笑うまいかと、迷っているようでもあった。

——父さんは舟方が嫌いなんか。浜の衆は儲けさせちゃあくれんのか、と十吉は思った。

しかし、そんな曖昧さは、小さなことだった。彼の胸では、二つの物が躍動していた。舟と馬だった。海の舟は彼のまだ知らない物だったから、想像しているに過ぎなかったが、それを彼が愛しているというより、それが彼を愛しているといえるほど、彼には、われを忘れさせるものだった。馬に夢中になる時と似ていた。そして、この二つの全く形の

違った物が、彼の中では、よく似ていた。いわば彼は、馬からの類推で、舟を想像しているようだった。で、舟は生き物として彼には感じられた。

十吉は胸を弾ませて、海へ近附いて行った。まず出会ったのは、少し傾いた広い岩だった。まわりに波のしぶきが騰《あが》り、音をたてて岩を叩いていた。そして、霧になったしぶきは、彼の目の前を、小止みなく流れていた。遠くから見た海とは違っていた。静かに展けた眺めではなく、立ち塞がって、十吉に、挑戦することを促して来る感じだった。彼の体には力が籠った。揉まれている舟が、青く、嶮しい波の谷間のような所に見える気がした。その中に自分がいて、大童《おおわらわ》になって活躍していた。海と張り合おうという十吉の気持が、一瞬、見させた場景だった。

骨洲川の縁へ出て、岸に沿って家並へ入って行くと、十吉はホッとした。海の声はまだつきまとい、あの途轍もない明るさは目に残ってはいたが、家がその光を制禦する物だということを、十吉は実感した。

塩見の家の土間にいた時には、裸の海は十吉の体の中で暴れていて、穏かな人声の間に、溢れ出そうだった。彼は海の影響が少しずつ落ち着き、眼前の雰囲気と交替して行くのを、身に感じていた。それから、一気に疲れた気がした。半ば放心して、背戸のウメモドキが揺れているのを見ていた。赤い艶やかな実がなだれていた。

塩見の親父は、益三郎と一緒に裏庭へ行って、四歳馬の奥歯を見た。彼は満足気な様子で、——益さんはそこいらの馬喰みたいじゃないな、といった。

土蔵の白壁の前に、古い馬と新しい馬は並んでいた。古い馬の骨格は逞しかったが、毛並は晒されたようで、パサパサしていた。鼻面のわきとか、後肢の附け根には血管が盛り上っていた。関節が鈍く脹れていた。二頭の馬は並んで飼葉を食べたが、古い馬の方がずっと遅かった。

益三郎は馬を残して、十吉と塩見の家を出た。家並を通り抜けて、街道だけが埃っぽく続いているあたりで、旅籠屋へ入った。壁に大皿が立ててあり、酢と酒のにおいがする家だった。身軽になった益三郎は、歩くのが楽しげだった。土間を仕切っている格子戸を開けて、台所まで行った。框《かまち》に腰をかけて、ゲートルを解き、丁寧に丸めた。それを板の間へ並べて置くと、地下足袋を脱ぎ、その上へ素足を乗せていた。十吉は益三郎に身を寄せて坐り、肩を落して、足を動かしていた。

少し傾いた日が、竈《へっつい》の上の窓に射して、干柿の影が映っていた。益三郎は外へ出て、干柿を取って来た。自分の家にいるかのようだった。十吉がそれを食べていると、表から女が入って来た。萌黄と橙色が格子になった着物を着ていた。二つの色がお互いに透けているようで、淡いが深みのある感じだった。彼女の肌と融け合ったような色だった。十吉には、そこになにかまやかしがあるように思えた。

――もう来ていたの。上ってくれればいいのに、と彼女はいった。

――ずっと元気でいたか、と益三郎はいった。

――ありがとう、……ふふふ、干柿を食べているの。悪かったわね、そんなもの食べさせて。

益三郎も干柿を食べていた。彼女は益三郎の方ばかり見ていた。それはいく分、十吉に追いやられて、彼女は益三郎に縋《すが》っているようだった。

――あなたの子供……。いい子ねえ、といった時にも、彼女は十吉の方を見なかった。

十吉は全ての未知の大人に気おくれを感じていた。大人の方が臆していると感じたのは、この時がはじめてだった。彼はそのわけを知りたい気がして、彼女を見た。彼女は、彼の視線を避けていた。そして、思い切って彼を見た。白目が青々と冴えている眼は、仲たがいした友達が、和解を求めて来る感じだった。

――種、土間へ吐いていいわ、と彼女はいった。

十吉の視線が堪え切れない様子で、彼女は益三郎を見て、

――いい子ねえ、と繰り返した。

――馬が好きで好きで……。今日も馬について来たようなもんだ。……なあ、といって、益三郎は十吉の頭へ掌を乗せた。

――時々こんなに遠くまで歩くの……、と彼女は聞いた。

十吉は頭を横に振った。

――この子は今日はじめて海を見たさ、と益三郎はいった。

彼女は、益三郎と並んで、十吉を見ていた。十吉は、彼女の顔に少女の名残りを見出した。そして、彼女の年齢が、益三郎より自分の方に近いのを感じた。

――海って面白い、と彼女は聞いた。

十吉は頷いた。

――そう、じゃあ、骨洲へたびたび来てね。

十吉が黙っていると、彼女は彼の横へ下駄を揃えて上った。彼には、彼女の体温が感じられ、甘酸っぱい体臭がかげた。

――ねえ、上って。……おこた入れるから、と彼女は障子を開けながら、いった。

――炬燵は要らない、と益三郎がいうと、

――ボクが寒いでしょうに、と彼女はいった。

益三郎は板の間へ上ろうとして、十吉を見た。それがこしらえた仕種のように、十吉には感じられた。

――塩見の家へ行ってな、俺が藤屋へ泊るからっていって来てくれ。明日は午《ひる》まではいるんて、それまでに半金揃えてほしいっていってな。それから、カンテラを忘れて来たんて、持って来てくれ。

——カンテラが要るのか、なぜだや。

十吉が聞き返したのに、益三郎は応えなかった。黙って三銭財布から出して、差し出した。十吉は口を噤んで、それを受け取った。それ以上ものをいう気はなかった。

益三郎は真剣な表情をしていた。右の耳の附け根の辺から咽にかけて、捩れた感じになり、声はしわがれて、まるで自分の胸郭の中へ発音しているようだった。顫えるのを、気にして抑えているのらしかった。表情には、暗い男らしさ——今にも傷を負いそうな敏感な様子があった。

十吉は塩見の家へ行き、益三郎の言葉を告げて、カンテラを提げて戻って来た。藤屋の台所の様子はさっきと同じだったが、彼も彼女もいなかった。十吉は益三郎のゲートルの横にカンテラを置いて、二階へ行く階段を見た。欅の階段の下は、黒い金具を打った引出しになっていた。十吉はそこを見つめていた。二階へ上って見ようと思った。しかし、はずみでためらったのがきっかけになって、果てしもなくためらって行った。そして、衝動が萎えてしまい、彼は、二階へ行くのはやめよう、と思った。彼は、不満を残したまま、街道へ出た。

十吉はまた塩見の家の土蔵のわきを通り、馬をかい間見た。それから、川に沿って海の方へ行った。川口へ来て渚を見ると、波は、来がけに見た時よりも、静かになっていた。海面には、時たま白い波頭が現れるだけだった。日が傾いたので、さっきほど輝かなかった。南の磯を囲んだ岬の影は、葡萄色に長く、沖を目がけて突き出ていた。十吉はそんな海に、なだらかになって行く呼吸を感じた。そのことが、期待を裏切られたようにも、彼には思えた。

砂丘へ彼は上って行った。そこは、堤の一部が残ったのらしかった。頂には逞しい松の木立があった。彼は砂地を這う恰好の黒松に腰かけて、また海を見ていた。

広い海面に、気紛れな道のように、いく筋か風の跡が見えた。眺めていると、移動していないようだったが、いつの間にかその模様は変った。そのうちに、渚の音を越えて、海面を擦る風の音が聞えて来た。あてどない囁きがおびただしく集まったような、気が狂いそうな、澄んだ音だった。半ば、十吉の体の中からして来るような音だった。彼は、急に驚いた様子で、砂地に跳び下りた。

丘の一端は切り立って、川に滑り込んでいた。なだれそうな砂の斜面を、松の根が喰い止めていた。水際には一艘の伝馬がつないであった。その中へ下りると、足元が揺れ、彼はしゃがんだ。最初から判っていたことだったが、草履は水垢に浸ってしまった。俯向くと自分の顔が映っていた。意外な顔だった。ひ弱い、病気の草みたいだった。

彼は杭に触り、ともづなをなぶっていたが、その輪を外《はず》した。舟底が軽く砂を擦るのが感じられた。彼は杭に摑まったが、体が伸びて行き、このままでいると水へ落ちると感じた。たとえ落ちても岸へ残りたい、と思ったが、なるようになれという誘惑も感じた。彼は杭を押して、身を起こした。舟は一度ぐらつき、ゆっくり廻りながら引潮に乗った。

十吉は胸を薄い刃物で切られたような気がした。痛みは微《かす》かなのに、とめどもなく血が流れ出る傷が出来たようだった。彼は、先行きの知れない不安と喜びを味った。

そこはもう、川とも海ともつかない所だった。厚みのある波が、粘りつく音をたてて、舳先《へさき》を持ち上げた。舟は咽を連打されているようだった。

――岸へ押し戻されて行く、と十吉は呟いたが、そうではなかった。

波は見せかけだった。水面全体が、沖へ移動していた。突堤の先端が見え、波が引くたびに密生した半透明の海藻が現れて、滴を零《こぼ》していた。それから、白っぽい浜が見え、傾いたり、廻ったりしながら、左右に拡がって行った。浜は切れ切れになって消え、松林が浮んだり沈んだりしていた。やがて、骨洲港の町外れの家々が松林の切れ目に見えた。そこは、十吉の眼をしばらく引きつけていた。益三郎と女の対話が遠くに聞えて来たが、その時の十吉には、他人ごとにしか思えなかった。

十吉は、突然直接なものとなった海に、気を奪われていた。余りに大きな驚きは、彼を放心させていた。ただ彼の眼だけが、それ自体の鋭さで見ていた。そそり立ったり、眼下に展がったりする水の斜面は、岡では想像出来ない広さだった。硬い皺がきらめいていた。その頂を、波頭が嚙んで走ることもあった。爽かな音を聞かせながら、陽光を砕いていた。また、水の斜面には、魚の連りが覗けることもあった。

湾の潮流は岸近くでは逆に廻っていた。舟はその流れに乗って、折羽《おれば》の岬の下を通って行った。十吉の右手には、崖が寒々と移動していた。松がまばらに岩にとりついていたが、枯れているものも多かった。

岩蔭で鯛を釣っていた漁師が、子供を乗せた舟が漂っているのを見つけた。十吉に向って漕ぎ寄せて来た漁師は、怒っているような硬い顔をしていた。彼は海に入り、荒い息をしながら、十吉の舟に綱と艪《ろ》を持って上って来た。そして、二艘の舟を繋いで、折羽の入江へ入って行った。

岸では、白っぽく脆い岩が光を躍ね返していた。海に蝕まれて、骨格を曝しているような土地だった。向いの岬の突端から、長々と岩礁が連らなっていて、外海と湾との境界に、しぶきの幕がはためいていた。

十吉は一株の夾竹桃を束ねるように、手綱を廻した。馬は頸を捩り、頰を水平にして、その葉と花をくわえようとしていた。大きな歯に、淡紅の花が映っていた。十吉は腕で額の汗を拭って、

——どえらく明るいぜ、と呟いた。

間近にそそり立っている砂丘を、彼は頭を傾けて見上げた。ゆったりした尾根で、刺す

ように砂が輝いているのを見た。彼には、自分の前のめりの気持が見えた気がした。醒めることが出来ない、暑い夢の中にいる気がした。しかし、そんなことはない、俺には弱気なところがある、弱気をいいことにしたら、人生ラチがあかない、と思った。

彼は砂丘の切れ目を探して、西へ歩いて行った。西だったろうか。彼は十五分ほど歩いたが、時間感覚を喪って、四、五十分は出口探しに費した気がしていた。

思ったより近くに海はあった。一番海寄りの砂丘へ来ていたのだ。なに気なくそこへ登ると、遠洲灘の渚が見えた。首をめぐらしても、見切れない長さだった。そしてお目当ての船も、案外近くにあった。横倒しになった難破船で、渚の白い紐に引っかかって、他愛なく転んでしまったようでもあった。ハルハ川の岸で燃えたソ連の戦車が、三月も四月も晒されていたのは、こんな恰好だったろうと彼は思った。

十吉は子供っぽい笑い声をたてた。爽かな風が吹いて来た。それまでの心配が、脆くも割れて、粉々になって吹き飛ぶ気がした。しかし、彼はすぐに笑い止み、眼を細めて、船のぐるりを見つめた。それを縁取っている濃い影の中に、人が四人いるのを十吉は数えた。彼は彼らを見分けるのに夢中になって、しばらく歩き出さなかった。

一人は白いワイシャツに長ズボンをはいていた。ほとんど水平になった龍骨に片手をかけて、なにか喋っているのらしかった。相手をしているのは、半袖の白シャツにカーキ色の半ズボンの男で、時々足元を見ては砂をなぶっていた。船尾の窪みにも一人いて、舵に触っていた。丸頸の半晒しのシャツにカーキ色のズボン、ゲートルを巻いていた。もう一人は舳先の蔭にしゃがんでいて、きせるで煙草をふかしていた。そして、船から少し離れて、波打際に立っていたのが福松だった。彼は十吉と同じ、馬力引の服装をしていた。手拭をかぶって、両端を口にくわえているのらしかった。箱のような肩の恰好が、十吉にはおかしかった。

人々は仲違いでもしたように、互にちぐはぐな様子だった。十吉は、これから自分もその一人にならなければならない、と感じた。

福松だけが例外だった。彼は、船の入札に加わっていなかった。で、彼が味方だということは、十吉にとって、救いになった。

十吉は、心積りした入札の価格を反芻しながら、砂丘を下りて行った。

舵の横にいた男が、十吉の来たのに気づいて、福松に声をかけた。福松は渚から振り返って、しばらくこっちを見ていてから、歩き始めた。しかし、福松はゆっくりしていて、まるで足踏みしているようだった。体を揺らしているだけみたいだった。十吉に、そんなに急がなくてもいい、といっているかのようだった。

福松の後で、船に倚り掛っている人々は、十吉を見ていなかった。十吉には彼らの無関心が不思議だった。彼は、船のまわりには緊張があるに違いないと予想して来た。しかし実際には、そんなものはないようだった。

福松は歩み寄りながら、時々脇見をした。やがて、なげやりな顔を見せた。しかし、十吉は駆け寄って行った。

——遅くなっちまって……。この浜は遠いのか近いのか判らんな。だだっ広いばかりで、目標がないんて、と彼はいった。

——暑いじゃないか、え、と福松はいった。

——待ちくたびれたろう。俺は、敵の様子をうかがいながら、そいでも、急いで来たさ、と十吉はいった。

——敵、敵か……。野郎ども女を買う話をしていたよ。……浜はええ気持だ、風があって。お前、そう気を使うことはない。

——気を使ったわけでもないが、まあ、考えたわけさ。

——考えなくたっていい。やくざな船のこんだ。約束は約束だんて、欠席されても困るけえが……。

——樺太《からふと》の人も来ているようだな。

十吉は船の影の中を見ながら、いった。ワイシャツに長ズボンの男をその人だと思っていた。

——来ているよ、ご苦労さんだな、と福松も船の方を眺めながら、いった。

二人はそっちへ、また歩き始めた。

——死んだ馬みたいで、始末におえんな、と福松は呟いた。

——大分傷《いた》んだんだろうな、と十吉は聞いた。

——四、五回岩をかすったらしいが、大したことはないらしい。まだ資《もと》は取らない、とはいっているが、そう新しい船でもない。

——昭和八年か、進水は。

——ここで見切りをつけた方が得だろうな。

——世話人は、船主は気前がいい、といっていたっけが。

——気前がいいわけでもなかろう。保険がかけてあるんだもん。ちゃんと売ろうと思って持っていれば、保険が下りないんじゃないか。払い下げちまえば、万事キッパリするらしいな。船の保険なんて、くわしいことは解らんが。

——…………。

——払い下げるっていえば、この辺にだって飛びつく野郎はいる、と考えたんだろう。

——飛びつく野郎か……。俺みたいにな。

——はははは。

——…………。

——お前、今日は手ブラか。

——ううん、馬を連れてる。砂丘の奥へつないで来た。

——早手廻しじゃあないか。

——もし落札出来たら、骨洲の港あたりへ泊り込もうかって思ってさ。

——どこまで行っても、十吉さんは馬方だな。馬方の手本だ。

——…………。

——しかしな、もう少しどうでもいい顔は出来んか。

——どうでもいい顔……。

十吉が聞き直すと、福松は笑った。

——欲しい物があったら、どうでもいいような顔をしろってことだ。……大体、お前、どうしてあの船が、それほど好きなんか。

——好きなもんか、おまんまのためだえ。

そう十吉がいうと、福松は、この男はからかっても真面目な返事をする、と思った。そして、

——お前、金を拵えたいか、と聞いた。

——拵えたい、と十吉は応えた。

——落札出来るだろう。俺がついているからな、しっかり札《ふだ》を入れろ。たとえ駄目だって、別の仕事を世話すらあ。速谷《とおだに》から折角来たんだもん、港で一月ばかり働いて行けや。

——そうさせて貰うか。

福松の話が船のことからそれると、十吉はそわそわし始め、いい加減に相槌を打った。落札出来なかった場合のことを考えるのは、気に染まなかった。

——縞馬にかぶりつくライオンだあえ、まるで、と福松がいうと、十吉は苦笑した。そして、

——あれで海へ戻れないもんかな、と船をしげしげ見ながら、いった。

——海から追い出されたわけだもんで。……お前が解体して、お前のアオが鉄工場へ運んでやればいいじゃんか。

——そうなりたいって。

——光り物も一括して買うのか、鉄工場が。

——そいつは違う。由比に東海特殊金属って店があって、いい値をつけるってさ。

——知ってる店か。

——うん。まあ、知らないこともない。もう大体の約束はついているさ。

二人は、船の蔭へ入り、福松が十吉のことを樺太の人に紹介した。労働には関係がない人らしかった。十吉は二言三言その人と話しているうちに、自分の肌合いの荒さに気づいた。

——それじゃあ、始めましょうか、と半ズボンの男がいった。

——法月《のりづき》さんにちょっと休んで貰ったらどうです。炎天の中を今着いたばっかりだか

ら、樺太の人はいった。

――休まなくてもいい、と十吉はいった。

――仕様書をもう一回見て下さい、と半ズボンの男はいった。

十吉はいわれてそれを見た。

第三北人丸、船籍大日本帝国樺太大泊《おおどまり》港、船種二級不定期貨物船、積載重量四百七十五瓲《トン》、自重量三百十八瓲、船長四十八米突《メートル》、速力八・三節《ノット》、それから、型、機関の種類などこと細かに記してあった。十吉が、この半月程の間に、興味を持ちはじめたことだった。特に彼が繰り返し眺めたのは、図面だった。そこには上面図と縦断の側面図、それと小型の起重機の図が描かれていた。

十吉は紙を開いたまま、少し船から離れて、図と実物を見較べた。大きな船艙の部分を、後部の機関が押し出して行く構造を、もう一度彼は確かめた。船体が大きく見えた。彼にのしかかるようで、自分がそれを買って、解体から運搬まで取りしきり、しかも儲けを上げるということが、身分不相応な気がした。しかし一方、今更のことながら、胸が弾んだ。

――始めましょう、と半ズボンの男がいった。

十吉は、古鉄屋で聞いた鉄の相場と、それが弱含みだという忠告、非鉄金属の相場表の数字の列を、おおよそ思い浮かべた。それに解体の人足の人数、運搬の距離をつけ足して考えた。全てが、水に映った風景のように、揺れ始めそうだった。しかし彼は、一度定めたことを動かしてはならない、と自分にいい聞かせた。

——おう、うまくやってな。書き変えるんなら今のうちだぜん、と福松がいった。

——書き変えやあしない。

——そうだ。のぼせずに、楽にいくさ。

福松の同じような囁きを、十吉はいく度か聞いたことがあった。一昨年のことだ。十吉は満洲で、福松と知り合った。同じ隊にいて、要領のいい一等兵だった。十吉は彼の振舞いを羨んだものだ。十吉がいくらまねしようと考えても、その場へ行くと、彼のようには出来なかった。

——おい、まじめ過ぎちゃあ馬鹿見るぞ、と福松が囁いた。

その口調も福松そのものだった。

——お前は不器用で、なんでもかんでも物騒なことにしちまうな。のぼせて、全体の値打ちが測れないようになっちまうら。北人丸を落札するためには、損をしたっていいなんて思ってやしないかえ、という福松の声が、十吉には聞えた気がした。

——俺は、考え過ぎてやしないぜん、と十吉はいった。

——事がまとまらなきゃあ、まとまらなくていいさ、と福松は笑っていた。

十吉は腹懸から、北日本海上輸送と会社の名前が入った見積書を出して、さっきは宙に見た数字を、項目ごとに念を押した。それから目を瞑って、それ以外のことの計算にかかった。彼は数には強い方だった。船から松林までは簡単に板を敷いて道をつける、海が荒れて作業不能の日、焼津までと由比までの距離、そんなことを考えに入れた。そして十吉の強味は、焼津にとくいが十以上あって、戻りの空車を避けられることだった。由比でも、そういう手配は、或る程度可能だった。

成算がないとはいえなかった。十吉は平静になって、こうとしか考えようはない、と思った。頭の中で払下値段の千八百六十円に到達して、目を見積書に落とすと、そこには千八百六十円と書き込んであった。彼は汗を拭いて、微笑した。

入札は一回で十吉に決った。結果が出るとすぐに、十吉は舵の横へ行って、しばらく動かないで沖を見ていた。海に新しい見通しを描いていた。今感じている充実した明るさが、まだ残っている金銭の工面や、それに続く労働の中に失われることも、彼は考えないではなかった。しかし、これからは、気持の張りが苦労の中を、撓やかな骨みたいに貫いているだろう、と彼は感じていた。

彼は、自分を覆っている船の影に眼を落とした。それは不様に、大きな顔を砂地にこすりつけている恰好だった。だがそれは獲物——鯨のような物だった。彼の意欲に応えようと、身を投げ出していた。

——今夜は俺んとこで騒ごうじゃん、という福松の声が、十吉の耳には直接響かなかった。

それでも、十吉はガラスの部屋から出て行く気持で、福松に調子を合わせた。十吉は微笑して、

——船の中を見すか、といい、二人は船へ入って行った。

晴れ上った日だった。前日、島田では雷が鳴り、たて続けに夕立ちがあったが、その時海も荒れたのだろう、第三北人丸の船首では砂がえぐれ、船尾は砂に埋まっていた。船には大きなホンダワラが絡まっていた。まだ濁っている磯には、魚が来ているらしく、鷗が群がっていた。鼓膜にまといつくような声で、しきりに鳴いていた。

——ちょっと黙っていられないのか。黙らせてやろうか、と十吉はいった。

それは、満洲へ引っぱられる前に十吉が附き合っていた不良仲間のセリフだった。彼はもう足を洗っていたが、いくつかの言葉が口癖になって残っていた。

十吉は一羽の鷗が船橋をかすめて滑走しているのを見た。容赦しない嘴と眼が見えた。空の青の中に、その表情は酷薄に突き出ていて、彼を冷っとさせた。

——だれも彼もこの調子だ。もう俺は受身にはならんぞ。お前らみたいに俺もやってやらあ、と彼はいった。

そして、同じ鷗が海に弧を描いて戻って来て、また船の上へ差しかかるのを見て、——船はお前にくれてやらあ、といった。

彼はもう船を見たくなかった。それに背を向けて、砂丘めがけて歩いた。すぐに塩気を含んだ湿気は感じられなくなり、汗が流れてきた。眉にこびりついた滴に、虹が見え、その向うで、砂丘が陽炎にゆらいでいた。

十吉は捨鉢に肩を振りながら、砂丘の中に紛れ込んだ。白い、丸っこい大波の間を長いこと歩いていた。彼はそこから出られない気がした。迷っているのか、出る意志がないのか、自分にも解らなかった。喉が渇くのを彼は怺《こら》えた。怺え続けていれば、船のことを考えてしまうことはないだろう、と思った。人心地がつくのが怖い気がした。

しかし、彼が横切ろうとした砂丘の谷間に、いきなり馬の姿が見えた。彼は意外に馬の近くにいたのだった。アオは熱し切った空気の中に嵌めこまれたみたいだった。夾竹桃の影も、背の一個所にちらばっているだけだった。それを見てしまうと、十吉は自分を誤魔化していられなくなった。眉にこびりついた汗の虹の下にアオを見ながら、彼はのろのろと歩いた。そして、荷車に縛ってある水筒の紐を解いて、喇叭飲みした。われに返って行くにつれて、樺太の人の利にさとい表情と仕種が見え、支払った金が戻ることはあり得ないと感じた。

血走ってはいたが、優しい十吉の眼は、しばらくアオを見ていた。その様子はなにか判断に迷っているようでもあり、ただ馬をいつくしんでいるようでもあった。

十吉はバケツを持って、かなり離れた小川に水を汲みに行った。いつもの仕事の気分に戻りたかったが、到底無理だった。しかし、飼葉をととのえ、馬の食べっ振りを眺めているうちに、普段の気持が思い出せそうな気がした。それだけのことが、その日の彼には慰めだった。

アオは骨の音をさせて、顎を擂り合わせていた。アオには、十吉の味った失望は染みていなかった。厖大な量の熱い砂に囲まれていたのを、ものともしない、みずみずしく、働き盛りの馬が、そこにはいた。彼は、胸の中が少しずつ和んで来るのを感じた。

彼の視線は、アオに縋るようなところがあった。

——馬を手放しちまったら仕舞いだ。お前だけは売らんからな、十吉は呟いた。

しかし、彼の胸に新しい意欲が湧くというのでもなかった。さんざん泣いたあとに似た、心が空になった状態だった。こだわりが引潮に乗って、自分から出て行った感じだったが、それは近くをうろついていて、潮が差す時には倍に脹らんで戻って来るに決っていた。借金は長い間頑強に残る、俺は、まあ、苦しまぎれにいろいろ狂うわけさ、と彼は思った。そして、

——一そ麻薬をのんで、馬に引きずられて歩くか、と呟きながら、夾竹桃から手綱をほどいて、アオを松林へ引いて行った。

体を、蟬の声が通り抜けているようだった。彼は砂の冷い所を探して、そこで眠った。彼は夢の中の夜明けに、もう一人の自分が軽便の汽車に乗って過ぎるのを眺めていた。海沿いの崖で、汽車は次々とトンネルへ入った。そして彼の分身が見えなくなると、その都度、彼は一人で放り出された気がして、あてどのない気持になった。しかし、汽車がトンネルから出て、窓の中に分身が見えたからといって、彼は安心するわけではなかった。分身は自由を奪われて、どこかへ運ばれているのらしかった。重苦しくはっきりしないその顔を、彼はただ眺めるだけで、働きかけることは出来なかった。相手の眼も彼の方を見つめていた。彼を救おうとして、出来ないでいる様子だった。なぜ相手が声を掛けないのか解らなかった。自分が先に声を出さないわけも、彼自身に解らなかった。ただ、相手が声を掛ければ、自分も呼応するのに……、と思い込んでいた。そして、相手の呼びかけを待っているうちに、汽車はトンネルに入ってしまうのだ。しかし、姿が消える直前、相手はちょっと表情を動かすようだった。そのことが合図のように思え、残された彼は更に期待を募らせたが、次にトンネルから出て来ると、また相手はなにもいわなかった。こうして満たされない期待と、徹底しない失望が、果てしもなく繰り返された。

——なぜそんなふうにするのかえ。なぜこんなふうになった。なぜだ、なぜだ、と彼は呟いた。

いつ変ったのだろう。変った、ということではないのかも知れない。彼は汽車の中にいて、線路端に立っている分身を眺めていた。トンネルを出るたびに、分身は光の中にいた、なん回も先廻りして待っているかのようだった。或は、活動写真のフィルムを映写るのではなくて、一齣一齣を眺めて行くように、分身は繰り返し現れた。

トンネルの中で、行手が明るくなって来ると、十吉は、相手がいればいいがな、と思ったが、期待という程ではなかった。分身を見るのが習慣になってしまって、見えないと物足りないといった気持だった。そんな平坦な気持でいたが、突然、胸騒ぎがした。分身が死ぬのではないか、と思えた。すると、窓からの眺めが一変したように思えた。実際に変ったのか、その意味附けが変ったのか、彼にははっきりしなかった。

以前から、トンネルの入口の様子は、その都度嶮しかったが、彼はぼんやり眺めていただけだった。だが、その時から、それは対照をきわ立たせて、彼に見ることを強制する感じになった。彼は克明に見た。絶壁に白い波が、垂直に這い上っている所もあった。小さな浜に驟雨が降り注いでいる所もあった。そこに二本たるんだ電線がかかっていて、触れ合って、青白くショートしていた。また、渚に近い岩の島に、鋳物工場があって、奥に熔けた鋳物が流れているのが見えた時があった。それらの視界のどこかに、彼の分身が、冴えない顔色をして、立っていた。分身がなぜ危険かは、具体的には解らなかったが、彼には切迫したことだった。

彼の感じた危険は、見ないで済んだ悪夢のように、どこかに潜んだきりになった。で、彼は最後の坦々としたコースを、まだつきまとって来る黒い影を忘れようとしながら走った。その間はトンネルはなかったようだ。景色もおぼえていない。窓の外は全然見ていなかったのかも知れない。そこで、分身を見た覚えもないのだ。

或る境界を通り、やがて汽車は人気のない駅に止った。彼の座席はホームの無い側だった。明るい日射しの中に馬力が止っていた。黒い馬が荷車から離れていて、汽車の行く方角を向いていた。分身は、叢の中に建っている土蔵の軒にいた。どこというのでもないが、もう危険は去っているのが解った。彼は安心して、馬を見ていた。

——アオ、どこを通ってここへ来た。よう漕ぎつけたっけな。俺は線路ばっかりだと思ったら、街道も通じていたんか、と彼は笑いながらいった。

そこは眺め廻しただけでは、島としか思えないような場所だった。海が四囲に迫っているのが、気配で判った。しかし、島の筈はない。毘の恰好の岬なんだろう、などと彼は思った。そして、

——静かだなあ。結局、あいつはここへ来たかったわけか。途中でくたばらなくてよかったっけ、と自分のことは棚に上げて、呟いた。

十吉が自分の声で眼を醒ますと、夕焼が見えた。砂丘は松の向うで薔薇色に染まっていた。そして、同じ色の光が松林に流れ込んで、大柄の縞になっていた。彼はまだ夢の中にいるのか、と疑った。アオの姿が見えなかったからだ。林の中はほとんど隈なく見透すこ

とが出来たが、彼は目を凝らした。しかし、アオは見えて来なかった。ただ荷車だけが、元の場所にあった。彼は起き上って、そこへ行った。バケツや飼葉桶、それに、水筒、麦糠の入った南京袋、押し切り、束ねた藁、それらを確かめると、彼は一気に現実の世界に戻った。そして、索然とした気持になった。十吉は、どうしようもなく、夢と現実の挟み打ちに遭っているようだった。

——いい具合に行っている奴らは、楽しい夢を見るさ、と彼は呟いた。そして、

——アオの野郎どこへ行ったのか、といぶかった。

彼は眠る前に、馬を松の幹へ繋いだ。綱を縛ったことは確かだった。しかし、どう縛ったかは思い出せなかった。ただ、出先でこんな具合に眠ったことはその日が始めてではなかったが、たとえ睡い時でも、彼は綱が解けるような縛り方をしたことはなかった。彼は蹄の跡を見て、アオがいた場所を確かめた。そこから、逃げた方向へ辿ろうと思った。だが、砂が乾き過ぎていて、蹄の跡は曖昧な窪みになってしまい、ここへ到着した時の轍や同形の窪みと混り合っていた。

それに少し暗かった。彼は手前の砂丘へ登って見たが、大したことは判らなかった。水を飲みに行ったのかも知れない、と思って、松林の外れの小川まで行って、また引返して来た。思いつくままに、松林の中をあちこち探して見たが、無駄だった。砂丘の谷間を歩いているうちに、周囲の反射が消えて、そこは閉鎖的な雰囲気に包まれた。もう、気まぐ

れな砂のうねりは感じられなかった。空も砂も余分な光を吸収してしまって、いわば、お互に本来の領分を決めたという感じだった。砂の上に跡があれば、この時刻には、むしろくっきり見えそうだった。

彼は松林へ戻った。蟬の声は沈み込む調子に変っていた。そして、彼が小川のほとりまで行くと、蟬がギギッと鳴きながら、乾いた翅で二の腕を叩いて、水に落ちた。彼は夜の始まりを感じた。

十吉は当てずっぽうに、小川に沿って上流へ歩いた。雑草の生い繁った作道で、足元はもう闇に浸っていた。彼は田圃の区画の榛《はん》の並木を見上げて、道を推しはかり、足を踏み出した。榛の列は、透き通る暗さの中に葉の輪郭をきわ立たせて、続いていた。行手が低いと彼は感じたが、錯覚ではなかった。彼は、地下足袋が濡れて来たのを感じた。三日前の嵐で、川から溢れた水が、道にかぶっていた。彼はそこに踏み込んで行き、時々松林の中を透かして見た。蔦や藪枯しが高くまでまといついているらしかった。その中に馬の胴震いを感じた気がして、彼はしばらく凝視しながら、馬を宥める声を掛け続けた。しかし声を止めると、衰えた蟬の声にからんで、蚊の翅音が湧き上っただけだった。

十吉には、自分は馬の習性を忘れてしまったとも、もともと知らなかったとも思えて来た。判断らしいものは働かなかった。闇に包まれた最初の土地を、あてどもなく歩いていた。アオは気紛れに歩いているわけじゃあない。あいつには本能もあるし、癖もある。普段ならこんなにまごつくだろうか。俺は勘を失くした馬方だ。暗闇か……。夜でなくたって俺には方向が決められないだろう、と彼は真顔になって、心に呟いた。

水はかなり深くなって、足頸に絡った。それから、急に硬い地面があって、広い道へ出た。その道は十吉の前後に、白っぽい絵具を掃いたように浮かび上っていた。彼は更に一段高い木の橋の上にいて、どんな物音も逃さずに聞こうと思っていた。松林から、思い出したように蟬の声がした。遠い台地の木立では、まだ鳴き続けていた。それは、彼の耳の中を埋めていて、いきなり、兇暴な苛立ちを呼び起こしそうだった。彼は気を鎮めようと、大きな息をした。

榛の列のはずれに、泰山木が紛れ込んでいて、爽かな花の匂いがしていた。そして、無意識に馬の臭いを予想していた彼を、はぐらかした。彼は、浜へ行って見ようか、と思った。当てがある筈はなかったが、砂の白い視界なら、事は明瞭だという、根拠のない、馬鹿げた希望が十吉を促したのだ。

やがて、道は道ともいえなくなって、砂丘を拓《わ》けつつ上っていた。切り通しがあって空が大きな船の形に落ち込んでいた。向うは砂の崖らしかった。アオが斜に上って来た。十吉は、その石炭のように黒い姿が、心の空白に過不足なく嵌ったと感じた。彼は砂丘の斜面によりかかって、近づいて来るのを待った。福松が乗っているのが判ると、十吉は肩を落として、ズボンのポケットに両手を入れた。苦笑しながら、馬とその影が、揺れながら

移動するのを見ていた。そして、眼の前を通り過ぎようとすると、

——福兄《にい》、と砂に倚り掛ったままで、いった。

——十さんか。どうした、丸太みたいにそんなとこへ寝ていて……、と福松は、歯を見せて笑った。

十吉は、従順な横顔をこっちへ向けているアオに、眼を注いでいた。そして、急に、福松が焼津の競馬で騎手をしていたという話を思い出した。

——下りろ。この馬はお前の玩具じゃあないんて。

——悪いっけなあ。松林へ行って見たら、お前が子供みたいな顔をして眠っているもんで、起こすよりか、その間、馬を借りて遊ばっかって思ってさ。……いい馬だ。

——これから、俺は帰るんだ。

——速谷へか……。

——他に帰るとこはないんてな。

——どうしたんか。

——………。

——おい。

福松が十吉をよく見ようとすると、馬が動いた。福松は少しあとずさってから、十吉を見つめた。砂の斜面へ立てかけた棒のような、彼の姿勢はそのままだった。

——どうしたんか、と福松は聞いた。

十吉は応えなかった。福松は器用にアオから滑り下りて、十吉の方へ歩いた。しかし十吉は、相手を見ていなかった。棺桶の中に寝かされてでもいるようだった。体と直角な視線は、正面の砂丘の稜線をかすめて、空へ向っていた。そこには寄生する黴《かび》の感じに星や星屑が散らばっていた。十吉は始末におえない銅像のようなものになって、だんだん大きく、福松の視界を占めて行った。しかし、十吉は、空と向き合っているうちに、自分が急速に縮まって針で突いた穴に吸い込まれる気持だった。そこへ退いて行く彼を、見ている者がいる気がした。空全部が眼のようにも、彼には思えた。

——馬か、馬は連れて行くぞ。ひとには渡さんぞ、と十吉は唐突に、上ずった声でいった。

——悪いっけな。ふざけたことをしちまって、と福松は神妙にいった。

十吉はわれに返ったようだった。肩で砂を押して、立ち上った。そして、下を向いていた。腕を組んで、いつもの低い声でいった。

——俺は一先ず帰らあ。どうしていいのか解らん。船がまずいことになった。

——船がか。浜へ元の恰好で転がっているけえが……。

——図体だけはな。だがあれはカスだよ。

——鉄の相場が悪いんだろう。

――それもあるけえが、光り物を一つ残らず剝がれた。砲金のメタルや、銅線や銅板一切合財だ。スクリューも消えた。あいつはマンガンだろう。真鍮も鉛も、羅針儀や、ラジオまで持って行きゃあがった。……その上、馬まで消えたのかって思っちまったさ。

十吉はアオの胴を見ながら、いった。そこがじっと動かないで、視野を塞いでいるのが、彼には救いだった。そこから眼を外すと、世間があって、更に追い打ちをかけられそうな気がした。福松は、十吉の馬を見ている眼が、鬱してはいるが、意外に柔和だと思った。

――速谷へ帰るよりか、俺んとこへ泊って、ここの警察へ届けておけ、と彼はいった。

――福松さんは、なん時に仕事に出たですか、と十吉が聞くと、

――四時半に起きて、五時ごろには出て行ったかしら。いつもそうよ、と咲は応えた。

――えらいなあ。

――十吉さんはもっと寝坊なの……。

――いや、いつもは自分もそこら辺には起きますが、ゆうべ福松さん、あれだけ飲んで、よく起きられたって思うもんですすで。

――割して平気ね。あんたは船のことで打ちのめされたんで、今日は起きて来ないかも

知れん、っていってた。

十吉が苦笑していると、

——ゆうべ、お酒飲んでてもあんた口惜しそうだった、と咲はいった。

——それはいわんでおくんなさい。

彼の口調に決めつける感じがあったので、咲は眼を見張り、それから不満気な顔になった。しばらく黙ってしまった。焼玉船の音が風に運ばれて来た。表の街道を、かすれた声でやりとりしながら通る人があった。やがて、四年前中風が出たという父親が、杖をついて裏口から入って来て、上り框の前で、

——咲よ、手をかしてちょう、といった。

彼は拍子をとるように震える手を、娘の方へ差し出していた。彼女は助けに行った。彼は四つん這いになって框を上り、彼女に立たせてもらった。そして、十吉の方へ歩きながらいった。

——シケが悪いさ。シケがあ、あると、そんな気分になる。イチかバ、バチかってな。シケがあ、あると、赤いき、着物をき、着る衆が出る。昔は舟泥棒はす、簀の子巻きにされたもんだが……。

——解ったよ、父ちゃん、お客さんは、その話ならたくさんだって。

——たくさんか……。

――忘れたいもんです、と十吉はいった。

――忘れたい……。そ、そうか。

――………。

――お、お客さんに、一杯つ、つけてやれ。

咲は笑いながら十吉の方を向いて、

――飲むかしら、と聞いた。

――要りません。

――飲むさ。み、三日ばかり休んじまえ。

――結構ですよ。休んでもいられませんで。

――お客さんは飲みたかないってさ。

彼女は味噌汁と飯をよそった。十吉は伏眼になったまま、それを口へ運んだ。なにか話をしたそうに、年寄が正面から彼を見守っていた。

――そんなに見るもんじゃない、父ちゃんは、と彼女はいった。

――いいんです。そうしていておくんなさい、といって、十吉は急いで飯を掻っ込んでいた。彼は眼を上げてはいなかったが、年寄がどんな様子をしているか知っていた。緊らない顔は、水に漂っているようなのだ。十吉はそんな様子が好きだった。

――親爺さん、本当は俺はお前が好きなんだ。芯から好きさ、と彼は心に呟いたが、そうした気持が自分の陥っているひどい弱気のせいであることも、彼は感づいていた。

十吉が食べ終って、お茶を啜ると、

——お粗末さん。こんな家でもよけりゃあ三日ばかり遊んで行ってくれない、と咲はいった。

——とても、そんな長くは、と十吉は裏口を真直ぐに見ながらいった。

家の深い奥行の延長線上に、昨夜来た道が一筋遠ざかっていた。十吉には気になることだった。その眺めには冷酷な感じすらあった。

——じゃあ、今日一日気霽《きばら》しして行かない……。

——気霽しは要りません。

——なんにも要らないのね。わたしのいうことなんか聞いちゃあいられないのね。

——今っから海を眺めて来ます。

そういって彼は、二階へ着替えに行った。下りて来ると台所で、

——この藁草履を借ります、といった。

咲は流しで洗いものをしていたが、どこかから福松の下駄を持って来て、彼の足元へ揃えた。そして、

——行ってらっしゃい。十吉さんは真剣な眼で海を眺めるんでしょ、といった。

彼は骨洲の海の思い出を、まだこの家族に話してなかったことに気づいた。頭が一方的

にしか働かなくて、あれこれ話すことが出来ない感じだった。没頭している事柄についても、あまり話す気持にはなれなかったが……。

十吉は家並の裏手を歩いていた。片側は石垣で、さぼてんの影が流れていた。そこには松葉牡丹がふんだんに咲いていた。女たちが世話をしているのだろう、と十吉は思った。その花がひっそりした港町にふさわしく感じられた。もう一方の側は、陰った濠で、底に貝殻が光って散らばっていた。大きなうぐいが、所得顔《ところえがお》に泳いでいた。水は家並を抜け、避けようのない日なたへ出ていた。特に港の辺では、けたたましく輝いていた。港が閑散としているだけに、そこでは全てが裸の感じだった。

彼は、鷗の群れが飛び交っている下を、突堤へ出て行った。昨日よりいく分気持に余裕が出来たのを感じた。標燈のまわりに下りている鷗を、心を空にしてしばらく観察していた。出漁する鰹船がいきなり波をぶつけて来るまで、彼は気づかなかった。鰹船は弾みをつけて波を切って、それが抉れた海面に白く流れていた。乗組の連中は、だれも屈託がなかった。彼に呼び掛け、手を振っている若い者もいた。彼は、自分の性質には共同作業を嫌う傾きがあるのを意識した。しかし、それは、偏見で、世間知らずということに過ぎない、と思えた。漁船員たちが羨しく感じられた。

——今まで俺はろくに他人を見ていなかったのか。三日ばかり遊べ、か。成程、と彼は呟いた。

——わたしのいうことなんか聞いちゃあいられないのね、か。そうだろう、俺は聾だ。

突堤を戻り、外側の三日月形の浜へ跳び下りて、人気のない渚を、港から遠ざかって行った。嶮しい岩場にかかる手前で、彼が海中に見つけたのは、うつぼだった。お互いにまぎらわしく重っているのを、見分けると、五匹いた。砂から生えたように、頭と胸を出していた。ゆっくり脹れたり萎《しぼ》んだりしている部分を、彼は胸と見たのだ。うつぼは彼の足を、その水際に釘附けにし、その呼吸の中へ彼の呼吸を引き込んで行った。彼は長い間そこにいた。無意味な眺めにこれ程捉えられてしまう自分が不安だった。彼は自分をそこから引き剝がす気持で立ち上がって、

——俺とは関係ない。だれかの夢みたいなもんだ、と呟いた。

彼は港の方へ引返しながら、

——あんな夢まで見たかあない、と呟いた。

うつぼは、十吉にとって、顎のお化けといったふうだった。人間の頭から主な楔《くさび》を抜き取ってしまって、彼を腑抜けにしてしまう化け物がいるとすれば、うつぼに似たものに違いない、などと十吉は思った。

河岸は閑散としていて、中年の男が一人、ホースから水を出して、コンクリートのたたきを洗っているだけだった。十吉がそこを歩いていると、

——ごめんよ、と声をかけて、近くへ水を走らせて来た。扇形にひろがった水が、十吉

の足先をかすめた。

それから男は、河岸に入った犬を水で追い払い、水道の蛇口を閉めた。十吉はそこへ行って、

――水を貰ってもいいかえ、と聞いた。

――いいさ。ここいらの水は水じゃあないそうだけえが、と男は応えた。

十吉は栓を開け、輪につかねたホースの端に口をつけた。水は少し塩からいのかも知れなかった。しかし、彼にはよく判らなかった。腸まで渇き切っていた。ホースから口を離した時、彼は昨夜福松と飲んだ酒の量を思い出そうとしたが、見当がつかなかった。水を掌に受けて、顔を擦った。なん回そうしても、し足りない気がした。特に瞼は繰り返し擦った。彼は蛇口を閉め、シャツやズボンをまだらに濡らして、手で顔をこすりながら歩いた。

彼が川沿いの街道へ入ろうとすると、昨夜話した警官がいた。中年の女と立話をしていた。十吉は足を停めて、わきの小さな空地へ行った。地蔵の祠の前だった。そこから十吉は警官の動きをうかがっていた。十吉が望んだ通りに、女に敬礼した警官は、すぐ横の路地へ姿を消した。十吉はゆっくり街道へ出て行き、路地を覗いた。蔭の中に警官の後姿が見えた。帽子をとって手拭で額を拭き、帽子の中を拭いた。日なたへ出て、サーベルの鞘を光らせながら、左へ曲って行った。十吉はまたのろのろ歩き出し、路地へ入って行っ

た。俺はなぜ警官と顔を合せるのがいやなんだろう、と彼は考えた。

路地の入口で光が動き、下駄が貝殻の混った砂利を踏む音がした。振り返ると、咲が小走りに追って来るのが見えた。彼は、彼女の素足が横へ躍ねるように動くのを見ていた。

——カドの家にわたしいたのよ。気がつかないっけ……、と彼女は聞いた。

——見ませんでした。どこにいたんですか。

——奥。あんた道で一生懸命なにか考えていたっけ。なんだか、こそこそしていたみたい。

——なにも考えちゃあいませんよ。骨洲港を見物していました。

——カドの家どんなだったか覚えている。

——覚えちゃあいません。

彼女は笑った。十吉が、身におぼえがないことを笑われている、と思う程だった。

——骨洲って面白いとこ……。

十吉は頷いた。

——今日帰るの……。

——帰ります。気に懸ることがありますもんで。

——もっといてくれないのね。

十吉が黙っていると、彼女も黙ってしまい、路地のはずれの石垣を見ていた。白っぽい石からの反射が、顔を明るくしていた。そして、十吉の灰色の影が彼女の体を覆っていた。

——今日速谷まで行けるの……。

——焼津止まりかも知れんです。焼津から大泊へ行こうかって思っているもんですで。

——とうとう樺太へ行くの……。

——ええ。

——もっと相談してから、大泊へ行けばいい。あんたって、だれにも相談しないのね。速谷の家族の所へは帰り辛いって、ゆうべもいってた。

——………。

——そんな一人ぼっち……、と彼女は声を顫わせていった。

——福兄には話したですよ。

——でも泊って行かない。兄さんが戻って来るまで待っていてくれないじゃん。

——今日ですか。まだ先に、やらなきゃあならないことがあるもんですで。

——そうじゃない。あんたって一人になりたいの。一人になって考えたいのよ。

——それもあります。一人にならんと、よっく考えられんような性質です、自分は。

話すにつれて、十吉の声は沈んで行った。しかし、いうことははっきりして来るように、咲には感じられた。十吉の物静かな声は、彼女を、いぶかしい気持にする程だった。

だんだん澄んで来て、彼自身を浮き彫りにしてしまうという感じだった。いわば、ぐずつきながらも、どこまでも自分を追いつめて行ってしまいそうな、狂気じみた意志が、声に感じられるというふうだった。

――怖いわ、あんたって。

――怖いことなんかありゃあしません。

――怖い、あんたみたいな人がいると思うと、気になって、夜も眠れないもん。

十吉は苦笑した。

――笑ったりしちゃあ、いや、と彼女はいった。

十吉は下を向いて、足先で砂利と貝殻を動かしていた。

――今日は、今から焼津へ行くのね。道は軽便の駅を通っているんでしょ、大概。

――鱏岩《えいいわ》と、大凪と、築地《ついじ》は駅前を通っています。

――大凪にはなん時ごろ……。

――七時過ぎになるでしょう。

――大凪へ、わたし行って見るかも知れない。

――用があるんですか。

――うん、あるの。

――……。

——気をつけてね。今わたしなにしているか判る……。そこのカドの家で紐を編んでるの。五時には終る。

——……。

——お大事にね。

十吉は彼女と別れ、裏道を通って、福松の家へ行った。借りた下駄を地下足袋にはき替えて、父親に、

——お邪魔さんでした。帰ります。といった。

厩《うまや》からアオを曳き出した。車の轅《ながえ》の間にあとずさりさせていると、父親が出て来て、

——お、お前、そ、そんなに稼ぐも、もんじゃあない、といった。

——福兄だってよう働いていますもん、と十吉はいった。

——せ、伜か。野郎、ば、博打ですって、どうもこ、こうも出来なくなってる。

——……。

——お前もば、博打をやってるか。

——今、やっちゃあいませんが、やりたい気がします。

そう十吉がいうと、年寄は泣くような声を出して笑った。大笑いする時にはこんなふうになるのだ。

——骨洲へは近いうちに来ます。達者でいて下さい、と十吉はいった。

彼は馬に声を懸けて、引いた。前輪の鉄のトチが、濡れて緊った地面に、歯切れのいい音をたてた。裏口から出ると、片側の車輪を池から溢れた水に落として、しばらく進み、馬も人も水に足を浸した。水の下の地面には、昨夜同じ馬がつけた、蹄の跡と轍が見えた。十吉は道へ上がり、来たのと反対の方角へ馬を向けた。

彼が振り返ると、年寄が水際まで来て、こっちを見ていた。十吉が近くにいる限り、ひたすら見守るという様子だった。理由のない思い込みからそうなって、やめられなくなった感じだった。利かない手と同じように、下顎が顔から垂れ下っていた。

十吉は手綱を、電柱にぶつけて、巻きつかせた。腹巻の財布から五十銭銀貨を出し、水を飛ばして駆け戻って、年寄に差し出した。

——親爺さん、好きなもんを食べて下さい。買いに出られますかね。

——ぜ、銭なんかよせ、はた、旅籠じゃあないだんて。

——取って下さい。自分の気が済まんですで。

十吉は竹垣の上へ銀貨を乗せた。その竹の切り口は、銀貨と同じ広さだった。

アオの揃えた前脚に手綱を廻わして、十吉は池の岸へ下りて行った。葦に囲まれてしまうと、しゃがんで水面を見ていた。そこには荷車の輪が沈めてあった。彼が眼を凝らすと、稲木用と焼印が押してあるのが見えた。

――成程、稲木さんの輪か、と彼は呟いた。

銀色の水に高い空と、自分の顔も映っていた。眼窩は黒い影に過ぎなかったが、額に険しい皺が見える気がしたので、彼は手で水を揺らして、立ち上った。振り返ると葦の葉尖から、アオの頸が突き出ていた。身じろぎしないで、眼だけを閉じたり、薄く開いたりしているのらしかった。アオは大凪駅から見える筈だった。

咲は十吉の居所《いどころ》を見つけると、

――なぜ隠れているの、といった。

――いや、ここが気持がいいもんですで、と十吉はいった。

――あんたに聞きたいこんがあったの。話してくれる、と彼女はいい、十吉が真顔で頷くと、笑っていた。

――ここで話をしていると遅くなるでしょ。焼津まで行くのに、どれくらいかかる。

――時間ですか。よっく三時間か。九時までに行っていたいと思っています。

――そう。先を歩いてくれる。わたしは、請田のおじさんの家へ行きたいの。

――ここで話をしたっていい。時間っていっても、キチンとしたことじゃあないですんて。

――わたし、おじさんの家へ行きたいの。車へ乗せてってくれる……。

——ガタガタしますよ。

——それは知ってる。でも、道そう悪かないでしょ。

——まあ、道は上等な方ですが。

——馬がひとって歩くでしょ。

——馬が……。

——あんたが引っ張らなくたっていいでしょ、馬に歩かせれば。

——それは同じこんです。出来ますが……。

——それじゃあ、車の上で話をする。


入江が見えると、車はしばらく枕木を並べた舟着場を行った。枕木が踊る音にまじって、彼女の燥《はしや》いだ声がした。舟着場が終ると、

——本当ね、ガタガタした、と彼女はいった。

行手の山は海に張り出していて、その裾の鰈《かれい》の形の浜を、白い道が廻っているのは見えた。しかし、今行く道が、どうその道と繋っているのかは判らなかった。青い闇が、山襞に籠めていて、蜱の声が湧いていた。車はその沼みたいな闇に紛れ込んで行くようだった。

――気持がいい。もう馬に歩かせてもいいじゃない、と彼女がいった。

十吉が手綱を長く持って、車の前の方へ坐ると、

――あんたって、わたしがついて来るのを面倒臭がってる、と彼女がいった。

――そんなことはありません。

――面倒臭いでしょ。

――……。

――今度のことね、わたし兄さんに責任があるって思うのよ。兄さんなんていってた、船のことについて。

――自分が船を買う前にですか。

――そうよ。

――御前崎に坐礁した船があって、相良《さがら》の人が引き取ったって話をしました。その人が儲けたって話です。

――知ってる、そのことなら。

――おっとしの冬だっていっていました。

――そうよ。

――福兄は、別に自分に船を買うようにけしかけたってことじゃあありません。友達が金を儲けてくれれば、俺としても心丈夫だ、とはいいましたっけが。

——無責任だ、あの人。

——…………。

——あの人は駄目なのよ。……こういうことはいわないっけ……。その相良の人ね、難破船を買った人、その人が浜のやくざやなんかに、ご馳走したってこと。

——それは、自分は聞きませんでした。そんなことをしなけりゃあならないもんですか。自分もはたちの頃チンピラだったことがありますが。

——…………。

——浜は政府の土地なんですで。

——政府の土地かしら。浜の人は自分たちの物だって思っている。あんたなんか満洲へ行って、死んだり血を流したりした人を見たでしょう。自分だって怪我したわね。そんなふうになると、満洲って土地は自分たちの物だって思えて来るでしょう。それと似ていないかしら。漁師は兵隊さんっちみたいに派手じゃあないけど。

——漁師たちが海で死んだってこんですか。

——それもあるわ。……でも、あの浜と海にしがみついて、長い間生活したってこと。

——…………。

——だから浜の人っちって、やくざのすることに後押しする気分よ。

——古いじゃないか、その考えは、と十吉は突然身を顫わせていった。

――そう、古いわね。よかない、いいことじゃあないわ。

――自分はやくざ衆と、うまく渡りをつけりゃあいいっけですね。

――よく解らないけど、相良の人はそうしたんだって。

――……………。

――あんたは悪かない、いい人よ。兄さんが悪いじゃん。

――福兄は悪い人間じゃあない。

――世間知らずよ、あの人。あの人は骨洲の港で生まれたのよ。それで、いざという時友達の役に立てないんだもん。

――福兄の手落ちってこんじゃああありません。

――わたしにはそう思える。

――……………。

――十吉さん、わたしあんたのことを考えていていい……。ためになることは出来ないけど。

――ありがたいこんですが、不幸になりますよ。

――不幸になったりなんかしない。

――病気が伝染するような具合になります。

――いや、そんなふうにいっちゃあ。だれにだって解らないことよ。

咲が車から跳び下りたので、十吉は馬をゆっくり歩かせた。彼女は車と並んで歩き、十吉の眼の前へ来た。かなり離れた渚が彼女の足どりに絡まる感じだった。その向うには、波の合わせ目が、ゆるい紐のように見えた。磯では一面に細波が耀いていたが、沖に行くにつれて霞んでいた。そして乳のような靄の中に、烏賊《いか》舟の灯が判った。

――歩きますか、と十吉はいって、自分も車から下りようとした。

――あんたは歩かなくていい、といって彼女は彼を見た。

その時十吉には、彼女が不思議なほどはっきり見えた。なにかを怺えている表情だった。十吉は蔭へ蔭へと退いて行く自分が、明るみへ引き出された気がした。そして、この娘は、俺を変えようとしている、と思った。

彼は、けなげな感じに揺れている彼女の髪を見た。そして、自分の足元で鳴っている下駄の音を聞いた。一瞬その音がせわしくなって、手綱が張るのを感じた。前輪と彼の間へ割り込んで、彼女が坐って、

――あんたのこと、しょっちゅう考えていてもいい……、と聞いた。

十吉は黙っていた。しばらくして、唐突に、

――咲さん、といった。

彼女は、十吉の不器用を救うように短い声と動作で応えた。

――駄目になります。

——だれが駄目になるの。

——二人ともです。

——あんたって、女は仕事の邪魔になるって思っちゃっている。女ってそういうもんかしら。そういう女だけなの、と彼女は涙声になった。

——………。

——ねえ。

——………。

——そんなふうに考えているの。

——解りませんが……。自分はもともと暗い性質です。だからこの性質の中へ咲さんを引き込みそうな気がするです。

——あんたがもともと暗いだなんて……。そんなことはない。

——自分の方が深く解っています。自分の性質のことですんて。

咲は崖縁に立ったように、どうしてもゆずれないという眼をした。

——違う。今は苦しい時だから、そんなに思えるのよ。

——………。

——わたしをあんたの性質の中へ引き入れて頂戴。口だけでそんなことといって、撥ねつけないで、と彼女はもう一度涙声になった。

そして十吉が黙ってしまうと、荷台に仰向けになった。

——起きて下さい。背中が痛いでしょうで、と十吉はいったが、彼女はそのままだった。

二、三度車が軋る所があった。十吉は車を止めて、道に立った。彼は彼女にも立つように促すつもりだったが、起き上らない彼女を見ると、しばらくものがいえなかった。勘の鈍いことをいってしまいそうな気がした。しかしいつまでも黙っていることも出来ないと思えた。

——泣いているんですか、というと、彼女がかぶりを横に振るのが見えた。

彼女は体でシナを作っていた。彼はためらったが、彼女の横に体を伸ばして、肩に手をかけた。彼女の眼は見開いたままだった。涙を零すまいとそうしているようでもあった。彼女は視線を夜空に向けたままで、彼の手を持って自分のうなじに廻した。彼女の息づかいが伝わって来た。彼は自分が起き上りながら、彼女を起こした。彼女の体からは力が抜けていて、しかもとても軽かった。眼に自分が戻り、彼をくまなく見ようとしていた。唇を差し出したので、十吉が吸うと、柔らかく受けとめているだけだった。やがて、彼は、自分の唇へ、彼女の涙が流れ込んで来るのを感じた。

——咲さん、あんたは、どうして今みたいなこんをいうんですか、やもめの馬力引に。

——不幸になりたい。ううん、二人とも不幸になんかならない。

――……。

――強い人よ、あんたって。

十吉は彼女の髪に頬を押しつけて、淡い光が湧き続ける海を見ていた。烏賊舟の灯は一列に並び、わずかずつ間隔を変えていた。

――これから、あんたのことを考えていていいの。

――……。

――うるさい女でしょう。喧嘩する……、わたしと。

彼女が十吉の胸を横から抱いて、彼の乾いた唇に擦るように接吻すると、彼は立ち上って、アオを曳いて浜へ下りて行った。彼女は後を歩いて、十吉が手早く馬の前脚を手綱で括《くく》るのを見ていた。すると、十吉のがっしりした腕が肩に摑みかかって来た。彼は硬い筋肉を感じさせながら、彼女の体を体で押して、舟小屋へ連れて行った。彼が、閉めた扉の金具に革帯を通して締めようとしていると、

――開けて、開けておいて頂戴、と彼女はいった。

十吉は革帯を金具から抜いて、扉を押した。光の靄がかぶっている海に、烏賊舟の灯が並んでいた。十吉が胸を弾ませて、遠くに視線を走らせていると、彼女が身を寄せていた。彼は彼女を抱いて押し倒した。そして、襟を開き、白い胸を出した。彼女の滑らかな体は十吉の動悸を受け容れて、消していた。そのことが、彼には、咲が諦めに浸っている

ように思えた。

——こんなにしていいもんですか、と十吉はいった。

彼の口調はもう冷静だった。しかし海峡の潮のようなものが体の中を流れ続けていて、引き返すことは出来なかった。

——いいの。わたしが誘惑したんだもん。おぼえていて、と咲はいった。

大泊からの帰途、十吉は、東京から焼津まで、五時間近く車中で眠っていた。焼津駅の手前の鉄橋で、眼を醒ました。そして、駅へ着くまで、なぜ帰って来たのだろう、もう姿をくらますことは出来ない、などと考えていた。悪いガスを吸ったような気分だった。駅を出ると、澱んだ空気をかき分けて河岸の方へ歩いた。あわただしい足取りだった。製氷工場から、四角に切られた氷が樋を滑り下りていた。一旦河岸で止められ、手鉤で伝馬の中へたぐり込まれていた。あたりに涼気がただよっていた。銀三はそこで働いていた。

——夏向きだな、と彼は呟いて、銀三の方へ行った。

銀三は十吉を見て、心持ち首をかしげた。

——どうだい、樺太は涼しいっけらな、といった。

彼は伝馬から、岸の花崗岩へ上って来た。そして、十吉に近づくと、

——気分が悪かないか。様子が変だぞ、と囁く声でいった。

——なんだか、まわりがおかしな具合に見える、と十吉はいった。

銀三は眉間に立皺を浮き出させて、十吉を見守っていた。

——まあ、そんなことはいい、と十吉はいい、いつもの癖で、足先で地面になにか描くような仕種をしていた。

——医者に診てもらった方がいいぞ、と銀三はいった。

——ううん、内臓が悪いわけじゃあない。ここだ、と十吉はいい、左手の指でこめかみを叩いた。

——自分で決めることはない。医者に診てもらうさ。

——だが、お前が銀三だって判ったんだからな。

十吉がいうと、相手は戸惑って苦笑した。そして、

——俺が判らんようになったら、仕舞いだ、といった。

——大泊行きは、結局旅費だけ損だった。お前がいった通りだ。おもちゃにされに行ったようなもんだ。

——自殺しようなんて思やあせんらな。

——そんな気にもなったよ。

——ばかなことをするなよ。俺は心配だなあ。

銀三は、背の高い十吉の顔を、うかがうように眺めていた。

——俺の顔がおかしいって……、と十吉は聞いた。

——うん、実際いって、調子が悪そうだ。黄色いな。

——そうか、と十吉はいい、鋭い風を起して氷塊が走っている樋をくぐって、製氷工場の向うの路地へ入って行った。そこには太い鉄管が突き出ていて、青い空を映した水の束が溝に注いでいた。彼は水を手に受けて、顔をなん度も擦った。手拭を当て、じっと眼窩を指で圧えていた。瞼の裏側ではコールタールの黒さの中に、光の破片が散らばっていたが、集って環になり、それが融けた鉄になったりラジュームのように光る果物の断面になったりした。意味のないことだったが、自分で自分を緊めつける動作を、十吉はしないではいられなかった。殊に眼は、虐待したい気がした。

手拭を顔から離すと、灰色に見える日なたに、銀三が立っていて、近づいて来た。

——どうだ、少しはサッパリしたか、と聞いた。

銀三は探るような眼で、十吉を見ていた。顔のむくみが減ったということはなかった。頰や瞼も脹れぼったく、銀三には、その顔は泣いているように見えた。

——サッパリした。銀、早速だが、俺は白須賀の船へ行かあ、と十吉はいった。

——今日は焼津へ泊るさ。

——悪いが、俺にゃあ、白須賀の方が息《やす》まる。ふらふらしていると、いいことは考えない。

——そうか、と銀三は曖昧に相槌を打った。手におえない奴だ、と思っているのらしかった。

——馬は……。お前んとこか。

——そうだ。

銀三は十吉が留守の間、アオをあずかったのだった。白須賀村の農家の依頼で、焼津から運ぶ肥料があったが、その叺《かます》も二十袋ばかり、銀三は荷車へ積み込んでおいた。

——済まないいっけ。生き物をあずけたりして……。じゃあ、お前の家へ寄って、連れて行くからな。

——いつでも、大事にあずかるよ。だが、心配だなあ、お前がどうかなりゃあしないかと思って。

——大丈夫、俺は人並みになるまで、くたばりゃあせん。人足には、あさってから船へ来るようにいってくれ。段取りをつけておくんて。

大井川の一番海寄りの橋を渡ると、堤と街道のかどに店があって、魚や野菜、雑貨、駄菓子などを売っていた。十吉はそこへ寄って、ところてんを食べ、蒟蒻《こんにゃく》と漬物を買った。

出ようとして、棚に並べられた壜の中に花火が入っているのを見て、足を止めた。掌を壜にかぶせて、厚い爪でガラスを叩いた。

——こいつを欲しいな、と奥へいった。

——どれにしますか、中年の女が出て来て、聞いた。

——線香花火と電気花火を貰う、三銭も貰うか。

それだけで線香花火が二束と電気花火が六本だった。女がお釣りを渡そうとすると、十吉は、

——その筒はいくら、と聞いた。

女は一番太い紙筒の花火を壜から出して、

——これですか、と聞き返した。

十吉は曖昧に頷いた。

——五銭ですが、四銭にしておきます。これはきれいですよ。

——どうなるのかい。

——赤い火を一杯に吹いて、その中から白と青の星が遠くへ飛んで行きますんて。

——そうか。大分景気がよさそうだな。……お釣りの分だけ鼠花火をおくれ。

——鼠と車は小学校で禁止されたもんで、売らないことにしたです。

——それじゃあ、お釣りの分だけこの子になんかやってくれ、と彼は、丁度店へ入って

来た男の子を差していった。

男の子は嬉しそうに、駄菓子の箱の中を物色して、水羊羹《みずようかん》を取って、

——これで一銭、あともう二銭だな、といった。

十吉は笑った。眼に映るものが、次第に普通の色を取り戻していた。固く構えていた体が緩んで、肩が一廻りしぼんだ気がした。それでも、酒の醸造所の名前が入った鏡に映る顔は、汚れた硫黄みたいな色をしていた。自分の前に立っている男の子の栗色の肌と対照的だった。

十吉はその子のシャツの胸に、名札が縫いつけてあるのを見た。骨洲町尋常小学校三年二組と書いてあった。

——お前港の子だな、と十吉は男の子にいった。

——うん。

——与田っていう家を知ってるか。その家には福松って人がいるが。

——知らない。

——紐屋は知ってるか、地蔵さんのお堂の近くだが。

——七色屋か。

——七色屋っていうのかな。

——七色屋なら、僕らん母ちゃんも働きに行ったことがあるんて、知ってるけえが。

――紐を編みに行ったんか。

――うん。

――そうだ。七色屋へ使いをしちゃあくれんか。あそこに咲さんって名前の姉さんがいるが、こいつを渡しちゃあくれんか。

十吉は店の女に鉛筆を借りて、淡紅のビラの裏へ、〈樺太から帰りました。白須賀へ下ろす荷物があるので、今日は行けないと思います。明日の夕方うかがいます。法月十吉〉と書いて、子供に渡した。

その男の子は水羊羹をもう一個と丸いメンコを買い、両手に持って、しばらく十吉と一緒に来た。二人は荷車に、並んで横向きに腰掛けて、大井川の堤から、坂を下りて行った。十吉がブレーキの鉄棒を引いていると、子供は、

――僕にブレーキを持たせてやあ、といった。

そして、十吉が返事をしないうちに、水羊羹を口へ入れてしまい、メンコを十吉に押しつけてよこした。

――お前に、こいつを引く力があるかな、と十吉は、メンコを預りながらいった。

――僕は、馬力にブレーキを掛けたことがあらあ。少しっつ緩めてやりゃあいいんだら、と子供は勢づいた口調になった。

――このブレーキはもう減っているんて、緩めんていい。引きっぱなしでいい。

――早く代ってくりょう。坂が終っちゃうじゃん。

――坂が終ったっていいよ。おじさんは、毎日大井川を越えるんて、明日も橋で待ってくれりゃあ。

――今日ぐらいの時間にか。

――今日より、ちっと晩《おそ》いかな。おじさんは明日も必ず通る。その時は空馬力だんて、ブレーキを引くにも、力は要らん。

――明日も待っていすかな。おじさんは骨洲へ行くんじゃあないんか。

――白須賀だ。

――ブレーキを持たしてくりょう。しっかり握るんて。

――持って見よ。

十吉は足を荷台に乗せて、あぐらをかいた。男の子は体を前へ移して、ブレーキを把《と》った。しかし、すぐに車は勢づいて、轅《ながえ》が馬を急き《せ》立てる恰好になった。十吉はブレーキに手を添え、

――これじゃあ駄目だ。車がせり出して馬にぶつかって脚を折っちまうぞ、といった。

彼は子供の手の甲に掌を重ねて、鉄棒を手前に引いていた。そうしながら少しずつ掌をずらして、手の縁をブレーキに当てた。彼の掌は微妙に子供の手を包んでいた。子供はムキになって、いった。

——大人だもん、力があるさえ、僕だって大人になりゃあ、力が出らあえ。

——…………。

——おじさんは、もう、段々力がなくなって行くずら。

十吉は笑って、子供の頭に右の掌を乗せて、こねるように動かした。

——おじさんは負傷兵じゃあないんか。このおじさんは満洲で匪賊に射たれちまったことがある。

——よく判ったな。

——どこをやられた。

——ここだ、といって、十吉は耳の附根の傷に触って見せた。

——深いんか。重傷だっけかえ……。

——中ぐらいの傷だっけな。でも、血がどんどん流れたっけよ。

——もう癒《なお》ったんか。まだだな。

——もう癒ったさ。血だって元通りに増えた。

——まだ癒らないみたいだな。

——なぜ。

——なんだか……。元気がないもん。

——そうか、おじさんは病人みたいに見えるか。

——病気にかかってるか、怪我してるかどっちかみたいだ。

依頼主の農家の土間へ、十吉は肥料の叺《かます》を下ろした。犬が彼の足へ絡って、作業がしにくかった。終ると、彼は顔や頸筋に汗を伝わらせながら、高い槙垣の間を下宿へ戻った。道は荷車がようよう通れるくらいの幅しかなかった。そんな道が縦横に通っていて、似た構えの半農半漁の家々が集っている部落だった。蟬は夜気を麻痺させるように、籠った声で鳴いていた。所々海岸へ抜けている路地があって、松林を透かして、白い鯨のように砂丘が見えた。

十吉はその部落で、或る家の納屋を借りる話をつけた。彼は手伝いの人足と一緒に屋根裏部屋に寝泊りし、下の土間へ馬を入れるということだった。厩としては広過ぎるくらいで、索具や梵天竹が羽目に懸けてあった。網をかぶった壜玉も隅の方で鈍く光っていた。それと、ペンチやハンマー、イギリスなどを投げ込んだ林檎箱があった。十吉が準備したものだった。数日中に、酸素熔接の道具とボンベも、焼津から運ばれることになっていた。

彼は家主に頼んで丸太を貰い杭にして、土間へ打った。それから、藁を敷いた。馬に飼葉をやって、そこへ曳き入れた。

もう八時だったろう。母屋へ風呂を貰いに行こうとして、十吉が納屋から出ると、家の入口の槇垣の蔭に、咲がいた。

――汗になっていますで、風呂に入って来ていいですか。待って貰って悪いですが、と十吉がいうと、

――食べる物持って来たけど……。お酒も少しある、と彼女はいった。

――申し訳ありません。赤い紙へ書いた手紙は福兄には見せなかったですか。

――読んだでしょ、家へおいて来たから。

――咲さんだけに宛てたわけじゃあないですで。

――いいわ、そんなこと、どっちだって……。わたし、浜で待っててていいかしら。

――浜……。どの辺ですか。

――船を見せて貰っている。お風呂からあがったらすぐと来てね。

十吉は頷いて、母屋へ行った。

風呂から出ると、家主には、骨洲港の友人の所へ行く、といって、海岸へ行った。咲は船の蔭に立っていた。白い波の筋が、なげやりな音をたてて、彼女の足に届きそうに寄せていた。船の影だけが青く、砂に染みたインクのようだった。海は凪いでいて、振り返ると、砂丘の方が大波の感じだった。荒れた海が、そのまま静止したようだった。

十吉は茶碗で冷酒を四、五杯あおり、息をついた。酒の匂いが、潮風と融け合って、彼が知らなかった味がした。豆腐と鰹の煮附と漬物の夕食を、彼は三、四分で済ませた。そ

れから、残りの酒を飲んでしまって、蟹みたいに、船の下へ入って行った。龍骨が斜に海に向って張り出していたが、下の細長い隙間には、特別に涼しい空気が通っている気がした。そこは暗かったから、彼の視界は彫り込んだように鮮明だった。彼は砂に肘を付いて、腹這いになった。

——済みません、なんだかこんな所へ入っちまって、と咲にいった。

——いいようにして、と彼女はしゃがんで彼の方を見ていた。

しかし彼女には、彼はよく見えなかった。もどかしい闇の中に、酒の匂いが漂っていた。ただ彼の居る場所の見当がつくといった程度だった。見詰めていると、彼女は苛立ちを感じた。一時的に懊悩から解放された男が、相手を置き去りにして、うっとりしていると思えた。彼女にひそんでいたのは、彼を永久に苦しませておきたいという、矛盾した望みだった。彼女は彼を、麻痺の中から引き出したかった。彼女は身内にそんな衝動を抑えて、笑っていた。

十吉は影の外にいる彼女を眺めていた。充実した腰や、微妙な影がまつわっている胸、頸筋の滞りのない線を、彼は気後れしないで見ることが出来た。そして、苦しみは彼の気持の奥へ退いていた。掻き立てなければ濁りにならない、水底の泥に似ていた。それはさっきまでは、布の袋に、手心を加えずに投げ込まれた割れ石のようだった。布は傷ついて軋んでいたのだ。苦しみは去りはしなかった。しかし、その時には、彼に作用してはいなかった。

——眠っていいですか、眠っていいですか、と彼は聞いているつもりだったが、言葉は声になっていたろうか。

彼は眠った。すぐに不安が殺《そ》げた波を立て始めた。単調な夢だった。色の飛んだ、不可解なほど潤いのない水面のあちこちに、銹《さび》色の刃物の形の岩が突き出ているのを、彼は痛い程眼を見開いて眺めていた。眼のまわりを赤く粘膜が縁取っているのが、自分にもわかった。その場所は彼と不可分な関係があった。どういう関係かは解らなかったが、彼は逃げることが出来なかった。わけを考える必要もないほど決定的なことだった。で、自分が身動きもしないで眼を見張っているのは当然なことに見えた。そして、全てが最悪の形で落着してしまったとしか思えないことが、彼の胸を緊めつけていた。

十吉が眼を醒ますと、さっきより明るい渚に咲がしゃがんで、こっちを見守っていた。彼は上半身を起こして、夢から続いている胸騒ぎを鎮めようとした。しかし夢の時間が長く感じられ、少し努めたくらいでは、気分が変りそうもなかった。

——どれっくらい眠りましたか、自分は、と彼は聞いた。

——三時間くらいかな。

——そんな長く……。ここへ捨ててってくれりゃあ、いいっけですに。待っててくれたですね。

――勝手に待っていたの。

――………。

――疲れていたんでしょ。

――今、なん時ですか。

――十二時よ。

十吉は手頸で頭を叩きながら、龍骨を潜《くぐ》って背を伸ばした。そして影から踏み出そうとした。彼女が擦れ違う恰好で影の中へ入って来て、彼の手を握った。それを引きながら、砂に坐った。十吉は中途半端に身をかがめ、正面から彼女を見下ろしていた。彼女の指には力が籠っていたが、十吉は気後れして、手をあずけていただけだった。

彼は彼女の脚のわきへ体をかがめた。そして膝で彼女の下腹を軽く押えて、彼女を眺めていた。彼の眼は檻から放たれた動物のように、とりとめのない自由の中にいた。

――樺太ではうまく行かなかったのね。

――もういいですよ、船の話は。

――ごめん。わたしのことが気に懸っていたの……。

――そんなことじゃない。

――我慢してくれたのね。随分といやな思いをしたんでしょ。わたしあのこと、仕方が解らない。

——咲さんに悪いとこはない。自分が、男としてまともじゃあないんだ。

——……。

——本当の男じゃあないんだ。

彼は冷酷な程穏かな眼をして、咲の脚の間に手を差し入れた。彼のごつい指が饐《す》えた乳のような液に浸ると、そこへ彼女の粘膜が若々しく反応した。彼は誠実に仕事をしているといった様子だった。咲は身を揉んだが、十吉には、この娘を、かりそめに、満足させたかどうかは解らなかった。

上半身を起こすと、彼女は気強い感じでいった。

——この船のこと、はねのけて。わたしにはどういう手伝いが出来るのかしら。

——いい若い衆のとこへ嫁に行ってください。

——なぜ、そんなふうにいうの。

——あんたが暗ぼったい人間になるのは、矢張りよかない。

——ふふ、わたしが暗ぼったい娘になりそうなの。心配性ね。

彼女の口調は、乾いていて、歯切れよかった。十吉は、その口調の中へ恥が解消しそうな気がした。彼は、

——自分で自分は救えない。救ってくれるのは、ひとだ。ひとの言葉も聞いて見るもんだ、と心に呟いた。

しかし、彼は自分を支配している気分を見くびる気にはなれなかった。それまで執拗に附き纏っていた低い音のようなものが、どこかへ消え去っていた、などということがあり得るとは思えなかった。咲が熱からさめれば、騙されていたことを感じ、苦しむだろうと思えた。その時には、自分は汚れた人間になって、彼女の心の中に住むだろう。そうなることは、彼にとって、彼女を穢《けが》すこと――悪事だった。彼は悪を犯したくない、と思った。しかし、甕《かめ》から水が溢れるように、その事態は拡って行きそうだった。彼の不安や焦りを超えたものだった。その悪は、彼が犯すとか犯さないという性質のものではなかった。

――咲さん、花火がありますんて、やって見ましょうか、と彼はいった。

彼女は燥いで、線香花火に次々と火を点けた。美しかったが余りに小さく、十吉にとって、気霽《きばら》しにはならなくて、かえって気持を沈ませた。照らし出されたり闇の中に戻ったりする自分の顔が、彼には時々見える気がした。

――最後の一本よ、勿体ない。

彼女はそれを指でつまんで、振っているのらしかった。そして、

――今から、花火、売ってくれないかな、と十吉から言葉を引き出そうとする口調で、いった。

十吉は黙っていた。

――どこで買ったの。

――大井川の橋のたもとです。

――ああ、男の子があの店であんたと出会ったっていってたっけ。

――自分のことを病人じゃないかといっていましたっけ、あの子供は。

――面白いことをいう子ね。

――………。

――あの子は漁師の子だもんだから、働かされているのよ。元気がないと、父ちゃんに叱られるの。もう網元がお給金を払っているの。

――子飼いですね。生まれるとすぐっからでしょう。

――山家《やまが》にも、そういうことがあるの……。

――山家にはないこんです。

――火を点けよう、花火。

――あの子は寝入っているでしょう。

――眠っているわ。夢ん中であんたと会っているかもしれん。

彼女は最後の線香花火に火を点けた。終ると、残った火を、虫が舞っているように動かした。

――まだ筒んのがあります。やって見ますか、と十吉はいった。そして、くの字に折れた紙筒を伸ばしながら、その花火を出した。

――まだあったの、嬉しい、と彼女はいった。

――自分は泳いで来ます。十五分か二十分したら、そいつを打って下さい。海から見て、目印にしますで、と十吉はいった。

――いいわ。でも、また一人になりたがる、と彼女はいった。

――そうじゃあない、前っからそんな気はあったです。夜の海で泳いで見たいって……。

――そんで、今、急に泳ぎたくなったの……。

十吉は頷いて、自分勝手な印象をひとに与える態度になって、ゆかたを脱ぎ、海へ入った。咲のいる所から、しばらくの間、彼の頭は見え隠れしていたが、海面にまぎれてしまった。

道は堤になって、低地を横切っていた。急に風が一吹きした。最初は間遠だったが、段々間隔を短くして、追い打ちをかけるように吹き始めた。榛の葉が水平に舞って来て、眼つぶしになったこともあった。荒海に行きまどっている舟みたいに、一羽捩れて飛んでいる鳶があって、見ていても眩暈《めまい》がしそうな速さで、長い距離を運ばれていた。大井川の

橋のたもとで、男の子が佇《た》って待っていたので、

──今日はこっち側へ渡っていたか、と十吉は微笑しながら、いった。

──おじさんが、あんまり来ないもんで、と子供は不服そうにいった。

──今日はいくら欲しい、と十吉は子供の気を引く口調でいった。

──昨日と同じでいい、と子供は応えた。

──昨日は三銭だっけな。今日は五銭やらっか。

──用事があるんなら、今日もやってやる。

──今日の用事はな、鋳物を割ってる人んとこへ連れてってくれ。

──鋳物を割ってる人……。

──そうだ。船の用に傭《やと》わっかって思ってな。

──そうか、人足っちか、と子供は簡単に呑み込んだ。

そして、先に立って歩き出した。颪は吹き募り、行手の鉛色の雲が動かないのが不思議だった。榛の木が折れて、路面で葉が傷ついた鳥みたいに騒いでいた。その間に、生白い裂け目が見えた。二人はそれを跨いだ。人知れず愉しみを盗む時の疚《やま》しい気分が十吉を捉え始めていた。子供が獲物で、自分が追い込んでいる。鋳物割りのことをいい出したのは、その場で思いついた口実のように思えた。

やがて、二人は梔子《くちなし》の垣根に沿って、香りの中を行った。おびただしい白い花が両側

に、どこまでも続いていた。

——こんな具合だっけかなあ、まるで葬式へ来たみたいじゃんか、と十吉はいった。

子供は振り返ると、

——この道の方が、風がないからいいわえ、といった。

——鋳物は倉庫の中で割っていたっけかな。

——ううん外で割ってる。あの衆は、倉庫の中は地獄の釜みたいだ、っていってたもん。

——そうだ、連中には、風があった方がいいかもしれん、と十吉は呟いた。

子供は立ち止まって、遠い音を聞いていた。十吉も同じようにすると、この辺一帯を吹き荒れている風の音にも紛れないで、硬く澄んだ音が聞えた。

梔子の垣根を出はずれると、道は少し上りになった。百合をまじえた草原が、一面になびいていた。百合は茎が折れたり、花が破れたりしていた。駅の枕木の柵はほとんど薄《すすき》に隠れていた。その上に、競馬帽子を庇を後にしてかぶった頭が見えた。他にも二、三人いるのらしかった。時々、甲羅をつけたような背中も見えた。鋳物に乗ってハンマーを振っているのだ。十吉は、雌に乗っている雄の甲虫を想像した。彼は、ハンマーが鋳物にはねつけられる音を聞きながら、歩いていた。そして、鋳物が割れる瞬間のカランという音を、早く聞きたいと思った。しかし、彼が作業場へ近づいて行くと、音は止んでしまった。鳴いている虫を、警戒させてしまった感じがした。彼が線路ぎわへ上ると、四人の男が鋳物に腰を下ろして、休んでいた。そして、上眼づかいに彼の方を見ていた。彼は枕木の柵に馬を繋いで、子供と並んで、向う側へ渡って行った。

——子供なんか連れて来た、と一人がいった。

——子供だって連れて歩くさ。おかしいことはない、と他の一人がいった。

十吉は代弁者を見出した思いだった。

——子供が来ちゃあ、危いかなあ、と十吉は真顔になって聞いた。

——別に危かあない。

——危いと思ったら、帰しゃあいいじゃないか。

そういった男は、十吉に対して敵意を抱いているようだった。

——すぐに帰すよ、と十吉は応え、男の子の方を向いて、懐の財布から五銭出して、渡した。

——ここまででいい、骨洲の母ちゃんとこへ帰るさ、と彼はいった。

男の子は五銭玉を硬く握って、

——面白いとこだな、遊んでいちゃあ悪いか、と十吉に聞いた。

——帰んな。一人で帰れるだろう、と彼はいった。

——遊ばせておけばいいじゃあないか。お前、そうしていたいんだろ、と、十吉の代弁者めいた男がいった。

――そうして……。

――一緒にいるってことだ。悪さをしそうな餓鬼でもないし……。

――五銭払ったしな、と十吉に敵意を感じさせる男がいった。

――五銭……、五銭は道案内の駄賃だ。

――秘密にすることたあない。人間、やりたいことをやりゃあいい。

――秘密……。

十吉は拳を固めた。体の芯が微かに顫えているのを感じていた。頸を捩り、いびつな表情で、相手を睨んでいた。こいつがもう一言、俺の気に触ることをいったら、俺は我慢出来なくなる、と彼は感じた。

しかし、次にものをいったのは代弁者の方だった。

――ざっくばらんに行こうってこんだ。

――子供のこんで、おかしなふうにいうな、と十吉は低い声でいった。彼は一語一語相手の耳に吹き込むような口調になっていた。

――子供のこんを問題にしているわけじゃあないよ。大将、頭を冷やせ。

――顔は真青い癖にな。ますます色男に見えらあ、と敵意を感じさせる男が、口を挟んだ。

――その野郎を片輪にしたいが……、と十吉は更に声を低めていった。いっている事は逆に、口調は冷静になって行くのだ。

――顔が青いのは薄《すすき》が映っているせいだ、と代弁者はいった。

――船のこんでヘマをやったからだろう、と敵意がいった。

――その通りだ。これから、お前に日当を払えるかどうかと思ってな、と十吉はいった。

――それ、それだよ、俺たちが心配していたのは、別に子供のこんがどうってわけじゃあない。だから、こいつはあてこすりを一生懸命いってたさ。こいつの身にもなってやれ、と代弁者は十吉を宥める口調でいった。

――日当は元通りでいい、約束は約束だ、と十吉はいった。

――少しなら、負けてやってもいいぞ。一円五十銭でもいいな。請けで行くんなら、四十三円と、と代弁者はいった。

――約束通りで行かざあ。その代り、子供のことなんかをツベコベいうなよ。

――約束通り払えるかえ。

――払える。

――お前の取り分はないな。借金は丸々残るし……。

――俺には、金銭の損より大事なことがある。俺はこの土地で試されているさ、逃げるわけにゃあ行かん。ここを漕ぎ抜けなきゃあ、運命に勝てんように思えるもん。

——なにをいってるんだ、こいつは、と敵意が代弁者にいった。

——そういうな。この男に、まともに受け応えしちゃあ駄目だ、と代弁者は応えた。

——俺には解らん、こいつが馬を引いたり、娘や子供をいたぶっているんならともかく、海千山千のブローカーと渡り合おうとしたんだもんな、と敵意がいうと、

——人足には、銭をちゃんと払うといってるんだからいいだろう。損をかぶせて来そうなら、仕事を打ち切りゃあいいじゃんか、と代弁者はいった。

——その通り、お前いいことをいう。金をくれないんじゃあ、しょうがない。仕事を打ち切りゃあいい、と十吉は捨鉢にいった。

彼の頸は、また捩れ、ものをいいながら体で拍子をとった。眼に兇暴な光が行き来していた。彼にしてはめずらしく、興奮をあらわにした瞬間だった。

——まあいい、今んとこ、お前は俺たちの主人だ、と代弁者はいった。そんなせりふは馴れっこだ、といわんばかりの、平気な口調だった。

十吉は、人足たちの視線にさらされながら、ゴールデン・バットを包みから一本抜いて、マッチを擦った。火を囲んだ掌が顫えていた。煙草を指で挟んでも、顫えていた。彼は煙草をくわえて、叢に転がっているハンマーを起こした。皮を剝いだ桑の柄は、滑りそうで、彼には少し不安だった。それを引きずって、船舶用のタービンの外殻のそばまで行

き、割れ目を観察していた。

彼は、鋳物割りという仕事が嫌いではなかった。機械の形に応じて、殴る個所を定める。殴って、微かなヒビを入れて、弱い筋を見抜く。コツが要るところが、十吉にはいく分魅力があった。

彼がタービンに乗ってハンマーを振り下ろすと、硬く、はねつける感じが体に伝わった。気張って振りかぶると、ハンマーの重味のありかがあやふやだった。その時には、彼は動作を中断することが出来なかった。

男の子が口を開いたのが見えた。短く、子供の声が聞えた。鈍重な褐色の塊りが、宙を泳いで、小さな足の甲に重って行った。

——潰れちまう、と十吉は口走っていた。

十吉はその足へ駆け寄って、ズック靴を脱がせた。自分でも知らない間に、そうしていた。小さな足が、指を反《そ》らせて、痙攣していた。十吉の分厚い掌が、そこを覆った。怯えている小動物をなだめているようだった。十吉は、胸が詰りそうな快さを感じた。

子供は唇を白くしていたが、顔を顰《しか》めてはいなかった。眼も穏かだった。十吉は子供の視線を避けて、うなだれていた。しかし、突然、獣の仕種で頭を上げ、身構えて、周囲を見廻した。人足たちを窺おうとしたのだが、もうだれもいなかった。

線路沿いの柵に繋がれているアオが、眼に入っただけだった。風が吹き抜けて行くところで、鬣《たてがみ》が水平になびいていた。十吉は子供を抱いて運び、荷車に乗せた。

——これこそヘマだ、と十吉は呟いた。そして、

——災難だっけな、おじさんなんかを、橋で待っていたばっかりに……、と子供にいった。

子供は首を横に振って、打ち消した。その様は、十吉には甘酸っぱく、また動悸の高まりを感じさせた。

大井川の堤のかなり手前から、男の子が待っているのが見えた。右足に繃帯を巻いていた。

——出歩くのは無理だろうに、と十吉は呟いた。

彼は、また期待が適《かな》えられるようになった、と思った。男の子も十吉を見て、色めいているようだった。

男の子は、足の甲から踝にかけて石膏を嵌められ、繃帯はそれをしっかり留めるように巻かれていた。緒の切れた下駄に踵を乗せ、それに懸けた縄を手綱のように引いて十吉に歩み寄った。十吉は馬力を止めて、荷台に縛ってあった松葉杖を引き抜いて、子供にやった。桐の木をT字に組んで、舟釘を打ったものだった。十吉はそれを拵えたあとで、分厚

い革帯から真鍮の星形の鋲を外して、所々に打った。男の子を喜ばせようと思って、そうしたのだ。

子供は松葉杖を受け取ると、腋に挟んで立って見せた。

——歩いて見よ、と十吉がいうと、子供はふざけながら歩いた。

——こいつは要らんな、と十吉はいい、縄を懸けた下駄を拾い上げ、荷台に縛った。

——さあ、行かす。お前も荷台へ乗れ。橋を渡ったとこで、また菓子を買ってやるんて、と十吉は男の子を促した。

——おじさん、菓子よりか、梟《ふくろう》が欲しいや、と子供はいった。

——梟……。

——うん、おじさんの馬力を待っている間、僕は梟を見ていたじゃん。そうしたら、だんだん欲しくなって来た。

——梟か……、困るなあ、そんなものを摑まえよっていっても……。と十吉は笑いながら、いった。

——こっちだ。アオはそのまんま止まらかいておきゃあいい。

——待っているさ。

十吉は馬を橋のたもとの電柱につなぎ、堤を川原へ下りて行った。歩きながら振り返って、松葉杖をついた子供を見た。そして、

――この子は我《が》を通したのではなくて、遠慮しながら口を切って見た、すると俺が応じたので、とても喜んでいる、と思った。

彼には、梟を摑まえる自信はなかった。しかし、自分が梟の脚を握っていて、子供が嬉しげに上気している様子が、眼に浮かんで来てしまうのだ。彼は川原にしゃがみ、平たい石を選んで、拾った。一つ一つ指で擦って、ズボンのポケットに入れ、今来た途を戻って行った。子供は有頂天になって、堤を下りて来た。十吉は、危い、と思って、そっちへ駆けた。案の定、子供はよろけて、草に乗って滑った。最後の一メートルばかりは宙を落ちた。川原に俯伏せになって泣き出した。十吉は起こして、松葉杖を拾ってやった。

――痛いか、と子供に聞くと、泣きながらかぶりを振った。

――なぜ来たんか。待っていよっていったじゃんか。

――ここから梟が見えるんて、おじさんに教えっかって思ったじゃん。

子供がそういうのに符牒を合せたように、頭上にかぶっている樟《くす》の葉の中に、十吉は身じろぎする物を感じた。見上げると、一羽の梟だった。

彼は堤を中途まで登り、それから、音をたてないように、樟を攀《よ》じた。下枝に立って見上げたが、梟は見えなかった。彼は様々に体を曲げて見た。だが、梟は見えなかった。そその上の枝へ登って見た。重そうに繁った葉が邪魔して、視界は更に狭くなった。梟は見えて来なかった。彼はもう一段枝を登った。すると、意外に近く、それはいた。葉の間に、透かし彫の中心のようだった。梟は十吉のすることを見守っていたのだ。

彼はもう一段、枝を登った。忍び寄るというわけには行かなかったが、相手は逃げなかった。眼が青く光り、黒い波の中の夜光虫みたいだった。彼はゆっくり睨んでから、腕を伸ばして行った。夢の中だったから、彼は梟を手摑みに出来ると思っていたのだ。

梟は嘴の音をさせて嚙みに来た。十吉は急いで手を引っ込めた。その瞬間、相手のまん丸い眼を見た。彼は笑い、また手を伸ばして行った。嚙みに来た。彼はまた笑おうとしたが、笑い切れない気持になった。苛立って、それから偏執と気後れの板挟みになっている自分を見出した。手がちぢかんだようだった。笑うべき者は自分ではなく、自分を支配している者のような気がした。しかし梟は、そんな状態に陥った彼を呆気なく解放するように、枝から離れ、縞を描いて、彼の足元を走り抜けた。葉を潜《くぐ》って日なたへ出て行くのが、蛾の化け物のように見えた。彼はそっちへ石を投げた。石はまるで関係のない方向へ飛び、空へ突き抜けて行った。川原へ落ちる音が微かに聞えた。

樟から、堤の斜面へ下りると、彼は川原に眼をやった。そして、梟を摑まえるなどということは、もともと無理だった、と子供にいおうと思った。

男の子はさっきの場所にはいなかった。十吉は薄を掻き分けて、川原へ跳び下りた。するとふらついて飛んでいる枯葉色のシミが見えた。その下を、男の子が走っていた。男の子は松葉杖を人間業とは思えないくらい巧みに使って、石ころの上を身軽に動いた。十吉は、その様を瘠せこけた子鬼みたいだ、と思った。そして、いつの間にこんな具合に変ったのか、といぶかった。

十吉も駆けた。子供は流れの跡を、こっちに首だけ見せて走っていた。その上に、梟はいた。迷いがその飛び方に読み取れた。やがて、十吉は流れに出合って、水ぎわを子供の方へ走った。

子供は岸から、梟をうかがっていた。相手は流れの真中の石に下りていた、肩を怒らせ、エプロンを子供の方に向けていた。子供は、獲物を前にして猟犬みたいに、なん回か岸を行き来してから、水へ入って行った。

梟は鳴声をあげ、翼を持ち上げた。もう、エネルギーを無為に発散している感じだった。子供はすばらしい速度で、それに跳びかかった。しかし、わずかに遅れ、梟は浅瀬に水玉を転がしながら、向う岸へ渡って行った。あわてて、舞い上がる態勢を整えようとしていた。子供は急いだが、今度も、翼と指先が一瞬重なり合っただけだった。

十吉はまた、子供を追いかけた。子供は息が切れる様子も見せないで、川原を横切って行った。その先には、歯切れ悪く舞っている枯葉色のシミがあった。

シミは、堤にぶつかった。そこは、銹色の土がなだれている急な斜面だった。翼でそこを叩き、胸を擦りつけていた。柔毛《にこげ》が抜けてまわりを漂っていた。子供は斜面を登れるだけ登り、手を伸ばして、翼の端を持った。川原の方を向いて、無邪気に笑いながら、跳び下りた。そして、二つの翼を摑んで、拡げてしまうと、梟は胴を盲滅法にゆすった。子供は獲物を羽交いにして、川原へ投げた。

――お前、随分早いっけな、と十吉は息を切らし、笑いながらいった。

そして、川原へ崩れるように坐った。子供は、石膏を嵌めた踵を石に乗せ、松葉杖を持ち上げて見せた。

――こいつは使いいいなあ。

――おじさんの削り方はうまいかな。

――おじさんが拵えたのか。

――そうだ。おじさんがお前の足を怪我させたんて、気に病んで、杖をこしらえたさ。作る前も、作ってる時も、作っちまってからも、お前のことを考えてさ。……早く癒るといいがな。

――癒らん方がいいくらいだえ。

――そうだ。松葉杖がありゃあ、梟だって参っちまうだんて。だが、怪我は癒った方がいい。

――癒らんていいさ。……こう、と子供はいって、一しきり走って見せた。

松葉杖の尖は石に軽く触れるだけで、次々と繰り出された。子供の意気込んだ体恰好にはどこか滑稽なところがあり、十吉を笑わせた。

——それじゃあ、癒らん方がいい、と笑いに噎《む》せながら、十吉はいった。

浅く水がついている所で、梟は流れない水に波紋をたて、肩を支点にして廻っていた。滑らかな粘土に鉤形の嘴をだんだんめり込ませて行った。拷問に遭っている犯罪者の恰好だった。十吉が堤の女竹を折って、それを前へ差し出すと、ガチガチッと、土のついた嘴を鳴らした。彼は四、五回そうして梟をからかい、川原に腰を下ろして、笹を歯で裂いていた。

眼の前に、小さな血痕が散っていた。彼は、

——あいつは手を噛まれていたっけな、と子供のことを考えた。

そして、今更のように周囲を見廻した。子供の姿は見えなかった。子供が松葉杖をついて走っていたのは、十吉が興奮した時に、どこかにちらついた幻像のようだった。そして、その興奮の結果が、汚れて羽を濡らした梟になって、残っている気がした。十吉は立ち上がり、梟を見詰めていた。羽交いを外してやった。梟は悪夢から醒めたように、気抜けした感じに起き上がり、翼をばたつかせながら、川原を離れた。そして、さっきの銹色の斜面をようよう越え、枯れた楊《やなぎ》の幹を伝わって舞い上って行った。

その姿が頭上の葉の中へ隠れるのを見定めてから、十吉は大廻りして、堤を上った。そして、楊の根元から、垂直に透かすように見上げた。屋根になっていたのは、樟の枝だった。そこには、梟の群れがいた。中の一匹が、さっきの梟に違いなかったが、十吉には見

分けられなかった。そこには男の子が隠されている気配があった。

十吉が樟の二段目の股まで上って行くと、梟は揃って高い枝へ移っていたようだった。彼は、自分が追い詰めていると錯覚した。しかし、追い詰めることなど出来なかった。梟たちの背後は空だったし、彼らには翼があった。

十吉の位置よりも少し低い所から、一羽が舞い立った。木漏陽を動かしながら、仲間の近くへ昇って行って、身を落ちつけた。飛び立ったあとに、白い卵が五つ六つ寄り合っていた。両端が均等に脹らんでいて、握ると掌の中に隠れるほどの大きさだった。立ち枯れた楊の上端が手桶ほどの空洞になっていて、その中に敷かれた、鋸屑《おがくず》状の粉の上に載っていた。

彼は木から下りて、女竹を一本折って、革帯に挟み、また上った。二段目の股まで行くと、幹から右手を離し、腰から女竹を抜いて、巣の方へ突き出した。竹は重く、体のバランスを崩しそうだった。尖が沈んでしまい、枯楊のひび割れた樹皮を擦るだけだった。それに、長過ぎた。時間をかけて手の中でたぐって、適当な長さに持ち変えた。

竹の尖が卵に触れた時、頭上で梟が動く気配があった。彼は心を動かされまいとした。だが、それだけでは済まなかった。翼が眼を擦りそうにして通り、竹の中途に当った。ひったくられる感じだった。手を離れた竹は、楊の根元に落ちた。また一羽の梟が胸を掠めた。梟たちは、堰を切ったように動き出した。次々と飛び交い、しつっこく目潰しをくれた。嘴の音が脅迫した。彼の視野は梟に埋められそうだった。どれが実像でどれが残像か区別がつかなかった。

——虜《とりこ》になった、と彼は感じた。そして、いった。

——だれか立ち合ってくれんか、救ってくれなくたっていい、立ち合ってくれりゃあいい。子供はどこへ行った。こんなになってまで、俺は一人でいたかあない。あの子はどうしたんか。

十吉が眼醒めると、船首材を火事のように、朝の光が縁取っていた。海は静かに息をしているようだった。彼は反射的に上半身を起こし、光が隈なく漲って行くのを眺めていた。束の間の救われた気持に浸っていた。しかし、光が無色になって行くと、彼の視界には、どこからどこまでとはいえない影がやって来た。その影は一気に拭われてしまうこともあるが、彼がそうしようとして出来ることではなかった。かなり長い間、去らないこともあった。そんな時、彼は、それを自分の影だと感じ、実体である自分が途方もない巨人になったような気がした。また、その現象を、自分を支配している者の影だ、と感じたこともあった。

その日十吉が焼津の鉄工場へ運んで行くのは、クレーンの柱だった。それは馬力の荷台から後へ突き出ていて、先端に赤い布切れが縛ってあった。その他に、四、五本の配水パイプを乗せたのが、ぶつかり合って響いていた。骨洲港で彼は近道をして、家並みの裏手へ入った。蔭の中を掘割りが通っていた。彼は堤を行った。固い地面には螺鈿《らでん》のように貝が嵌っていた。貝は川の中にも散らばっていた。川底は滑らかな砂だった。そこをうぐいが走っていて、浅瀬を越える時しぶきを飛ばした。すぐに波紋が海へ向ってせり出して行った。それは日なたで、眩しく輝き、十吉の眼を射た。港には容赦ない光が漲っていた。夏鯖の舟が五、六艘入っているようだった。川口の舟止めに、馬力が一台いて、鯖と西瓜を積み合せていた。漁師は氷を入れた魚箱を積み、馬方は籾殻を敷いた箱に、西瓜を積んでいた。十吉は近くに自分の馬を止めて、

——西瓜を売ってくれんか、と聞いた。

——荷主にいって見よ。下の舟に婆さんがいるんて、と西瓜を抱えた馬方がいった。

十吉は防波堤へ身を寄せかけて、下を覗いた。階段の中途に青年がいて、その下の伝馬に婆さんがいた。二人がかりで、馬方に西瓜を手渡していた。

——西瓜を一個売ってくれ、と十吉がいうと、婆さんは、解った、という身振りをして、作業を続けていた。中断すると数がわからなくなってしまうらしかった。作業はそう

手間をとりそうもなかったので、十吉は終るのを待っていた。

彼女は西瓜を一個舟に残して、

——これを欲しいって人があったの、といった。

——自分だ。自分が買う、と十吉が声を懸けると、彼女が見上げた。西瓜を青年が持って、防波堤を登って来た。人見知りする青年だった。十吉の視線を、磁石の同極のように、はぐらかした。彼の後から年寄が登って来て、一息ついていた。十吉は西瓜に縄をからげ、荷台の下へ釣るした。そうしている間にも、暑さが増しているのが判った。

——荷物は船のもんだの、と年寄が聞いた。

——西瓜みたいに扱いよくなくてな、と十吉はいった。

——お前さんかの、法月十吉って人は。

——自分だが……。

——もともと馬喰《ばくろう》かの。

——そうだ。

——馬喰に浜のことは無理だ。難破船を買って、大《い》い損をしたっていうじゃんか。

——………。

——いいものをやらす。一緒に来てお見。

彼女は防波堤を海側へ下りて行った。十吉がついて行くと、彼女は岸にしゃがんで、伝馬の舳先の板子を上げた。犬が餌をあさっている恰好だった。十吉は石垣の縁へ地下足袋を掛けて、彼女を見ていた。舟の艫《とも》には青年が坐っていて、彼女の手元を見詰めていた。十吉の視線を避けるために、そうしているようでもあった。

年寄は頭を上げると、

――ないの、といい、青年に向って、

――そっちを探してお見。これくらいのカネの板があるんて、と手で短冊形をこしらえて見せた。

青年は急に顎を突き出して、小刻みに振りながら、彼女の手の恰好を見ていた。十吉を見ないように神経を使っていた。頷きもしないで、艫の舟底を調べていたが、真鍮のプレートを持って、年寄に見せた。

――こっちへおよこし、と年寄がいった。

青年は胸のあたりでプレートを水平にして、十吉の方へ投げた。十吉は年寄の方へ投げると思っていた。で、狙いはよかったが、十吉は指先にぶつけて、落としてしまった。それは澄んだ音をたてて、石垣の縁で弾み、水に落ちた。一、二度光って、ジグザグに沈んで行った。消える時に、一気に岸から遠ざかるのが判った。

年寄はしゃがんだまま、青年を睨んでいた。彼は彼女の視線に戸惑い、いたたまれない様子だった。

——いつもこんなことをする。大事な物を粗相しちまって、と彼女はいった。

——大事な物か、と十吉は口を挟んだ。

——お前さんの難破船に付いていたもんだ。ほれ、免許の……、鑑札とでもいうずらの。

——…………。

——お前さんには、記念になると思ったけえがの。

——記念か……。それは自分のいうこんじゃない。元の船主のいうこんだ。

——お前さんにだって関係あるに。

——…………。

——ある物を失くさんでもいいにの。

——海へ沈んでりゃあいいさ。そう惜しいもんでもない。

十吉はそういった。そして、防波堤を上って、馬力を引いて出発した。畳岩まで行って、彼は立ち止まり、港を眺めていた。口の中でぶつぶついいながら、しばらく考えていたが、今来た道を川口の舟止めまで引き返した。彼は水ぎわまで下りて行った。防波堤の下へ、ゲートルと地下足袋と乗馬ズボンを脱いで、海に入った。案外深かったので、彼はシャツも脱いで、堤へぶつけた。虹色の油が散るのを見ながら、水面に顔を漬けた。海藻のカケラがゆっくり動いているだけだった。石垣が幕みたいな影になって水底の曖昧な色の中に融け込んでいた。そこは折り悪しく、全体が鈍い真鍮の色だった。

彼は顔を上げて、少し石垣から離れ、向うからこっちへ、顔を沈めて潜《もぐ》って行った。潜水には浅過ぎて、具合が悪かったが、それでも、蛙が時々するように体を平たくして、水底にへばりついた。滑らかな砂を濁らせないように注意して、少しずつ動いた。銹びたワイヤ・ロープにまといついた青海苔が、あちこちで揺れていた。俺は自分のまわりに小さな嵐を起こしている、と彼は思った。プレートは、ワイヤ・ロープの下側へ入り込んでいた。敏感に湧き上りそうな砂に蓋をした感じで、落ちていた。彼はそれを拾うと、眼に近づけて確めた。そして、ワイヤ・ロープを握って揺すった。砂の煙が湧き上るのを見て、立ち上った。首が水から出る瞬間、口をついて声が出そうだった。

——あった、あったよ、おばさん、とでも、さっきの年寄に呼び掛けたい気がした。海面に白抜きに、彼女の舟の形が見えたが、それは横に流れ、突堤を越えて、斜に空へ上って行ってしまった。十吉は苦笑した。

水は胸まであった。彼はプレートを持ち上げて、眺めた。真鍮の面は曇っていた。そこに、第三北人丸、自重量三百十八瓲、積載重量四百七十五瓲、発動機エーアレス・デーゼル四百十五馬力、無線電信装置標準第八号東洋型真空管式、速力八・三節、船籍大日本帝国樺太大泊港、と彫ってあった。

十吉は岸へ上がり、体を拭いた。衣服を着けると、ゲートルは手に持って、防波堤を登って行った。馬力は引いて、漁協の事務所へ行った。事務員は五十がらみの男が一人しかいなくて、帰郷中の漁船員らしい青年と世間話をしていた。

——さっきまで港に、伝馬から馬力に西瓜を積んでいたお婆さんがいましたっけが、どこの人か知っていますか、と十吉は聞いた。

——婆さん……、いたか、と青年は事務員にいった。

——自分も、今ここへ来たばっかりですんて、と事務員は十吉にいった。

——川口の舟止めで働いていましたっけが、たびたび来る人じゃあありませんか。

——舟で西瓜を運ぶ婆さんなあ……。一軒で西瓜をまとめて出荷することは、年に一度か二度ずらだろうで。

——馬力へ積んでいたって……。どこの馬かえな。

——夏鯖と積み合せていました。

——夏鯖は骨洲の駅へ出いたんじゃないか、と青年がいうと、

——ううん、このごろは本線の駅へ直接出いているよ、と事務員は応えた。

——川北の馬力が今朝入っていたっけかな。

——港へか……。いたかもしれん。

——一番あとから出て行った馬力です、と十吉はいった。

——一番あと……、ゴーターかな、と事務員は笑いながら、いった。

——ゴーターのかみさんに聞いて見りゃあ判るんじゃないのか、今日西瓜と鯖を積むっていってたかどうか、と青年は事務員にいった。

——お前さん、急ぐかね、と事務員が十吉にいった。

——自分は、早けりゃあ早い程いいですが。

——急ぎの用事な。早く知りたいわけだ。

事務員は藁半紙に考えながら地図を描いて、榎田剛太郎、と名前を書き込んだ。そして、

——西瓜を持って来た婆さんな。ゴーターの連れ添いにそこまで判りゃあいいがな、といって、紙を十吉に渡した。

——やっこさん、蟬を聞きながら寝ているかもしれん、と青年はいって、笑っていた。

道へ出て十吉は馬力を見た。クレーンの支柱が長く、荷台からはみ出していた。それを早く片づけてしまいたい気もした。十吉は、しばらくの間に、自分が踏ん切りが悪くなっているのを感じた。彼は、また考えていた。

十吉の視線はあてどなくあたりを這っていたが、アオの下腹に虻が三匹止まって、うっとりしているのを見つけた。その廻りには点々と、吹き出した血が赤い木の実みたいに盛り上って、凝固しかけていた。彼は漁協の軒に落ちていたトタンの切れ端を拾って、虻を

叩き落とした。それからもしばらく迷っていたが、ゲートルを巻き、馬力を引いて焼津へ向った。

十吉は車のブレーキを軋ませて、急な坂を下りて行った。馬が怖がっているのが判った。彼は体を反らせ、足を踏み緊めながら歩いた。その坂を下りて来たのを後悔していた。しかし、下り始めてしまった以上、浜まで行かないと方向転換が出来なかった。

浜には風がなかった。空気は凝《こご》っていて、皮膚に汗が流れて行くのがつぶさに感じられた。猛烈な蟬の声だった。大きな波になって、間断なくかぶさって来た。それを逃がれる気持で、彼は浜を横切って渚へ行った。濡れた砂が気持よかった。砂が緊っているので、馬を歩かせやすかった。部落は入江の西側にとりついていて、細い三角形の日陰の中に、半分隠れていた。その直ぐ前の浜で、船を拵えていた。四、五トンの機帆船らしかった。白木の骨組みが動物のそれのようで、十吉には、気になる程だった。そこでは、もう立てしまった肋骨の中で、二人の舟大工が黙って働いていた。一人は龍骨の上に立って手斧《ちょうな》を使い、一人はそれを跨いで、鑿《のみ》で帆柱のほぞ孔をあけていた。二人とも褌《ふんどし》を締めているだけで、裸だった。削りたての龍骨は汗で濡れていた。十吉が声を掛けると、若い方の大工がなめくじの感じで彼を見た。

――久山ロクさんて人を知りませんか。

舟大工が、眼を二筋の皺のように細めて、十吉を見詰めていた。その顔を汗が伝わっていた。返事をしようというより、相手を観察しようという表情だった。

――久山ロク、もう年寄ですが……、と十吉は繰り返した。

――知ってるよ。用があるんかね、と大工は唇だけを動かしていった。

――会って話したいことがありますんて、家を教えて下さい。

――親類の人かね、お前は。

――違いますが。

――知り合いかね。どういう用かね。

十吉は質問されているのに気づいた。そして、俺には別に隠すことはない、と自分にいい聞かせた。それにしても、舟大工の態度は、十吉にいい渋らせた。その間、相手の細い皺みたいな眼は、十吉の口元に注がれたままだった。二人は向き合って、揃って蟬の声に耳を澄ましてでもいる恰好だった。

――難破して、白須賀の浜へ打ち上げられた船のこんですがね。ロクさんがいろいろ知っていることがあるらしいんて、聞いてみすと思ったもんですで。

十吉は事を進めようと思って、そういった。若い舟大工は身じろぎもしなかった。十吉は喋りながら、俺の声は蟬の鳴声に紛れてしまうのか、相手は、俺が口を鯉みたいに動かすのを見ているだけか、などと思った。だが、若い舟大工の後で、親方らしい舟大工が、蟬の鳴声を避けるようにこっちへ身を乗り出したので、そうでもない、と感じた。

しかし、返事はなかった。空気は更におかしくなっていた。親方らしい舟大工も手を止めて、皺のような眼で十吉を見詰めていた。二人の舟大工は、二匹の同種の動物みたいに十吉には見えた。船の肋骨は、檻の感じだった。

――ロクさんは、その船のこんを知っているようです、と十吉は、つけ足しにいった。

――そうか、そんな船があったっけか、と青年は、うそぶくようにいった。

――鉄、こっちへ来て見よ、と親方らしい舟大工がいって、大儀そうに立ち上った。

二人は肋骨の隙間を抜けて、部落の石垣の下へ行った。そして、それぞれ足元を見ながら話し合っていた。若い舟大工は時々十吉の方を窺った。十吉は自分の姿勢を意識して、無造作に立っていようと努めていた。

年輩の舟大工が近づいて来た。十吉もそっちへ歩いた。

――おロクをたずねるって、あいつはな、折羽《おればば》っていう、この先の入江に住んでいるけえが、舟で行かんとな。

――岡から行けないもんですか、山を越えて。

――無理ずらよ。道がおかしな具合になっているんて、岐れ道へ入ってってっから……。

――自分は馬力を引いて来たもんですで。

――馬力なんか、とても引いちゃあ行けん。

――………。

――あの馬だな。俺らが見ていてやるんて、馬と車はこの浜へ置いて行けや。舟で小一時間もありゃあ、行けるとこだんて。

――そうですか……。

――連れてってやらあ。

十吉は舟大工と対話が出来るようになって、嬉しかった。十吉が遠慮しているうちに、舟大工は部落の舟止めの方へ行った。家々を乗せている石垣は、外れで階段になって、海へ入っていた。そこが舟止めで、三、四艘伝馬があった。十吉は馬力を引いて、舟大工についていって行った。そして、荷車は石垣の下に、馬は松の木立ちに入れた。

十吉が伝馬に乗って、舳先に腰を下ろすのを待って、舟大工は竿で石垣を突いた。そして、片手で艪を動かしていた。

十吉は、舟大工たちと険悪に向い合った時のことを考えた。どうしてああなったのか、半ばはこの連中の人見知り、半ばは自分の人見知りだった、と彼は思った。建造中の船には、肋骨の中に若い舟大工が見えた。彼は仕事に戻っていて、もう十吉のことを忘れているようだった。手斧を振っている様子が屈託ないように、十吉には思えた。馬は伝馬の真後に小さくなって行きつつあった。真横を向いたきり、少しも動かなかった。松の色とほとんど同じで、この土地になにかいわれのある馬の銅像のようだった。

――どこから来た、お前は、と舟大工が聞いた。

――今は白須賀に住んでいますけえが、出は速谷《とおだに》です。

――速谷っていうと、大井川の上か。

――そうです。

――遠いのう。

――自分は向うの馬喰です。

――今は白須賀に住んでるって……。さっきの船のこんでか……。

――そうです。難破船です。第三北人丸っていう、樺太の船ですけえが……。

――知らんけなあ、さっぱり。そいで、おロク婆が知ってるって、その船のこんを……。

――あの人が知ってるかな、って思えるもんですで。

――船は白須賀の浜へひっくり返ってるっていうんだな。なぜそんな目に遭ったかってこんか、お前が聞きたいのは。

十吉はそれ以上いっていいものか、迷っていた。視線を水面に落とすと、舳先が切る波が、せわしく流れていた。舟から離れるとゆっくり拡がって、切り立った岸まで届いていた。波間には、さよりが身をくねらせていた。さよりの群れが入江の広い範囲を埋めているのらしかった。

舟大工は、とりたてて知りたくもないが、という様子だった。しかし、十吉は義理堅く、話は続けるべきだ、と思った。

——自分は損をしました。難破船をそっくり払い下げたっけですが、五日あとに行って見ると、金目の部品は全部剝いでありましたもんで。

——銭は払っちまったのか。いくらだ。

——千八百六十円です。

——銭は海を越えて樺太へ渡っちまったのか。

——まあ、そうです。

——おロクが知っているってこんは……。

——あの人が知っているか、どうか……。

——泥棒の件を、知っていそうだってこんだの。

——………。

——あいつが怪しいってわけだの。

——いや、そういうわけじゃあ……。

——いいさ。聞くだけはちゃんと聞くさ。お前だって難儀をしているんだし。

十吉が口を噤むと、舟方も黙って漕いでいた。舟は入江を出外れ、行手は一度水平線ばかりになった。伊豆半島まで背後へ廻った。やがて、右手間近に折羽の崖が移動していた。痩せた松がまばらに岩にとりついている、放置された岸だった。頂上近くに四、五軒の部落が見えたので、

——ここいらの子供は、学校はどこへ行くんですか、と十吉は聞いた。

——餓鬼どもか、骨洲まで行くだに。山道を伝わっちゃあ、よく通うの。行く時には隊を組んで行くけえが、帰りには一人になって、山をまっしぐらに走って来らあ。危いと思うが、猿みたいなもんだ。

二人はいく曲りした道を登って行って、なだらかな台地へ出た。

——ここで待っていてくれんか。おロクを連れて来るんて、と舟大工はいった。

十吉には、彼がなぜそういうのか解らなかった。十吉が怪訝に思っているうちに、彼は部落へ入って行ってしまった。舟大工の頭が見えなくなると、十吉は海側を向いて、見え隠れしている道を、眼で繋ぎ合せようとした。足の下の眺めは、様々な角度に石垣が入り組んでいた。海は澄んでいて、細波のゆらぎが底に映っていた。若布《わかめ》やてんぐさが、岩と斑らを描いていた。低い岬の突端からは、鰐の背みたいに岩礁が列なっていて、外海の波を割

っていた。その日は静かだったが、荒い波に骨までしゃぶられた感じの地形だった。舟大工がロクを連れて現れた。十吉は遠くから彼女を見て、また人見知りを感じなければならない、と思った。彼女は、骨洲港で見た時とは別人のように、閉じた表情をしていた。

――さあ、二《ふた》ってゆっくり話しとくれ、と舟大工はいって、浜の方へ下りて行った。

彼女はちょっとまごついて、縋《すが》る眼で舟大工を見た。そして、

――どこへ行くか、と聞いた。

舟大工は振り返って、酒を飲む仕種をした。そして、

――今日は仕事はやめだ、といった。

彼女は苦笑した。それから、うっとうしそうに十吉の方を向いた。敏感に十吉の乗馬ズボンのポケットを見た。そこからは真鍮プレートの端が出ていた。十吉はそれを引き出し、

――あれから自分は海へ入って、見つけたっけ、といった。

――なんでがす、それは、と彼女はいった。

――あんたはおロクさんだね。一昨日骨洲へ西瓜を運んだ……。

――骨洲なんかへは行かなんだが……。

――あんたはおロクさんだね。

――そうだ、ロクだが……。

彼女は眼を伏せた。その眼は行き所がなくなって、行ったり来たりしていた。十吉の神経質になった眼差《まなざし》が注がれているので、彼女の白髪頭《しらが》は、見えない手に圧えられているように、上らなかった。十吉には、その様子だけで充分だった。

――お前は糸口だ。隠す気なら隠せ、と彼は心に呟いた。

彼は、自分が飼っている生き物が檻の中で行き惑っているのを見るように、彼女を見た。彼女を見透かしていることを感じた。性《しょう》が抜けかかった千縞《せんじま》の仕事着の中に、固く、変形した骨格が判った。自分と同じ内臓が、どんな具合に畳まれてそこに収まっているのか、と思える程だった。そして、そんな体の末端にふさわしく、関節が瘤《こぶ》になった手を見た。指は蹄の感じだった。

――この人を責めに来たわけじゃあない、と十吉は心に呟いた。

自分が今からすべきことが、彼には判る気がした。彼女とのやりとりは不徹底のままで措いて、いくつかキッカケを掴むだけでいい、それからだんだんに事を明らかにすればいい、という考えが心に湧いた。

――いいたくなきゃあ、いわなくたっていい。俺は無理は嫌いだんて。

十吉は気持をそのままいった。しかし、彼女は、その静かな口調を、かえって威しのように受け取ったのかもしれなかった。

――いいたくないなんてことはない。鑑札はお前さんのもんだんて、お前さんに戻って当り前だ、と体を揺すりながら、いった。

――船だって俺のもんだ。

――それはそうだ……。お前さんが聞きたいこんは、わしがその金具をどこで見つけたかってこんだの。

十吉は頷いた。彼の眼は耀き、彼女を身震いさせた。それを十吉は、自分はこの人に済まないことをしている、と感じた。

――お前さんが知って当り前なこんだ。ここで喋っているよりか、現場へ連れて行くんて、一緒に来ておくう。

そういって、彼女は初めて十吉の眼を正面から見た。彼が見返すと、彼女の眼は据っていた。十吉がうかつに過ごしていた間に、彼女は或る境を乗り越えていたようだった。

――都合が悪いことがあるのか、ロクさん。

――そんなこたあない。

彼女が歩き出したので、十吉は、近くに置いてある樽に懸樋《かけひ》から落ちている水を、片手で汲んで飲み、追いかけて行った。二人は風除けの槙垣の下を歩いた。いたどりや茅《ちがや》が体を擦る、溝みたいな道だった。彼女の下半身は草に埋まって、絶え間なく、木漏陽を背に流していた。その足取りを見ていると、さっきまでの迷いは、跡形もなく消えているようだった。

彼女は、むき出しの平な岩へ登った。そこは崖の頂きで、眼下のほとんど垂直な岩の裾に、波が滲みる感じに寄せていた。十吉がしばらく海を見ていて、彼女を見ると、目立って青くなった顔に汗が玉になっていた。それは人間の汗というより、食物が腐りながら浮かべる汗に似ていた。彼は、彼女の弱く速い動悸と、自分の穏やかな動悸をなに気なく較べた。

——矢張り都合の悪いことがあるようだな。

——お前、わしにいやをいわれれば困るだろうに。

——いやだといってくれたっていいさ。

——…………。

——ロクさん、怖いんじゃあないのか。俺には大概見当がつく。お前っち部落のもんは、申し合せて伏せっかって思っている。

——その通りだに。

——…………。

——お前は警察とは違うずらの。警察に筒抜けにするようなことはしないらの。

——警察にだって、必要がありゃあ出て貰うさ。

——よく考えてお見。だれかが悪事をしたってお前に打ち明けたら、警察にいうか。

——いうだろうな。

——その手合いが腹の底から後悔していてもか。

——いうだろうな。第一、後悔していたら自分で警察へ行くだろう。

——そうか、それじゃあ、このお婆を警察へ連れてお行き。お前の船のもんを盗んだのは、このお婆だに。

——船から光り物を剝ぐことが、ロクさんに出来るか。

——わしが身内を焚きつけてやらせた。張本人はわしだに。

——…………。

——わしだに。

——……なぜ、あの真鍮板を俺によこしたのか。

——わしが後悔したからだえ。恥かしい話だけえが、銭の分け前のこんがキッカケで後悔し始めた。そのうちに本当の後悔になって行っただに。お前さんの船に附いていたもんだ、お前は、船を買った証拠に、あれだけは身に附けていた方がいいって考えた。

——…………。

——戦地で足を取られた男だって、証拠の徽章を附けているに。

——そんな物は役には立たん。

——そりゃあそうだ。役に立たんで悪いなとは重々考えたけえが、そいでも、港でお前を見つけた時には、嬉しいっけ。お前は子供みたいな眼をしていたの、あの時。

――俺は諦めていた。

――ゆんべ、わしは夢を見たに。舟で海を通っていたら、お前が必死に浜を走っていた。時々こっちを向いて、ものをいいながら走っていた。わしは白状させられちまうかって思って、怖くての。息子を怒鳴りつけて、急いで舟を漕がせていた。そのうちに、お前は海へ入って、どこまでも、どこまでも追って来た。とうとう白状させられずに済んだけえが、眼が醒めてっから心臓がドキドキしての、このまんま収まらずに、仕舞になるのかって思えちまっての。

――…………。

――だが、こうして白状していいっけ。お前の気の向くようにして欲しいの。さっき、警察へ連れて行くっていったの。手を縛りたきゃあ縛って、連れて行っておくれ。

――…………。

――そうしておくれ。

――警察は嫌いらしいじゃないか。

――嫌いでもなんでもいい。

――怖いだろう……。ロクさんの寿命を仕舞いにするようなことは、したかないんてな。

——警察は怖かない。怖いのは、お前さんだ。穏かなお人だって判ったが、わしには堪らなく怖い。罰《ばち》を当てておくれ。お前さんは裁判官だ。

——ロクさん、そうじゃないだろう。嘘だな。お前は悪かない。船の物を盗んだのはお前じゃない。お前の身内かも知れんが……。とにかく、お前は関係ない。

——だれとだれが悪いか、刑事が調べをつけるによ。わしが警察へ行きゃあ、お前の思い通りになる。

——思い通りに……。俺がしたいことは、人を警察へ送ることじゃあない。現物が返ってくりゃあいいさ。金銭でもいいが……。そうならなきゃあ、借金が返せんじゃあないか。

十吉は終りの方は、地下足袋を見ながら、呟くようにいった。自分にいったようだった。ロクは耳が遠かったが、それでも、十吉の小さな声を全部聞き取った。

その時、岩の向うに二人の男が顔を出した。蜥蜴みたいに場馴れした歩き方で登って来た。岩の向うの道はゆるく上っていて、二人の体全体が現れるまでに、かなり間があった。彼らはなかなか十吉の方を見なかった。彼らが偶然通りかかったように、十吉には思えた。

——なんに来たか。しかし、上り切ると、互の間隔を開けて、十吉を挟む恰好で近づいて来た。

——……。この方は刑事さんだに、とロクはいった。

――挨拶くらいおし。

――暑いなあ、婆さん、と背の低い一人がいった。

――お前さんちはだれですか、と十吉は聞いた。

――お前はだれか。

――法月十吉、刑事じゃありません。

――刑事じゃあないってよ、婆さん。

二人は十吉の前後にいて、前にいる背の低い青年が、唇の端で笑いながら口をきいていた。十吉は別に緊張しているようでもなかった。銃を知らない動物が、銃口の前で普段の様子をしていると、彼らには見えるらしかった。かえって、彼らは挑撥された。

――貴様、やる気か、と前の青年が突然いった。

――………。

――どっちだ。

――どっちでも結構です。

――俺っちも結構だが……。

十吉は、背後から一人が体に腕を廻しに来たのを感じた。かなり喧嘩馴れた、す速い動きだった。十吉はその腕を振り切った。そうしながら彼は、相手の力を知った。予期した通り、前の男が進んで来たので、一歩前へ出て、隙を見て右の拳を突き出した。正面の顔は、水に映った影が揺れるように歪んだが、もう一度出て来ようとするので、左の拳で殴った。相手は最初受けた一撃が偶然ではないのが判って、ひるんで、あてどない顔になって、よろけた。十吉はもう一人の方を見た。その男も萎縮していた。十吉は、その男が抗って来なければいいが……、と思っていた。その男は岩の上に不本意に引っ張り出されて、まごついている感じだった。それでいて、十吉の視界に捕えられて、外へ行くことが出来ず、身を曝したままになっていた。彼が闇雲に前へ出て来るのを見ると、十吉は自分の辛辣な拳が、その顔に向って出てしまったのを感じた。

――軽く行っときゃあいいっけ、と彼は思った。

仰向けになって退いた男の唇の端から、血が流れた。紐になって、どう動いたのか、シャツに赤い点が散らばった。

――後生だ、やめておくれ、とロクの声がした。

十吉は彼女に頷いて見せた。血が流れた唇は脹れて、その男は紫色の分厚い口枷を嵌められたようだった。斜に十吉を窺っている眼が暗かった。その後で、

――行かざあ、ともう一人が、逃げることを促していた。

十吉は、行ってくれ、行ってくれ、と心に呟いていた。そうした光景を自分がこしらえてしまったことが、堪えられなかった。

――あいつらだに、わしの甥は。わしの実の兄貴の息子らだ、とロクはいった。

――悪いっけなあ。あんなにせんでもええっけ。俺がこの入江へ来たのが、どうして知れたんか、と十吉はいった。

――それはそれ、あいつら、ちゃっと嗅ぎつけたさ、鮫みたいに。

――あの人っちも、一人が倒されたら、もう一人は、連れて引き取りゃあいいに。普通、あんな喧嘩をしやあせんが……。喧嘩の仕方を知らんのか。

――喧嘩は随分やるによ、あの二人は。どうしようもない病気だ。自分の血を見せて貰って、いい薬になったろう。

――俺は後味が悪い。

――お前さんは気分悪がることたあない。一つも間違っちゃあいん。狂っているのはこっちだ。……お前に損をかけた分は、必ず弁償するんての。わしと息子が身を粉にして働いて、返すに。

――考えるじゃあない。俺がお前の代りに考えるんて。四、五日考えさせてくれ。そうして、またこの岬へ来る。

――…………。

――俺に委せてくれや。

——十吉さん、飯を食べてっとくれ。今っから、麦を入れんで、炊くんて。

——よばれていいか。

二人はロクの家へ戻った。彼女は米を枡で量って桶に入れ、十吉は竈に火を起こした。

——米をといだら、しばらく置いときたいがの、といいながら、彼女は煤けた釜を火にかけた。

冬瓜と鰯を煮、若布の味噌汁を作った。それと漬物がおかずだった。彼女は食べなくて、十吉の給仕をした。彼のそばに坐っているだけで、彼女は満足しているようだった。夕顔が開きかけていた。凝集していた蝉の声が、少しずつゆるんでいた。木立の根方にも空が透けていた。十吉は自分が岬にいること、外海に取り囲まれていることを意識した。

——垣根の向うに、さっきから立っている人がいるけえが、と十吉はいった。

——息子だの。半六、こっちへおいでな。ここへ来て、お食べ。

彼は来なかった。ロクは立ち上がり、勝手場から水と塩を取って来て、結びをこしらえた。二つ作り両手に持って、生垣の切れ目から外へ出た。半六は結びを食べているのらしかった。

十吉も立ち上って、夏葱の生えた狭い畑を横切り、生垣をがさつかせて道へ出ると、彼の胸を擦って半六が走った。十吉は最初から、半六という息子は一昨日骨洲港の舟止めで見た青年だろう、と思っていた。その通りだったが、彼は意外に大きく、逞しかった。そう見えたし、それに、十吉にぶつかった感触が、若い馬の胸のようだった。後姿を見ると、遠ざかっても速度を落とさず、まるで背後に追い立てる者がかぶさって行く感じだった。十吉は笑い出した。

——半六さんが、上の入江まで舟を漕いでくれんかな。船を拵えてる浜までだけえが、と十吉はロクにいった。

——お前、帰らんでもいい。この家へ泊ってお行き。蚊帳もあるんて、とロクはいった。

——馬を上の入江に預けてあるんて、そうは行かん。

——上の入江になんか、なぜ馬をおいて来た。

——この入江へ入るに、馬で入れるって思って、骨洲から馬力を引いて来ちまったさ。

——なぜそんなことをした。それじゃあ、馬が気になって、泊っちゃあいられんのか。

——今度来た時に泊らして貰うよ。

——惜しいの。今夜も泊って貰わすって思ったに。

ロクは、十吉が困るほど実《じつ》のある眼をして、彼を見詰めた。十吉はその眼をはぐらかして、

——俺は、お前の息子と似ているのか、といった。

——死んだ佐一と……、そうだ、性質がな。

——お前さんの方が、佐一よりか立派さえ。佐一だって出来の悪い方じゃあないっけが……。体恰好っていやあ、半六に似ていたの。

——…………。

——あの人はいい体格だなあ。

——この頃だって、弟に漕がせて舟に乗っていて、こうして後から見ていると、兄貴が生き返ったかって思うことがあるの。舟を漕いでいる時だ、一番似ているのは。

この人には、舟へ乗ることが慰めかも知れない。半六の体を手懸りに、昔と同じ視界に佐一を想像で描くことが……、と十吉には思えた。

——脳がの、舎弟の方はお話にならん。死んだ兄貴の方は、それでもの、学校で表彰されたりしたし……。

——どこで戦死したんか。

——戦死したんじゃない。船で死んだ。銭洲《ぜにす》へ鰹を釣りに行った時さ。嵐に入り込んじまって、この入江まで逃げて来たが、ここも大荒れで船を着けられやあせん。そいで、最後の力を振り絞って、清水港へ逃げすと思っただけえが、もう一足ってとこで、大波をかぶっちまって、あとは、海にいいようにされちまった。久能の磯での。……真夜中だっけもんでの。

――どの位の船だっけのか。

――二十何トンっていったのう。沈んじまったわけじゃあない。大抵の舟方衆は蟻が零れるみたいになって、波に浚われちまったっていうが、息子と一緒に死んだ衆は三十四人、助かったのは、たった三人だに。

――漁師もきついな。

――そう思うか。佐一の頃まではの、好きでやっていたわけじゃあない。網元の子飼いにされて、舟方の子は舟方になるように出来てた。わしの甥小僧らも、普通に行っていりゃあ今頃は漁師で、それでも食うに困ることはないっけだが、網元に愛想尽かしされて、勝手なことをやってる。お前さんの船を剥いだ手合いらだ。岡をうろつく奴らは出来損ないだ。半六だって見た通りだ。みんな行き場のない奴らだに。

――行き場……、海のこんか。

――そうだ、海だ。

――………。

――お前さんは速谷のお人だっていったの。今は、骨洲港へ泊っているんか。

――白須賀の浜にいる。船のわきへ寝ているのさ。船の中へ寝る夜もあるが……。

――そうか、それじゃあ、白須賀へわしが食べ料を一切運んでやるに。

――気が向いたら、そうしておくれ。

——なぜ、気が向いたら、なんていう、とロクは声を顫わせた。

——なぜ、お婆をこき使ってやる、一銭残らず弁償させる、っていってくれんのか、と彼女はいって、声を詰まらせ、千縞の袖で顔を押えて、しばらく泣いていた。

十吉は戸惑って、足元に湧いた薄闇の中を見ていた。二筋の波がしごくようにぶつかり合って砕けるのが浮かぶ気がした。彼は、

——そのことは四、五日考えさせてくれ。ロクさんにとって悪いようには出来ん、と心に呟いた。そして声に出して、

——半六さんが舟で上の入江まで送ってくれるかな、といった。

十吉は桟橋の端にしゃがんで、長い間動かなかった。透明な闇に眼をこらしていた。海には、対岸の山がそのままの影を映していた。その深い影の中には、蝉の鳴声まで籠っているようだった。影の風景には死の気配があって、十吉をゆっくり引き込んでいる気がした。彼は胸を衝かれて、自分を取り戻し、

——なにもかも放り出してしまい、生きる手懸りがなくなったからだ、と思った。それから、

——そっくりっていうわけじゃない。俺が大方諦めたのは船の件だけだ、と思い直し

た。

彼は体に溜っている重い疲れを感じた。それは膠《にかわ》のようなもので、骨や肉の中に染み込んでいて、体をこわばらせて行くようにも思えた。フレームや鉄板や、シリンダーの外殻やパイプの重さを、彼の体は知り過ぎてしまった気がした。触るのも億劫だった。そして、放置しておくと、益々億劫になるのは判っていた。彼はまた、同じ疲れを馬が分け合っているのを感じた。アオの関節や筋肉が自分のもののように感じられた。その日最後に見たアオの、身動きするのを怺えているような姿勢を眼に浮かべた。

——望みなく働くってことは、死ぬより辛いことだ。……望みなんか持つから、こういうことになる。そんなものを、もともと持たなければ、世間も平《たいら》に見えるし、死だってもっと無表情に見える、と彼には思えた。

彼が下関を輸送船で出港する時、悲鳴の混った騒ぎが渦巻いていたが、その中で、彼は黙って、これから乗込む船の吃水線の辺に、一匹の鱚《きす》が泳いでいるのを見ていた。弱っているらしく、口を上にして浮き上って来ていた。胸の弾みが収まって行き、騒ぎが別世界のことに感じられた。

——さっき船艙に曳き入れた馬に似ている。みんなそうだろうに……。この大袈裟な絶叫はなぜ必要なのか。だれかが俺を満洲へ送る。俺は反対しないで送られて行く。それだけのことだ。どこにも自分はない。

彼は、兵隊として責任を負う気もない自分を感じていた。それで、なんにも嘘はなかった。

——俺に今根を張っているものはなんだ。兵隊という身分は、俺という土に根附きはしなかったのに、俺には別のものが根附いている。原因は船がむくろ同然だってことか。金銭が無いってことか。望みが持てないってことか。そうかも知れん。だが、船に値打が甦ったとしても、金銭をそっくり弁償させたとしても、生甲斐を取り戻したとしても、俺に根附いたものは枯れるだろうか。たとえ、俺一人がどんなにいい暮しが出来るようになっても、俺を緊めつけているこの根は残りそうだ。正体は判らないが、こいつは俺をとことんまで苦しめそうだ。俺はもてあましている。こんなに俺に触り、こんなに喰い込んでいる。俺は、これからずっと、こいつと附合いをやめることを赦されなくなるだろう。

——とことんまでだれかが苦しんでくれなきゃあ、わしらの苦しみも行き所がありゃあせんに。大勢の人間が、わしみたいに、つまらなく生き、つまらなく仕舞わにゃあならん、とロクの声が十吉には聞えた。

——俺だってつまらなく生き、つまらなく死ぬ。お前と一緒だ、と十吉は彼女の声に応えた。

——お前が、その、とことんまで苦しんでくれるお人じゃあないのかえ。

——俺にはそんな器量はない。手前が可愛いんて、無駄に苦しむだけだ。

十吉は一人でそんな対話をしている自分に気づいて、苦笑した。

眼の前の立体的な影が突然ゆらいで、舟が通るのが見えた。影は更に割れて、突然舞い立った蝙蝠の群れみたいに、次々と十吉の方へ寄せながら、足元までは届かないで消えていた。やがて、近い所で人声がした。数人が渚へ立っているのらしかった。一人がだれかを詰《なじ》っていたようだ。二、三人が浜へ上って行き、舟へは交替で乗った者があった。桟橋の先を斜に掠めて、影の山の部分から空の部分へ出ると、十吉には、いく分はっきり見えた。

舟には一人しか乗っていなかった。艪に手を掛けて突っ立ったまま、こっちを見ているのらしかった。人影は、十吉に対して正面切っている形だった。そして、脚に巧みに力を籠めて、体の平均を取っていた。十吉を観察しているのらしかったが、それも確かなことではなかった。十吉が見詰めていると、相手は桟橋に背を向けて外海を眺めているのかも知れない、と思えて来たりした。しかし、相手がだれであるかははっきりしていた。半六に違いなかった。十吉は、さっきの逞しい体の感触を、相手からもう一度感じた。

——ロクさんの息子だな、と十吉はいった。

——……………。

——ロクさんの息子なら、ロクさんが今探しているんだがな。俺を上の入江まで連れてってくれんか。晩くなっちまったが……。晩過ぎるかえ。

十吉の声は無視されて、海面を滑って行った。舟の揺れは止まり、相手は杭みたいに突っ立っていた。返事をしないところが、いかにも半六だった。

しばらくして、十吉は背後に人が動いていると思った。すぐに、夜気に冷えた上膊が他人の体温を感じ、汗で饐《す》えた臭いが鼻をなぶった。二人だ、と十吉が思った時、桟橋の附根で雪駄の音が聞えた。そこには、なん人いるのか見当がつかなかった。

十吉の神経が目まぐるしく働いていた時、彼は裸足の踵に腰を蹴られた。その足は彼の体の芯に響くように当った。十吉は海へ落ちた。彼はす速く気持を変え、体を水に委せた。慌ててはいなかった。しかし泳ごうとして水を蹴ると、足が底の岩にぶつかって、息が詰まりそうに痛かった。水底は、立つことも泳ぐことも出来ない状態らしかった。彼は縮んだ足を曖昧に動かして、少し先へ移動した。

彼は改めて立泳ぎしながら、桟橋を眺めた。体を動かしながら、眼を凝らした。そして、男が四人いるのを確かめた。彼らに十吉の位置は判るのらしかった。行方をくらました方がいい、と彼は思い、入江の出口の方へ泳いで行った。そして振り返ると、もう桟橋さえ見えなくなっていた。見当をつけて見詰めていると、青い闇の中に黒い影が凝《こご》っている気がした。水中で足がおかしい痛み方をしていた。相当な怪我らしかった。水底にわだかまった岩に対する不安が、もう一度彼の胸に湧き上って来た。

彼はまた不徹底に水を蹴りながら、桟橋から遠い渚へ廻って行こうとした。かなり泳いで渚の白い帯へ近づいて行くと、蜘蛛のような影が走っているのが見えた。十吉はもう一度沖へ引き返した。そして身を漂わせながら、このまま浜へ上ろう、と心を決めた。彼らと闘っても、いい結果になることはあり得なかった。場合によっては、だれかの血か、自分の血が流れるだろう。行き着くのは、またあの気分だ、しかし、それでケリがつくんなら、一応ケリをつけよう、と彼は思った。

十吉の後から波が寄せて来て、肩を越えて行った。それが縒《よ》れて遠ざかって行くのを見ていると、艪の音が聞えた。半六の漕ぐ伝馬が一個所で方向転換していた。まわりに立つせせこましい波が、次々と十吉にぶつかって、ザブザブと音をたてた。方向を定めた伝馬は、十吉を目がけて進んで来た。そして、彼がゆっくり身を躱《かわ》すと、うなじの上に舳先がせり出して来た。知らずにそうしたとも、いたずらでそうしたとも思えなかった。十吉は、漕ぎ手の悪意を感じた。

十吉は舟の方を向き、いきなり鼻先を塞いだ外板を押した。その手をはぐらかすようにして、舟は前へ出て行った。空が目に入る瞬間、彼は艫《とも》に半六の大きな体を見た。その体は十吉にかぶさるようになり、頭上に碇を投げた。しかし頭に当らなかったし、水が鉄の重みを減らしたので、十吉は鎖骨に痛みを感じただけだった。彼は碇綱を握ろうとした。するると、碇は生きているように一気に浮き上って来て、斜に彼の足を絡めて、伝馬のふなばたへ走っていった。半六がす速く引き上げたのだ。十吉は調子を合せたが、胸が水面から上り、仰向けに引繰り返ってしまった。足が、自分でも解らない具合に、変形した感じだった。しばらく、水の中で揺らしていると、途方もない痛みが、新しく踝に集って行った。十吉は水に潜り、息が続く限り、真暗闇を掻いた。一度首を出して、またそれを続けた。首を上げると、伝馬らしい影の在る海面が判った。

十吉は身震いした。海上か海中か判らなかったが、竈の壁が裂けたように、火が見えた気がした。

——他のことはどうなったっていい。俺は、俺が思ったようにケリをつけてやるぞ、貴様らは勝手なことをやり過ぎた、と十吉はいい捨てて、岸へ向って泳いで行った。

ほとんど気配だけだったが、さっきの男たちが動いているのが十吉には見えた。彼らの自分に対する憎みが——いわれのない偏執が、影の行き来や、短い音の断片を通して、読み取れた。……しかし、錯覚だった。彼は水を分けて波打ぎわまで行き、自分のまわりに波の泡が静かに拡がるのを、長い間見ていた。砂利の層の縁の所が、大勢の眼のように、鈍く光っていた。

悪寒がした。彼は着ているものを脱いで手に持つと、のろのろと部落の方へ歩いた。乾いた砂にはまだぬくもりがあって、わずかに彼の体をいたわった。防波堤もそうだった。石もコンクリートも暖かった。彼はその上へシャツとズボンを拡げた。さっき桟橋の上で足元へ置いたゲートルは失くなっていた。

なまぬるい空気が澱んでいるのも、その時の彼には都合よかった。寒気はだんだん消えて行った。しかし、頭痛が残ってしまった。頭に環を嵌められたようで、そこが暗く脈打っていた。彼は顔を闇に浸すように俯向いて、その感じを怺えていた。もっと脈搏が騰《たかま》って、頭の鉛を熔かさないかな……、と彼は思ったが、頭痛はそれ以上にもそれ以下にもならないで、居据っていた。そして、体の節々にしこりができて来た。夢中でした行動が芥に変ってしまって身内に溜って来たように……。

五メートル程度の階段を、海側から登って来る者があった。十吉は、彼を半六だと確かめた。彼は平な防波堤の上面へ顔を出して、十吉の方を見ていた。十吉は立ち上り、跛を引いてそっちへ歩いて行った。半六はそれを見ていながら、動かなかった。どう反応しようとも、考えていないようだった。十吉は歩きながら、人間というより物体に近づく気持に落ち込みそうだった。で、十吉も歩幅を決められた様子で彼の眼の上へ行って、頭を蹴った。その時はじめて、十吉の足には犀利に神経が働き、彼は自分の闘いの意志が生き返ったのを感じた。

半六は十吉の足頸に一瞬絡まった。そして、下の闇に紛れて行きながら妙な動き方をするのが、十吉には見えた。階段は防波堤に沿っていたから、半六は宙に落ちて行ったのだ。十吉は階段を駆け下り、引き返す方向にコンクリートの棚を走った。半六がその棚より更に下へ落ちて、角が磨滅したブロックの谷間へ倒れているのが見えた。まだ仰向けになっていて、立とうとして膝を曲げていた。しかし、頭は上げようとしないで、脚でむずかっている子供の恰好だった。そこは堤の影の周辺で、白い波の反映が仄明るかった。そして影に包まれたコンクリートの棚に、半六が倒れながら落し物をして行ったように、ロクが横たわっていた。十吉は足が触れるとすぐに、彼女だ、と思って、しゃがんだ。彼女は両手を鼻先にかざして、痙攣していた。自分の状態を、暗闇でも判るように、十吉に見せつけていた。十吉は彼女の後頭へ掌を差し入れた。血がなまぬるく、貧弱な髪を濡らしていた。そして、似たような温度の闇が流れ出た感じで、彼の手に伝わった。

十吉は眼を醒ました。浜の機帆船の蔭にいた。そこの砂は乾いたまま冷えていて、寝苦しいことはない筈だった。石垣とその上の松の斜面を、朝日が飴色に彩っていた。まだ冷気は漂っていたが、途方もなく暑くなりそうな日だった。凡ての他の音をかき消して、蟬が鳴き立てていた。澄み切った空は遥か上にあって、折羽下の入江を井戸のように感じさせていた。

十吉は、昨夜の夢を順序を追って辿って見ようとした。しかし、蟬の声が邪魔になって、うまく行かなかった。夜の波が、松の斜面にたゆたったり、伝馬の影が水平移動して行ったりした。そのうちに、

――後生だ、やめておくれ、とロクの声がして、年寄の臭いがした。冷くこわばった手が、十吉の手に縋ったり離れたりした。そして、縋りきりになった。彼は彼女の手に、力が籠るように期待した。しかし、それは痙攣を起こし、一進一退しながら弱くなって行き、幻覚の境で果てしもなく動いていた。

十吉は上半身を起こして、機帆船の外板に倚りかかった。少したらってから、両手を見た。血は附いていないようだった。もっと仔細に見ようとしたが、止めて、砂に擦りつけ、ポケットへ入れた。彼は腹を突き出し、顎を引いて、足先を見詰めていた。地下足袋には塩気が地図になっていたが、濡れてはいなかった。彼が海岸へ出稼ぎに来るまでは、地下足袋は山土の埃に塗《まみ》れていることが多かった。

――万力で緊められるようだっけ。ああいう夢もめずらしいなあ、と彼は呟いた。

最初はその夢の背後に、実体的な音や臭いや感触がある感じがした。それが夢をなり立たせている原因のように思えた。だが、やがて、夢とその実体的なものは剝がれ、糊附けした木とブリキを水に投げ入れたように、一枚は浮き上り、一枚は沈んで行った。すると、沈んで行く実体的なものは、彼の経験ではなくて、新聞や雑誌や活動写真の中の事件として感じられた。それが偶然彼の夢に入り込んで来たのらしかった。

彼は肩の力を抜いた。どこがどういうふうにとはいえないが、眼前の眺めから険しさが消え、なだらかになったのを感じた。気持を攪乱していた蟬の声は、いわば、夏の永遠の添え物で、その鳴声の海の中に事件の断片が現れたりしたのに、胸騒ぎを感じたのは馬鹿気たことだった。蟬はどこでも鳴いている。折羽の今朝の蟬が、俺に特別なことになったようになぜ感じたんだろう。松林だって、折羽に限ったわけじゃあない。入江だってどこにもある。

光り物を剝ぎ取られ、その上鉄の相場の下落で二足三文になった船、蟻みたいに労働して埋めて行こうとしている借金、それらはその時の彼にはのしかかって来なかった。それらも、半ば新聞や雑誌や活動写真の中の船や労働や借金のように感じられ、いくらか厄介なことくらいにしか思えなかった。十吉の気分はめずらしく霽れた。夢の中で、かつてだれもしなかったと思える程深刻な顔をしていたことが気恥かしかった。しかし、夢である以上、その顔をだれに見られたということでもなかった。彼は灰色の毒気と疲れを祓うように息を吐き出した。そして、伸び伸びと足元の砂を蹴っていた。

漁師が二人、十吉の膝を跨いで行った。その時の彼には、彼らの不作法も気にならなかった。二人は、十吉が倚りかかっている機帆船に、道具をガタつかせながら入って行って、話し合っていた。

——仏さんは家へ入ったか、と一人がいった。

——暗いうちに運んだ。いい手廻しだっけの。

二人はかなり身を入れて話していたが、要するに他人ごとというわけだった。同情よりも好奇心が、十吉には感じられた。で、十吉も彼らと似た気分になっていた。
——だれがやったのかなあ、と漁師の一人が聞くと、十吉はその声を自分が発音してい
るように感じた。異口同音に、そう発音したようでもあった。
——粗相じゃあないのか。昨日ロクさんは馬力引と晩方まで一緒にいたんて、そいつが
やったんじゃないかっていう人もあるが。
——そいつが波止めの上へ呼び出したのかの。
——あそこじゃあ、前にも人死にがあったっていうじゃんか。
——清造っち爺さんな。あの人は自殺だあの。
——ロクさんはいくつだ。
——六十二だってさ。
——半六は十八、九じゃないんか。
——ううん、二十四とかいったの。
——馬力引ってのは、どういう手合いだ。
——知らんの。
——警察へ引っぱられているんか。
——巡査が探しているようだの。
——見た人はあるわけだな。いくつくらいの野郎か。

十吉はまた、自分が聞いている、と思った。そして、畳みかけて質問すべきことが、自分の中に、並んで順番を待っている気がした。声に出して聞いていいものかどうか、彼には怖れがあったが、そんな彼の意向を無視して、質問は自動的に出て行ってしまいそうだった。しかし、そうはならなかった。十吉の怖れを顧慮したかのように、話はいい加減なことになってしまった。

――野郎か、野郎は野郎だろう。女の馬力引はいないでの。

――焼津には娘の馬力引があったっけよ。馬が鼻を法被《はっぴ》の襟へ入れて、歩いていたもんな。

彼らの会話は、もう事件のことに戻らなかった。アセチレン・ガスの集魚燈の扱いのこと、その制限になんとかいう人の発動機船が従わないこと、それから、鉤のことらしいが、角《つの》とかお化けとか喋った。病気のこと、天然痘とか腸チフスのことも出た。十吉は、どうしていいのか解らなかった。ただ無為が怖かった。

彼は立ち上った。地下足袋に砂を引っかけながら、考え考え歩いていた。石垣に沿って、見覚えのある坂を登って行くと、上から男が来るのが見えた。十吉はその人を避けようと思った。確かめはしなかったが、彼がロクの甥の一人だと思えたからだった。十吉は身をひそめる物蔭を探した。しかし、両側に高い石垣が切り立っているばかりで、路地も階段もなかった。彼は芸もなく、道に背中を曝して石垣と向き合っていた。そこには灰色の蟹がひっそりと這っていた。垂直に登っていたが、十吉は蟹が越えて行く石の数を数えた。いわば、気持を石垣と密着させようと努めていた。しかし、彼は、下りて来る男の雪駄の音を、克明に聞かないわけには行かなかった。その音が真後へ来た時、十吉は発作的に、振り向いてしまった。男は驚いて、見返して来た。十吉が思った通りで、男の紫色の唇は歪んでいて、褐色の紐をくわえたように傷跡もついていた。

——お前、俺がまだ下の入江にいるのを、不思議に思うらな、と十吉はいった。殴り合いで決着をつけた者同士の、気を許した口調だった。相手の眼もそれを認めていた。険しさは一カケラもなかった。十吉は、自分のこだわりは取り越し苦労だった、と思った。

——なぜだえ、そんなこたあないさ、と男はいった。

——ロクさんと半六さんは怪我をしたっていうが、死んだんだろう。

——死んだな。浜の階段から転がり落ちちまって、ここんとこの骨が割れて、へこんじまった。

男は自分の丸い後頭を拳骨で叩いていった。動作も音も、さっぱりした感じだった。

——そこの骨が割れたのは、ロクさんだな。

——そうだ。お婆だ。半六だって似たようなもんだえ。ただ、野郎の頸はすっ込んでいたけえが。

――お前は、ロクさんの甥だな。

――甥か姪か、忘れちまったあ。

――親戚だな。

――そうらしいな。婆さんがあんな具合に死ぬと、矢張りいい気持はせんからな。婆さんとは、いろいろあったもん。

――わざっとじゃあないが、殺したのは俺だ。俺は法月十吉ってもんだが、二人とも俺が殺した。

――あいつらは自分で、石段を転がり落ちたんだろ。

――俺だ、俺のせいだ。俺が半六を蹴落したら、その後にあの人がいて、一緒に落ちて、コンクリに頭をぶつけちまった。

男は、まさか、という表情をした。

――お前はどっかで見ていなかったか、俺のやったこんを、と十吉はいった。

――まあ、ちゃんと見ていたさ。見ていたけえが、忘れちまったあな。いつか思い出すかも知れんけえが。

――…………。

――あの時は防波堤の上を犬がじゃれていたことにしておくさ。

――…………。

——はずみにしろなんにしろ、人を殺しただなんて、口走るもんじゃあない。お前は人殺しじゃないよ。

——…………。

——庇《かば》い合うわけじゃあないが……。

——…………。

——俺たちは仲間だ。

——…………。

——葬式に来るか。その後で、他の奴らに紹介するんて。

——…………。

——来る気か。

——行けたら行く。

——家は知ってるな。明日の二時っからだぞ。

男は歩き始めながら、そういった。気楽そうな歩き方だった。

——傷は痛むか、と十吉は聞いた。

——傷……、ああ、こいつか、と男は唇へ指を持って行き、

——痛かあない。見たとこは悪いけえが……。風が当るといい気持だ、といった。

男が立ち去った後、十吉はまた石垣と向き合っていた。さっきの蟹を探し、石の間に脚

を揃えて潜っているのを見つけた。隙間を残さないで、体を嵌め込んでいた。蟹の周囲では全てが形通りに決っている、と十吉は思った。そして、

――それで落ち着いたか、といい、坂を登って行った。

坂の途中で、彼は昨夜の現場を見たいと思い、一度海岸へ引き返した。堤と海の間の棚を歩いて、階段の下へ行った。昨夜の血はどこにも附いていなかった。潮が満ちているらしく、ブロックはかなり水に浸っていた。岩礁は白い数珠のようで、間遠に垂直な波が躍ねるのが判った。呆《ほう》けたように明るく、昨夜の闇の中の激しい息遣いが、なにかの間違いとして、遠くに感じられた。彼は階段の中途まで登り、そこにうずくまって、長いこと動かなかった。

海水はたっぷりしていた。その気分を享けたように、鷗が空に浮かんでいた。そして、時々水面を滑走していた。山の影を横切る時には淡い灰色で、日なたに出ながら白く変る時の光のゆらぎが眩しかった。煮えたぎる蟬の声を縫って、鷗の声が聞えた。鋭く、はっとさせる空耳に似ていた。

――後生だ、やめておくれ、か、と十吉は呟いた。

鷗の鳴声に、ロクの声が絡まったようにも思えた。

ロクがいた。浜に二艘並んだ伝馬の間から出て来て、十吉の方を見ていた。額の下に濃い影があって、表情は判らなかったが、注意して十吉を眺めているのらしかった。いつま

でも、彼を彼と見定めることが出来ない様子だった。十吉はもどかしくなって、腰を上げ、階段を下り、コンクリートの棚を伝わって、彼女の方へ歩いて行った。それからも、しばらく彼女は彼を見詰めたきりだったが、間隔が十メートルくらいになると、判ったと合点して、歩き出した。十吉は笑いながら、小走りになって、彼女のそばへ行った。

――眼が悪いんだなあえ、と彼はいった。

――悪いどころじゃない。わしはなん度も見ていて、お前だとは判らないっけ。

――まだ船の損を弁償したがっているんか。

――……弁償。なんのこんだ、お前佐一じゃあないんか。

――佐一さんじゃあない。十吉だよ。

――十吉さん……。ああ、馬喰のお人か。そんで、船の弁償のことをおいいだの。

――………。

――弁償か、してみたいの。もう出来やせん。

――ははは、だから、だれも始めっから、そんな苦労をしてくれって頼みはせん。あっさり帳消しにするっていったじゃあないか。

――それで、かにしておくれ。わしだって痛い目をしただんて。

――今も痛むか。

――なんの、もう痛みゃあせん。佐一のこともそうだが、わしはお前さんのことが気になっての、死んでっからも一目会っとかすって思っていただに。

——死んでっからも……。

——わしはもう、こっち側の人間じゃあないんての。

ロクの顔には笑みが浮かんでいるようだった。その笑いは固定していた。笑いかけて息を引き取った人の死顔のようだった。十吉は、胸が潰れ、黙り込みそうになる自分を励して、なにかいわなければ、と思った。そうして、ロクの表情に動きを与えたかった。

——佐一さんに会えたか、と彼はいった。

——まだ会えんがの。お前さんに会っていると、佐一と一緒にいるような気がするのう。

——俺は生きてる。折羽の浜だってまともに見えらあ。だから、ロクさんも生きてるじゃあないんか。

——ここんとこを触ってお見、と彼女はいい、彼の手を取って、自分の後頭へ当てた。

——圧えてもええに、と彼女がいうので、十吉が押して見ると、砕けて外を向いた骨が判った。

——な、骨が割れちまって、遊んでいるら。それで助かるわけがない。

——………。

——太いけえが、優しい指だの。それで念を押してお見。なんにも痛かあないんて。

十吉は誘われた気がして、骨の縁を押してみた。それは浮いていて、すっと頭蓋の中へ潜って行った。

——俺は警察へ行く、と彼はいった。

——疑われるによ。お前はわしに恨みを持っていたっていわれるによ。親身にしてくれたのにな。

——疑われる……。俺はお前を殺したんじゃあないか。

——なぜ殺したかってこんだ。考えてお見、お前さんはわしに恨みを持って普通だ。

——そんなことを考えなくたっていい。俺は警察へ出る。

——お前さんとわしの間のこんは、二人が一番よく知っている。他の人にあれこれ詮索して貰わんていいじゃないかえ。

——………。

——佐一のようにおなり。佐一の代りに、海で働いちゃあくれんか。

——刑務所から出て来てっからでもいいだろう。

——別に刑務所へ行かんでもいい。わしはなんにも思っちゃあいないんて。すぐっから、佐一のように沖で働くさ。

——人間には掟があるじゃんか。

——定《き》めがのう。わしがお前を依怙贔屓しても駄目か。刑務所へ入れてやらすなんて、露ほども思っちゃあいないがのう。

――半六さんだって死んだ。あの人は俺を赦しちゃあくれんだろう。

――半六か……。あれには赦すも赦さんもない。海を漂っているクラゲみたいなもんだに。だれが生んだくらいは知ってるだろうが、どうして死んだか覚えちゃいないによ。

俺は赦されているのか、という考えが、微かに十吉を誘惑していた。しかし彼は、警察へ行こう、と思い続けていた。彼がロクの肩越しに、眼を海にさまよわせていると、濃い波の上に、突然馬が見えた。アオが伝馬に乗せられて渚へ近づいてきた。舟を漕いでいたのは半六だった。やがて半六はアオを舟から引き出し、脚に波を絡ませて、浜へ上って来た。

十吉は駆け出した。半六と馬が、いわば、一匹の動物に見え、人間には解らない衝動で、一匹が一匹を殺そうとしているように思えたからだ。そう十吉が感じたのは、当っていた。

そこには陽炎の層があって、半六もアオもともすれば横流れして見えた。が、十吉は、半六が左手に道具を握っているのを、遠くから認めていた。一つは金槌だった。一つは馬や牛の額へ打ち込む鏨《たがね》のパイプだった。もう一つは、竹篦《たけべら》だった。鏨で打ち抜いた骨の穴へ差し込む物だった。十吉はそれらの道具が順序に従って使われるのを、見ながら走らなければならなかった。半六は無表情に作業をした。そして馬が倒れると、また足を濡らして伝馬に乗り、入江の正面へ——外海の方へ漕いで行った。

馬は眼を開きっ放しにし、両顎を少しちぐはぐにして、濡れた砂に身を委ねていた。重たく、手に負えない感じだった。十吉には、従順な馬が死を境に強情になったように思えた。渚には血が停滞していた。繰り返し馬の腹を浸し、そこには波形の筋を染めていた。後脚の附け根の辺には、まだ血管が硬く盛り上っていた。それが萎み、なだらかになっていくのを、十吉は見守っていた。馬がまぬがれようもなく体に溜めていた疲れが、立ち去って行くようでもあった。その様子には、彼自身まで疲れから開放している感じがあった。そこには、微かに誘惑の気配が混っていた。馬の額から流れる血は多くはなくて、煙りながら海に消えていた。

ロクが歩いて来たので、

——やっぱり俺は恨まれている、と十吉はいった。

——馬を殺したのはわしだ。半六にいいつけて、殺させただに、と彼女はいった。

——嘘だ。お前は身内のやったことを、いつも自分でかぶる、と十吉はいった。

彼女はそれには応えないで、

——佐一みたいにな、船へ乗って、沖で働いておくれ。もっとしっかりおし。生れ変って、わしに見せておくれ、といった。

十吉は夢とうつつの間をゆっくり越えて行った。まだ血と水が縺《もつ》れ合っている渚が見えた。馬の額の穴は自分の頭痛の原因として感じられた。それから、彼は交錯している白っぽい光を見た。すがすがしい眺めだったが、それは彼と無関係な所にあった。彼は羨望しているだけで、自分は自分として残っていた。

——俺は動きようがない、と彼は呟いた。

さっきまで眼の前にあった血と水の渚は、引潮のせいで、今は下半身を浸しているだけらしかった。それも普段なら暑さを解消する役をするのに、皮膚とは無関係なものに感じられた。そして、脹れ上った左足には、途方もない熱が籠ったなり、逃げて行かなかった。泥を厚塗りした炭焼き竈に彼は左足を突っ込んでいる気がした。

——ちゃんと海がとどいているじゃんか。もう流れないんか。もっと血を流してくれや。遠慮は要らんで、と彼は、周囲に人影はないのに、訴えた。

やがて彼は、自分が左足に怪我していることに気づいた。疼きはもっと狭い範囲に集って行った。屋根裏に交錯している朝の光を見ていた。……もう蟬が鳴き始めている。鳴声はまだいく分涼しげだが、今に耳の中を埋めて、ゆるがなくなるだろう。俺が寝ているのは折羽下の入江、山腹の蜜柑小屋だ。自分はこうなっている。将棋の駒がこう並んでいるのは、こう動かして来たからだ。……動かして来た……。自分で……、か。そうさ、自分で……、さ。ご破算にしたくたって出来ない。この将棋は……。だれかご破算にしてくれないものかな。横合いからいきなり大きな手が現れて、駒をどこかへ払ってしまわないか。出来ない相談だな。十吉は自分が陥った状態を半ばひと事のように思って、そんなことを平静に考えていた。それから、夢の中のロクが、その大きな手の役割を引き受けようとしてくれたように思った。しかし彼には、彼女を自分が殺してしまったこともはっきりしていた。事実を覆っていた靄が晴れて行き、なにからなにまで鮮明になって行った。

彼は膝をゆっくり曲げて、怪我した足を試した。そして、起き上がり、跛を引きながら蜜柑小屋の外に出た。石垣を脹らませて蘇鉄が生えていた。彼は思わずその蔭に身を寄せ、葉を透かして入江を見た。遠い水平線と平行した防波堤の上に、人々が並んでいた。防波堤の向う側にも人間がいることは判ったが、見えなかった。黒いブロックが見え、そこでは、青灰色の海が盛り上ったり萎んだりしているだけだった。うねりがあって、海は寝息をしているようだった。波が割れている所はなかった。岩礁も現れたり隠れたりしているだけだった。雲が水平線にかぶさり、そのまま十吉の頭上まで単調に覆っていた。雲の壁に塞がれた視界だったが、その範囲内のことは、いつもより明瞭に見えた。いわば、その朝は、人も舟も粗末な築港も、岩も海も、あるがままに見せていた。

十吉には、事を確かめたい気持があった。或は、ロクと半六が戸板に乗せられて、防波堤へ運び上げられるかも知れない、と彼は思った。だが、そんなことはなかった。人々は長い間立ち去らなかったが、やがて、歯が抜けたようになり、警官が二人防波堤へ上って来た。

分厚い雲からは光が染み出て、絡むような暑さが感じられた。十吉は足の傷を見た。初めて見る傷だった。踝のわきに裂け目があった。傷口を境にして皮膚の高さが違い、低い方の組織は深くまで死んでいるようだった。彼は傷からすぐに眼を離すと、跛を引きながら斜面を上って行った。杉木立に入ると、昨夜の闇が流れ込んで来て、その中で、ロクの胸と半六の胸に行き来しながら耳を当てていた自分が浮かんだ。部落に医者はいるか、とか、電話はあるか、とか、聞いて歩き廻った自分も……。杉木立が終ると、鼻先に水平な道が見えた。その遥か上に白い霧が動いている頂上があった。

折羽上の入江に下りて行く斜面で、十吉は土砂降りに遭った。後から水が押し寄せて、彼の足を洗って下って行った。彼が歩き続けていると雨は上がり、濁りが二筋、海に流れ出ているのが見えた。麓まで来ると、道のわきに小さな池があって、澄んだ水を湛えていた。増えた水に河骨《こうほね》が沈み気味に咲いていた。岸には藻にまじって桔梗も咲いていた。

彼は道からそれて、そっちへ行った。気持は落着きを取り戻して行くようだった。しかし、酷使した体はどうなっているのか摑めない感じだった。殊に脚はそうだった。痛みや疲れが身内のこととは思えない程だった。それは彼の行く先々の空間を領して、囃し立て、弄《なぶ》り、重圧をかけて来た。彼は痛みと疲れの一部を追い出そうとするかのように、眼を瞑った。そして開き、池を眺めていた。風が孤立して起こり、近くで一しきり滴が散る音がした。同じことが間をおいて続いた。彼は、しばらく猶予がある、と感じた。やがて、出来たら永久に避けたいと思っていた人間の眼が、微かに自分を惹いている気がした。

——不幸になんかならない、という咲の声が聞えた。十吉は、その言葉を信じる気には到底ならなかったが、今の自分に、生きよ、と聞えて来ることには意味があると思った。

——しかし、そいつは俺の決めることじゃあない。不幸だと俺が感じることが不幸の気でいたが、そんなことはない。苦しくたっていい。このまま行って見るさ。どっかで俺以上に苦しんでいる連中のために、堪えて見せることだってやって見せるさ。順次にそういう衆に行き合せて欲しいもんだ。ロクさんだってその一人だ。俺は殺しちまったが……、と自棄《やけ》気味に呟いた。

それから、十吉はこうも呟いた。

——俺の気持を変えるために、命令して、馬を殺させたって……。本当にそうかも知れんなあ。馬ってなんだ。俺の気持を手術するような意味合いかも知れん。だが、馬を殺すなんて、酷な話じゃないか。

彼は、夢のことを本気に思いあぐねている自分を見出し、妙な気がした。しかし、夢も、夢を考える自分の状態も、絵空事とは思えなかった。ロクの言葉と半六の行為が、自分の頭の大部分を占めているから、考えてしまうんだ、とも十吉は思った。そして、夢を含めたこの経験が、自分の中でどうなって落着くのだろうか、と彼は思った。

十吉は松林へ向って歩いて行った。途中半農半漁の家の軒にアオが繋がれているのを見た。彼が馬の頸へ手を掛けた時、奥から刑事が出て来て、

——これはお前の馬か、と聞いた。

——そうです。昨日そこの松林へ置きっ放しにしたのを、親切に家へ入れてくれたんでしょう。ありがとうござんした。

——なんで置きっ放しにした。

——自分は昨日下の入江へ、舟で連れてって貰いましたっけ。その足でここまで戻らっかって考えていたもんですで。

——下の入江に用があったのか。

——刑事さんですね。久山ロクさんと半六さんのことで来ていなさる……。

——…………。

——自分が犯人です。法月十吉って申しますが……。

刑事はズボンのポケットから手錠を出した。十吉は両手を揃えて前へ伸ばした。盲が手探りするのに似た恰好だった。瞼に広い隈ができて、十吉は窶《やつ》れ切っていた。肩をいびつにし、乱れた服装をし、濡れ犬の臭いをさせていた。しかし表情は柔和だった。いわば、

彼の本来の顔をしていた。手錠が自分に嵌められるのを、穏かな眼で見ていた。唇も動かなかった。

――焼玉船を出して欲しいな。手配して見てくれんかね、と刑事は、家の主人にいった。

その男が頷いて、表へ駆け出そうとすると、

――磯の様子が芳しくないんて、早くにしてくれや、と刑事はいった。

船を準備している間に、十吉は刑事に、

――馬のことが気になります、といった。

刑事は振り向いて、馬に眼をやっただけだった。それから斜に十吉の足元を見ていて、視線を動かさなかった。

十吉はアオに飼葉をやりたかった。アオが昨日の午からなにも食べていないことが、彼には判ったからだ。また、さっきの澄んだ池でアオを洗ってやりたかった。しかし、それを強くいう程の気力が、十吉にはもう残っていなかった。

黒馬に新しい日を

一月の或る夜、法月《のりづき》の家から男同士が喚き合う声が起こり、しばらく続いていた。余一が祖父に、酒を飲むな、といったことがもとで、口論になったのだ。翌朝、暗いうちから余一は濡れ縁に腰かけて、空の移り変りを眺めていたが、立ち上り、家を出て行った。やがて町を横切っている自分を感じて、足を速めた。そこここに人々の眼があって、自分について廻っているような気がしたからだ。速谷《とおだに》駅から地方鉄道で島田まで行き、乗合自動車に乗り継いで白須賀の海岸へ行った。白い鯨の形をした砂丘の蔭にいて荒れ狂う遠州灘と向き合っていたが、彼は単純な考えの中に停滞していた。自分のことばかり考えていた。先ず学校をやめなければならない。彼は農学校の三年生だった。それから、働かなければならない、と思った。差し当って力仕事をやればいい。骨洲港では人足を欲しがっているだろう。僕はまず職につき、これからはもうずっと働くことを、周囲の人々に認めさせるのだ。そう彼は心に決めた。

彼は街道へ出て、骨洲港へ向って歩き出した。七、八キロメートル行くと、四つ辻に黒い石の六地蔵と七つの馬頭観音があり、花崗岩の道標が立っていた。並んだ二つの面にいずれも、骨洲町へ通ズ、と書いてあった。どっちが近道かわからなかった。彼が迷ってあたりを見廻すと、蕎麦屋があって暖簾が埃をかぶっていた。その店へ入って、彼は近い方の道を尋ねながら、中に立ち籠めているにおいを嗅いだ。一度街道へ出て表の戸を閉めてから、彼は持金の勘定をした。また店へ入って行き、かけうどんを二杯注文して、一気に食べてしまった。それから自分の将来を考えた。ここ四、五日ともすると頭がそこへ行った。滑り易い穴の縁を歩いていて、時々嵌ってしまうような具合だ。だが、彼の疲労は相当なものだった。体も暖まっていた。馬の鬣《たてがみ》の恰好に白い霧が、彼の洋々たる視界になびき始めた。彼は口惜しそうに呻き、透き通った涎を飯台に垂らして眠った。いく度も寒気の刃物から逃れようとして、頸を伸ばしたり、唇を引きつらせたりした。店の主人は、——眠るのも骨が折れるのう、と笑って見ていた。

彼が眼を醒まして、自分の居場所を思い出そうとしていると、ラジオが七時のニュースを始めた。速谷町が燃えているということだった。しかも町の四分の一は焼けてしまい、まだ火勢は強まっているという。彼はすぐに勘定をして、店を出た。

彼が乗合馬車と自動車を下手に乗り継いで島田町へ着いた時には、もう速谷まで行く列車は終っていた。彼は行ける所まで列車で行き、あとは夜の山道を歩いた。そして明け方近く、まだくすぶっている速谷町へ入った。家の骨組みだけが黒々と立っていた。白石川の堤には人垣が出来ていた。火事場で動いているのは消防団員だけだった。余一は全く無視された。竈のような焼跡を駆け抜け、残っている家々を廻って、祖父のいる家へ着いた。見事な槙垣に囲まれたその家は、元通り立っていた。火の粉の心配すらなかったようだ。余一はしばらく槙垣の隙間から中をうかがっていた。白々明けに、雨戸の間から電気の光が漏れ、祖父が下駄をつっかけて軒下の便所へ来た。彼が小便をして、また家へ入ってしまうと、余一は槙垣を離れて駅の方へ行った。

鉄道は山沿いの棚を廻って、町をかすめていた。それが町と触れ合う所が駅だった。叔父の十吉の運送店は、駅の真下にある小屋のような家だった。

草原の中の一軒家は炭になって、硬い影に縁の下まで刺し貫かれていた。飛び火だったのだ。茶と白のぶちのポチが、影をくぐって歩いていた。犬はトタンの下から衣類をくわえて引っぱり出し、器用にガラクタの間を行き、並んだ植木鉢を跳んでいた。そこは台所で、ポンプがかかしみたいに立っていた。かつてそのポンプのわきには、トタンで囲み金網を張った一角があって、目白や鶯、十姉妹《じゅうしまつ》が合せて十四、五羽いた。十吉の細君が飼い始め、彼女が死んでからは彼が引きついで世話をしていた。小鳥たちが、余一の耳の中で鳴いていた。

余一は遠くから鳥小屋に目をこらした。鳥たちはいないようだ。

西風が吹き込んで来た。ここは、地形の具合で、時々風が通り抜ける。それが一軒家の焼けた原因だったのだろう。枯薄が瀬をさかのぼる魚の恰好にくねった。家の東側の草が一面に黒く焦げていた。余一はそこに立って、焼けた家を眺めた。ポチが足にからまって来た。彼はポチを脛で押しのけながら、鳥小屋へ行った。鳥はいなかったし、丹念に探したが、落ちている死骸もなかった。

——逃げたな。生きられるかなあ、と彼は呟いた。

彼は大井川の方を見た。鉄橋を渡った列車が、対岸の崖の中腹を走っていた。風が吹きまくっているらしかった。煙が乱れて、消し飛んでいた。その遥か上の赤石山脈の尾根からも雪煙があがり、空に染み込んでいた。

彼は土に転がっていた餌壺を拾い、焼けた針金でからげて、適当な高さに釣り下げた。粒餌は少し焦げていたが、まだ食べられそうだ。水入れも拾い、ポンプで新しい水を入れた。それは石油缶を横切りにした容器で、鳥が止まれるようにブリキの縁を折り返してあった。中の水を、ポチが鼻をつけて飲んでしまったので、彼はもう一度水を汲んだ。

余一が見ていると、十吉は鳥小屋を手早く掃除したものだった。そして、水入れを澄んだ水で一杯にした。小さな叺《かます》から粒餌を掴み出して、からにした餌壺へ入れ、新鮮な菜っ葉の束を金網にくくった。彼はよく余一と並んで、透き通った鳴声をここちよげに聞き、鳥が首をかしげながら掻き菜をついばんだり、水を浴びて、猛烈な勢いでしぶきを飛ばすのを眺めていたものだ。

余一は小鳥たちのことを考えてしばらく忘れていたが、鳥小屋の隣は厩《うまや》だった。そこで十吉がアオの世話をするのも、余一はよく眺めていたものだ。アオがささくれた柱をもどかしく嚙もうとしていると、十吉が藁をきざみ、麦糠をまぶして、水を注ぐ。駅の出札口のようなところに桶を置くと、馬は顔を出し、頰を桶の縁へぶつけながら、飼葉を食べる。時々頸を上げ、上下の顎をチグハグに擦り合せて嚙む。その時の乾いた音と、臭いと、窮屈そうな馬の動き、……なにからなにまで余一はおぼえ込んだ。

彼は厩を見ていた。羽目の内側は火に舐められて真黒だった。横木も焦げ、二本とも外れ、しかも一本は折れていた。手綱のはしが燃え残っていた。

——自分で逃げたんだな。……十吉さんが戻っていなきゃあ、アオだって帰っても張り合いがないらなあ。いいさ、戻って来たら、この辺を走り廻っていりゃあ、と余一は呟いた。

彼が焼けた家を去って道へ出ると、島田行の列車が遠ざかって行くのが見えた。速谷の駅に止っていたのだが、彼はその時には気づかなかった。そして駅には島田から来た列車が止っていた。地方鉄道は単線だったから、すれ違いは駅でするのだ。余一は、しまった、と思った。小鳥や馬のことに夢中になっていて、乗り遅れてしまった。これから彼は一時間以上待たなければならなかった。

彼はポチをうるさそうにしながら、駅のある高台へ登って行った。人目を避けなければ……、と思った。列車の乗客たちはこちらの窓側に寄って、町を眺めていたが、余一を見た人はなかった。速谷町をよその人がこんなに仔細に見たのは、あの時だけだった。きれいに晴れ上った空の下に、約半分炭になってしまった町は、まだ熱気を放っていた。焼跡にはあちこちに人々が四、五人ずつかたまって立っていた。昨夜火と格闘していた消防団員たちは、もうまばらになっていた。白石川の堤の上にも、杭みたいに人々が立っていた。犬と雀の元気がいいのが目立ち、人間は力が抜けていた。方々に白く蒸気が上っていて、風が吹くと地面すれすれになびき、消えていた。金庫とか竈とかポンプとか便器だけがほぼそのままだった。見ているうちに、余一は連中の心のカラクリを見透かした気がした。彼らがより頼む物の正体が解ったと思った。

——これで楽になったぞ、と彼は呟いた。

肩から恨みという荷物を下ろした感じだった。憎んでいた相手が弱くなってしまったのだ。それにつれて自分の憎む気持が衰弱したのが、気持よかった。自分を縛っていた自分という縄が、一気にゆるんだ感じがした。

炭になった町は不断よりも静かなくらいだった。澄んだ光にくまなく洗われていた。余一には焼跡が、よその人々に対して得意にさえ感じられた。列車の乗客たちがなるべく新鮮な驚きを感じ、嘆声を発するのを期待した。いくぶん、自分が描いた絵を彼らに示している気がした。遠い氷山のような山々から目を移すと、町は墨汁の点だった。それが、一時は膨れ上った彼の恨みの、なれの果てだった。

島田からの列車が行ってしまってしばらくすると、島田行の列車が来た。余一はそれを遠くに見ながら駅へ行き、切符を買って、ホームへ上った。一番うしろの車輛のデッキへ近づいて行くと、佐枝子が下りて来て、

――余一ちゃん、大丈夫だった、大丈夫だった……、と聞いた。

彼は頷いた。

――お爺さはどう。

――元気だよ。なんでもなかった。

――家もなんでもなかったの。

――元気だっけ。火の粉も来ないっけもん。

余一は答えながら苛立った。佐枝子は彼に摑みかかり、放しそうもなかった。こんなことをしていると、列車は走り出してしまうだろう。

――十吉さんの家は燃えちまっているじゃない。

――うん。

彼女の小鼻がヒクヒク動き、きれ長の眼が耀き始めた。涙が睫毛を浸して来た。その前にすでに泣いた跡が、彼女の瞼には残っていた。……列車で速谷駅へ近づいて来る時、南からでも北からでも、かなり遠くから十吉の家は見えた。最初に丸ごと見えて来るのが、

彼の家だった。一軒離れていて、駅から町へ入る飛び石の感じだった。そこが焼けているのを見た時、彼女は泣き出したのかも知れなかった。

——十吉さんはなんでもなかったのかしら、と彼女は涙声で聞いた。

——…………。

——あの人はどうなっているの。

——…………。

——知らないの……。

余一は、まさか十吉の身になにか起ったとは思っても見なかった。だが、彼女に訊ねられると、あやふやになった。彼女が余り不安気なので、彼もそんな気持になった。彼には、彼女は少女の頃に逆戻りしたように映っていた。

先月、佐枝子が速谷の家へ来た時、廊下の棚からボール箱を取ろうとすると、ラムネの玉が雹《ひょう》みたいに降って来たことがあった。小学生だった余一が遊びで稼ぎ貯めて、棚に乗せたまま忘れていたものだった。彼女はそれを浴び、音が静まってからも、しばらく驚いた顔を残していた。それから眼を耀かして、そばにいた余一を誘うようにゆっくり笑い出した。それは余一が知らない笑い方で、快いしつっこさがあった。彼女が笑っているのではなくて、彼女の中でだれかが笑っているようでさえあった。

——佐枝姉《ねえ》って変ったなあ、と余一は思った。

ゆっくり唇が開いて行くのを、彼は息を詰めて見守った。あとになってもずっと、佐枝子のあの表情はいく度見ても見きれないだろう、と彼は思っていた。だが今の彼女は、花が一気に蕾になってしまったように、もとの解りやすい佐枝子に返ってしまっていた。風が吹き込み、黒い煙が二人を包んだ。余一の視界は濁って、彼女が泥水へ沈んだように見えた。機関車が発車の合図をした。空に突き抜ける大きな音だ。車輛のステップが余一をそそのかして移動して行った。

——十吉さんがどうかしたかもしれんてか。無事でいるさえ。決ったこんだ。探しに行って見る気かえ、と余一はいった。

佐枝子は彼の言葉とはチグハグな感じに、二、三回頷いた。その動作も、ふらついていて暗示にかかりやすい見開いた眼も、昔の彼女そのままだった。彼女には彼女の眼が、自分たちの血統の弱点をさらけ出している気がしていた。

——泣かんていい、泣いたりするな、と余一はいった。

——どうして無事だって判るの、と彼女は聞いた。

——体が強いもん。なんでもないっていう証拠はないけど、十吉さんのことを心配する人なんかないだろうえ。

——余一ちゃんには解らないことがあるのよ。

——佐枝姉に解っていることでか。火事と関係あることか。

——なんでもいい。わたし顔を見なきゃあ安心出来ないわ。あんただってそうでしょ。

二人は駅を出て、高台を下りた。ポチが大人しくなって、ついて来た。草原を横切って、家並へ入って行った。くすぶっていた火が消えつくし、焼跡は急速に冷えていた。歩いて行くと、かたまっている人々に出会った。余一には、彼らが意外に平気なように感じられた。町はまるで枯木の林で、しかも冬の寒気がもうすき間なく流れ込んでいた。しかし人々は元通り人間臭く、逞しかった。僕の家を囲んでいた悪意は衰えはしなかったのか。余一の心には反撥と敵意が甦った。明るく爽やかな夢は短く終った。

彼の町を赦す気持は消え、わけもなく、小鳥が帰って来ることなんかない、と思った。餌を自分で探すことが出来なくて、その上寒くて、どこかで凍死だ。さっき餌壺や水入れをしつらえていた自分の弾んだ気持も、なんだか馬鹿らしかった。

——馬が放れているとすれば、どうなるんだろう、と余一は呟いた。小鳥なら他愛なく死ぬことが出来るだろうが、馬はそうは行きそうもない。飢えと寒さで死ぬまでには、長い間苦しむに違いない。戻っては来るだろう。きっと戻って来るだろう。あんなに大きな動物がのたれ死ぬことはない。それに、鳥なんかよりずっと、人間に馴れている。長い長い年月をへて、人間がいなければ存在しえないようになっている動物だ。きっと叔父さんに頸をこすりつけに帰って来る。……しかし、馬の心と人間の心の間は曇りガラスで仕切られていて、お互に曖昧に確かめ合っている。それ以外の関係はあり得ない。……でもその灰色の仕切りってなんだろう。そいつの一番悪いことは、苦しみを通さないってことだ。人間が苦しんで死ぬ時にも、馬は意味がわからなくて、静かに見ている。人間は人間で、馬を殺すことだってある。

小学校へ行くと、乾き切った運動場には、校舎に沿って家財道具が積まれていた。大部分は日なたにむき出しで、警防団員が三人、それを背にして、風が来ない日溜りにいた。長火鉢を前にして、煙草を喫《す》っている人もあった。二人が近づいて行くと、三人とも佐枝子を見た。

——ゆうべの火事で一人死んだだけでしたか、と彼女は聞いた。

——一人だよ、伊丹詮吉さんが一人だ。

——怪我人だってあったでしょ。

——十二、三人か、重傷が三人か、あとの人っちは軽いよ。怪我の部類へ入らんくらいだ。

——負傷者の名前はわかるの……。

——水嚢《すいのう》屋の足りない娘と築地《ついじ》の父さんと……。もう一人はだれだっけかな。

彼は二人の仲間に聞いて見たが、わからなかった。

——……。

——警察へ電話して見たらどうだ。

――法月の家じゃあだれか怪我したかしら。

――法月っていうと、清作さんとこか。

――ううん、十吉さんのことよ。

――馬喰《ばくろう》か。十吉に事故があったことは聞かんなあ。

――家は焼けちまったじゃない。

――丸焼けだな。馬はどうなったかな。小鳥も飼ってたな。焼鳥が出来たんじゃないか。

――……。

――人間は大丈夫だろう。

――どこにいるのかしら。

――それは知らん。

警防団員たちは、十吉のことになるとぎごちない口調になった。だが、彼女とはもっと話していたいようだった。彼女を見守っていた。彼女は男たちの視線をはぐらかして、いった。

――余一ちゃん、お寺さんへ行って見よう。

彼女は彼を見返った。すべすべした白い仮面みたいな顔をしていた。風が目つぶしになったが、彼女の固い表情は変らなかった。風の中に風花がまぎれ込んで来た。光って目まぐるしく彼女の顔にぶつかった。

　彼女が先に立って、二人が校舎に入ると、廊下には家財道具が積んであり、簀子の渡り板は土で汚れていた。余一も、その日だけは、渡り板の上を土足で歩いた。講堂といくつかの教室には、焼け出された人々がいた。日射しの中に蒲団を敷いて、寝ている人がいた。羽目によりかかって、宙を見つめている人がいた。その人は、指先で突かれただけで、倒れてしまいそうだった。将棋を指している人もいた。火鉢に手をかざしていた年寄は、平気な様子だった。疲れたふうでもなかったし、心を痛めているようでもなかった。伊丹の爺さんもぼけていた、死ななかったら、きっとこの年寄のようにしているだろう、と余一は感じた。年寄の頭上の窓には、薄い雲がおおい始めた空が見え、風花がウンカのように渦巻いていた。年寄の皮膚は乾いていて、揉んだ紙みたいだった。

　小使室では、女たちがせわしく働いていた。炊けた飯のにおいが、余一の腹の中をかき乱した。一人の女が流しで白菜を切っていた。その切口が眩しく、爽かだった。

　二人は岩湧寺の方へ行った。風花の勢は増したり減ったりした。焼跡へ洪水のようになだれ込んだ時もあった。佐枝子の体に、動く模様が映っているのを余一は見続けていた。そして、彼女の胸と腰が厚くなったのを感じた。

　岩湧寺の門のわきは、余一たちが土破《どは》と称んでいるえぐれた崖で、鮮かな色の苔の中に、石の羅漢が二、三十あった。その薄闇に風花が舞い込んでいた。

——苔ってきれいね、と彼女は立ち止まった。

余一は、彼女らしい気まぐれだと思った。考えて見れば、彼は朝のうちに再び速谷を抜け出したかったのだ。十吉の安否を考えるのを忘れていたのは事実だったが、もともと心配しなくてもいいことだった。三十四歳の彼が、死んだり、怪我したりするとは思えなかった。

——それなのに、僕は暗示にかかって、佐枝姉にここまで附き合ってしまった。もういいだろう。彼女と別れて、汽車に乗ろう。昨日考えたように、骨洲港へ行って働こう。僕は決心したのだ。いつも決心が出来るとは限らない。キッカケが大事だ。キッカケが要るんだ。そいつを摑みそこねると、人生なんてなし崩しになってしまう。佐枝姉は、僕にとっては、ありがたくない飛び入りだった。さあ、これで終りにしよう。余一の考えはだんだんに加速度がついて、早く早く、と彼は心に呟いた。

一人苛立っていると、急に下腹が痛くなって来て、彼は体をかがめた。胴体がくの字に曲った鉄板に感じられ、冷たい脚は鉄棒のようだった。彼女をうかがうと、微かに口を開き、歯をのぞかせて鐘楼を見上げていた。耳を澄ましている様子だった。彼女はおかしい、自分だけがこの世界にいるみたいだ、自分だけの土地をさまよっている、と余一は思った。

——佐枝姉、勝手に行ってくれや、と彼はいった。

――………。

――僕は心配なんかしていないもん。十吉さんは生きているとわかったんだから、それでいいじゃんか。

――怪我は……。

――大丈夫さえ。保証すらあ。

――生きてるって、……どういうふうに生きてるの。

――ピンピンしているさ。

――でも、あの人がわたしっちと一緒にいるかしら。

――一緒にって……。速谷にいるかってことか。

――………。

――いるだろう、火事のあしたくらいは。どっかへ行くことだってあるだろうけど、別に心配することじゃあない。だれにだって自分の考えがあるんだもん。

――余一ちゃん、あんたが考えているようなことじゃない。あの人は今、いい加減無鉄砲なことをしそうなのよ。

――無鉄砲なことだってしたくなるさ。でも十吉さんは考えているよ。聞いてると、ゆうべの火事と関係あるみたいだな。

――火事と結びつくかも知れない。

――僕はもう行く。

――どこへ行くのよ。

――どこだっていいだろう。佐枝姉の心配ごとにはもう充分附き合った。

――充分附き合っただなんて、余一ちゃん、そんなふうにいうもんじゃない。

――…………。

――あんたなにかしようって思ってるのね。隠していることがあるんだわ。

佐枝子は彼の眼の中を覗き込んで来た。彼は頸筋を痙攣するようにふるわせて、彼女の眼を見返した。二人は長く睨めっこをしていた。

――腹が痛い、と彼はいった。

――庫裏へ入れさせてもらってぬくとまろう。

――便所へ行って来らあ。

彼は藪のほとりにある便所に目をやりながらいった。

――駄目よ、あんなとこじゃあ。冷いわ。庫裏へ入って借りなくちゃあ。

――あそこだって寒かない。そんなおぼっちゃんの体じゃあないもん。

彼は藪のわきにある便所へ歩いた。まるで石臼でも抱えているように、体を二つに折って、石段を登って行った。佐枝子を振り返って、余裕のない口調で、

――庫裏へ先に入っていてくりょお、といった。

寒いから腹が痛むのか、気が急いて苛立つからなのか、彼には判らなかった。用を足しながらも、このまま逃げて駅へ行き、島田行きの列車に乗ってしまいたいという考えが頭にはあった。しかし、佐枝子が戸の外に待っていて、時々気づかわしげに声を懸けて来た。

――もう癒ったんて、庫裏へ行っててくりょお、と彼はいった。

排泄すると、痛みはほとんどおさまった。彼は便器をまたいだまま立ちあがり、ズボンのバンドを緊めて、窓をあけた。自分がこれから辿る道を眺めようと思った。窓から風花が四、五片舞い込んで来た。しかし、視界には、心臓が押し出す血の勢いで風花は注がれ、黒い骨だけの町は絣になって見えた。川にも風花は真白い帯になって渦巻いていて、遠い水も洲も見えなかった。

――大儀じゃない……、余一ちゃん。もう雪よ。お寺で暖まらせてもらおう、と佐枝子が声を懸けた。

囲炉裏に火が勢よく燃えていて、檜葉や樟のいい匂いが立ちこめていた。薄紫の煙が梁や棟木にまつわり、天窓では、吹き込んで来る雪を融かしていた。人々は熱くいぶされ、柿のような肌をしていた。余一は彼らの眼を避けて、暖かさだけを体に吸わせようと思った。佐枝子は框へ腰掛け、火気を背中に感じながら、土間に立っている乾物屋の小母さんと話していた。佐枝子は人々の中で、そこだけ明るい感じで、美しかった。片隅の影の中に雑魚《ざこ》のように身をひそめている余一のことが、気に懸るらしかった。

――癒った……、と彼女は聞いた。

余一は頷いた。

――こっちへ来な、甘酒があるわよ、と彼女は気張って頸を顫わせながら、彼を呼んだ。

余一は佐枝子に気合いをかけられている気がした。心に抱いている凝集した思いとはうらはらな、影の薄い自分の姿に、彼は気づいた。彼はひっそりと彼女のそばへ行った。甘酒にはここへ入る時から眼をつけていたのだ。

彼は甘酒を飲みながら、小さな声で聞いた。

――それで、十吉さんはどうだって。

――聞えなかった……。十吉さんは焼津へ行ったらしいって。

――焼津……。いつ行ったのかなあ。

――昨日よ。火事が起る半時間ばかり前に、出かけたのを見た人があるんだって。乾物屋の子供が、駅のホームにいるのを見たっていってる。

余一が初めて聞くことだった。だが、もう知っていたことを具体的に確かめた気もした。十吉さんと僕は同じ決意をした、と余一は思った。そして、自分と彼を比較する気持になった。

――そいで、急いで戻って来ないのかせん、速谷が燃えてるって聞いて。

――逃げて行ったっていってるわ。焼津の見当だって嘲ってるのよ、ここの人っちは。

――…………。

――逃げたりしたんじゃないわ、と佐枝子は呟いた。

――親切なのは乾物屋の小母さんだけよ。

――小鳥と馬はどうする気だっけのか、と彼は聞いた。

――あなたの家へ移したんじゃあなかったの。あなた知らない……、と佐枝子はいった。

彼は黙っていた。

――わたしこれから焼津へ行って見るわ。余一ちゃんも一緒においで。

――やだ、僕はもうお払い箱にして欲しい。

佐枝子は寂しそうな眼をした。そして、框から立ち上って、彼をうながした。

――こっちへおいで。

余一がついて行くと、彼女は土間を通り抜け、油障子の戸を開けて外へ出て行った。軒下で彼を待っていた。彼が近づくと、両方の掌で彼の耳を挟んで後へ引いた。余一の鼻が低くなり、頬が引きつった。彼女は真剣になるのを隠そうとして笑いながら、その顔を眺

めていて、

――わたしを裏切るの、と聞いた。

余一はものをいおうとしたが、声にならなかった。彼女は少し手の力をゆるめて、

――一緒に来るのよ、焼津へ、といった。

――やだ、僕は充分犠牲をした。

――犠牲……。これが犠牲かなあ。

――僕は病気だ。これ以上寒い中を歩けない。

――余一ちゃんは病気だったわね。

彼女は捨て台詞をいった。不機嫌になっていた。

――寒いよ。体中を冷たい蛸がのたってるみたいだ。

彼はようようい った。言葉と前後して、悪寒が襲って来た。彼は始末に困るほど顫え始めた。

――氷の柱が青く見える、と彼は心に呟いた。

彼女が身を寄せて、彼の肩を抱いた。

――風邪を引くんだわ。さあ、火のきわへ行こう。

彼女は余一を連れて庫裏に入り、人々を分けて囲炉裏の近くまで押し出した。そして乾物屋の小母さんに、

——この子が急に寒がり出したけど、寝かしてやってくれないかしら、蒲団があるかしら、といった。

余一は火の近くへ寝た。だれのものかわからない敷蒲団と、夜具と掛蒲団に包まれた。佐枝子は心配そうに、彼の枕元に坐っていた。

——あなた疲れていたみたいね。わたし悪いことをしたわ。

——佐枝姉は、こんな悪い日でも焼津へ行く気か、と彼はますます顫えながらいった。

白いものが乱れ舞い、顔にぶつかり、下着の中まで入り込んで来て、離れて行かない。追い払おうとしても手応えがなく、ただ動いて交替しているだけだ。彼は唇を紫にし、眉を寄せて、それを怺えていた。だが、一方では佐枝子のことが気になった。彼女にも、白いものはおびただしくからみついて来るはずだった。

——焼津へは行くかわからない。あなたはいやだっていってたわね、わたしと一緒に歩くことが。

——一緒に歩いたっていいよ。ただ、佐枝姉は勝手なことをいうなあ。

——でも余一ちゃん、心配にならないの……。あなただって心配しているじゃないの。

——…………。

——お願い。気分がよくなったら、焼津へ一緒に行って。

彼の顫えはだんだん収まり、関節に曖昧な痛みが残った。体が暖かくなり、熱くなり、果てしがない感じだった。

——佐枝姉、お祖父《じい》ちゃんとこへ行け。お祖父ちゃんとこへ行け。佐枝姉なら行ったっていいんだもん、と余一は眠り込みながら、呟いていた。

夢の中で、彼は昨日のことを復習していた。……地方鉄道の列車はもう途中までしか行かなかった。鳩見沢という速谷から二つ手前の駅までしか……。あとは歩こうと心を決め、彼は列車の中にいた。客はまばらだった。窓の外は真暗で、時々電燈がわずかに上下しながら、うしろへ送られていた。鳩見沢駅へ降りると、彼は線路に沿った道を山へ向って歩き出した。機関車が側線へ入り、方向転換しているのが見えた。彼が乗って来た車輌は、これから島田へ下って行く。それでこの線の、今日の運転は終るのだ。彼が歩いて行くと十吉に会った。暗いので、すれ違う瞬間まで相手がだれか判らなかった。

——なんだ余一か。

——十吉さんは島田へ下りるの……。

——そうだ。

——速谷は大火事だってな。本当か。

——今燃えてるよ。まあ、大火事だろうな。

——……。

——速谷もいよいよ灰になるか。

余一は十吉の捨鉢な口調を聞くと余計彼の顔を見たくなったが、暗くて輪郭が判るだけだ。やがて、ヘッド・ライトをつけた機関車がのしかかるようにそばを通ったが、逆光になって、彼の表情は見えなかった。列車の準備が整って行くにつれて、十吉はせかせかしたし、余一も急いでいた。それが、相手をよく見極めたいという気持の邪魔をしていた。自分が二つに割れていた。

——どこへ行くんだえ、と余一は聞いた。

——海っぱたの方へ行って見っかって思ってさ。

——僕も海岸から来た。

——遅くなったなあ。

——遅いってか。よくひとのことがいえるなあ。

——今日は軽便がややっこしくなっていてな。思うように逃げられないっけ。

——十吉さんはお祖父ちゃんのことを思っているのか。焼け出されりゃあ裸じゃんか。

——焼けるなんてことはない、あの家まで。お前のお祖父ちゃんはあの土地へ根が生えているんて、残るさ。辛いらけえが、ついでだんて、待ってもらうか。

——十吉さん、卑怯じゃあないか。

——卑怯だよ。しかし俺もな……、刑務所へ入りっきりになってるって思ってもらうさ。

余一は頷いた。そして、

——今までだって、家を忘れたことなんか一遍もないら、といった。

——……………。

——十吉さんは家の柱になってたさ。

——迷惑の方が多いよ。俺はトンネルからいつ出られるのか。お前、お祖父ちゃんに会ったら、俺がこれからも赤い着物を着ていると思って、待っててほしいってな。

——僕はお祖父ちゃんには会わない、と余一は思わずいってしまった。

——なぜ会えないのか。

余一は黙っていたが、十吉はそれ以上聞き返さなかった。余一のいいたくない気持を、十吉は汲んでいるようだった。余一は、十吉さんは自分のこともあまり問い詰めてほしくないので僕のことも問い詰めないんだ、と思った。しかしそうなったのは、十吉がせわしなく、発車の時を心に測りながら話していたからかもしれなかった。

——また会えるだろう、と余一はいった。

——会えるさ。

——焼津へ行くのか。

——焼津じゃあない。

いい捨てて、十吉は駅へ向って駆け出した。少し前、機関車が車輛の先頭へつき、連結器がつながり合う音がした。彼は発車を気にしていたのだ。

——手紙を出すよ、と十吉は走りながらいった。

彼が駅へとび込むとすぐに、駅員の吹く笛の音が聞えて来た。余一は、十吉は間に合ったかな、と危んだ。だが汽車が行ってしまうと、駅には駅員が残っていただけだった。

余一は駅をあとにして歩き出した。道は坂になり、傾斜がだんだん急になって来た。一時大井川から岐れ、鳩見山を越えるのだ。彼は星明りのある所から、木蔭へ吸われて行った。凍りついた水車のわきを通り、沢に沿って、闇の中へ不確かに足を踏み出し続けた。馴れていなければ、行けない近道だった。頂に近くなると、空が腫れたように赤く、時々明るさをまして、木立の細部が黒々と浮き上った。禿げている頂上からは、燃えている速谷町が見えた。彼は息を呑んで、しばらく観察した。しかし巨大な闇に包まれているので、町のどこがどうなっているということまで、合点出来にくかった。

余一は、ここで眺めているより行って見ることだと思い、また木立の暗がりへ下りて行った。一時なにも判らなくなった。彼は木の間に耳を澄まして、沢の音を聞いた。速谷側の斜面の方が道が狭く、彼にさえ危い個所もあった。やがて、枝がトンネルをこしらえている谷に、火事の光が忍び込んでいた。葉の間に空が、透き通る橙色に見えた。空は不規則に息をしているように、明るさを変えた。道がなだらかになり、大きな船尾の形の崖が見えた。裸で谷へ突き出していて、速谷町が一望出来る場所だった。そこには火事が直接映っていて、粗い岩肌が判った。

余一はその時、馬の蹄の音を聞いた。アオが駆けて来たのだった。崖を廻りながら、石炭の色に光るのが見えた。すぐに灌木の向うの赤銹色の暗がりに、鬣をなびかせて移動して行った。こっちへ来る、と余一は思った。だが響きは止み、またし始め、さっきとは反対の方向に頸筋が移動して行くのが見えた。体がそっくり崖に現れ、道の外側を蹴るようにしてカーヴを切ろうとした。脚が束ねられた恰好になって滑り、アオは谷へ落ちた。半ば宙を泳ぎ、岩角にぶつかって収拾不能の態勢になり、大きな尻が躍ねた。そして、光の少い谷へ落ちて行った。

一秒か二秒の出来事だったし、夜でもあった。しかし、夢の中のことだから、余一は克明に見た気がした。アオは両耳をうしろへ引っぱられたように、引きつった眼をした。歯を出して、鼻先の空気に嚙みついた。余一にせがむ感じに、滅茶滅茶に前脚を動かした。だが、自分の背中の恰好に似た岩にぶつかった時、ほとんどひっくり返しになってしまい、一気に底の赭褐色の暗がりに呑みこまれてしまった。

余一は崖まで駆けて行った。そこからは水が染み出ていて、道に流れ、等高線を描いて凍っていて、蹄が引っかいた速い筋がついていた。

余一は蛾の羽ばたきに似た火事の反映をうるさいと思っていたが、それは火事ではなくて、囲炉裏の火だった。夢の気分が毒になって、彼の体に染み込んでいた。体を動かそうとすると、鋳物の機械の感じに、疲れが重くしめつけているのが判った。彼は鼻先で火が燃えるのを見ながら、僕の家族はどうしてこう地獄のような場所をグルグル巡り続けなければならないのか、と思って一人で泣いた。泣き止むと放心していた。乾物屋の小母さんが近くに見えたので、

――佐枝姉さんはどこへ行った、と聞いた。

――帰ったよ。

――焼津へ行くっていってたろう。

――そんなことをいってたのう。静岡へ下りる三輪があったもんで、乗せて行ってもらった。吹きっさらしで、さぞ寒い目にあっつら。

――静岡から東海道線で焼津へ行く気か。

――きっとそうだろうえ。佐枝子さんも熱心なもんだ。

――小母さんは三輪の補助席へ乗ったことがあるんか。

――あるはずがないじゃんか。乗せてもらったら、裾がまくれちまってしょうがないだろ。

――…………。

――なにを考えている。

――なんにも考えちゃあいん。

――ひとのことより、気分はどうだの。よく暖まらんじゃあないんか。熱いもんをやらすかの。

彼女が大根と鰤を煮た汁をよそってくれたので、余一はすすった。椀の底に残ったミを、指で取って食べた。鰤の油が濃くて、口の中がねとついた。彼の体は油を受けつけない感じだった。彼は体の調子が悪いことを意識した。しかし起き上がり、小母さんに礼をいって、外へ出た。

鼻が痛かった。石段を下りて行くと、星が、虫が跳ねるように動き、空を刺した。彼のうしろに月が上っていて、行手の空はその光を吸収していた。南アルプスの尾根が、石棺に懸けた白い布を思わせた。焼けた町は目の下に沈んでいた。所々に見張りらしい焚火が見えた。そこを通り抜けて祖父のいる家へ帰った方がいい、という気持が湧いた。しかし、彼は上流へ向って泳ぐ心持で脚の関節に力をこめて、駅の方へ歩いた。

十吉の家では、鳥小屋のトタンが風に鳴っていた。いつもと同じように明るく、よく整理された駅の事務室が見えた。コンクリートの囲炉裏には、黒光りして鉄瓶が乗っていた。彼はそこへ行くつもりだった。だが、駅をすす通りし、線路へ上って鉄橋まで歩いた。暗い外燈の所で鉄橋の下へ潜り、谷へ下りて行った。彼は危険なことだとは知っていたが、警鐘が遠く微かに鳴っている感じだった。それでも、一度体重をかけようとした足が滑った時には自分の位置を意識して、怖いと思った。しかし、おじ気づきはしなかった。

下り切って目が馴れると、物のありかが判って来た。結局僕には家出ができないのかも知れない、と彼は考えた。

流れだけが黒々としていて、枯草には雪が積っていたから、歩くのは楽だった。小さな洲があった。彼は洲の鼻へ出てしゃがみ、上流の様子を雪の手前に浮き出させて見た。岩の間から馬の頸が突き出ていた。夢は矢張り事実の復習だった、と彼は思った。その場所を忘れないようにおぼえ込んで、立ち上って歩いて行った。見当をつけた所に、馬の動く気配がした。

馬は瀬に坐り込んでいた。彼は胴に触った。そこが一度ブルンと顫えて、収った。もう警戒していない、と彼は思った。だが彼には生きものの触れ合いという感じはしなかった。双方とも冷た過ぎたのだ。ただ撫でて行くと、馬の体の起伏がわかり、それをアオだと彼は確かめた。彼は頭の方に廻り、鼻に手を当てて見た。ひび割れた鼻は弱い息をしていた。そこだけに動きが残って、あとは全て静かに固まって行くようだった。馬はまるで、いく分柔らかい岩だった。あの神経質で滑稽な表情、目と耳をつり上げて暖かそうな歯ぐきまで見せたアオは、もう戻って来そうもなかった。

余一は半ばあきらめながらも、挑戦した。アオの頰に十字にかかっている綱の結び目を持って、声を懸け、立ち上《あが》らせようとした。馬は歯を嚙み合せ、口を頸にこすりつけ、額を突き出した。ちょっと足掻いた。だが、それだけだった。体から力が抜けて行き、元通り坐り込んでしまった。余一は綱を握ったままゆっくり十数え、また気合いを入れた。馬は反応したが、到底立ち上がれなかった。余一はまた十数えて、立ち上がらせようとした。駄目だった。五、六回そうして馬の余力を浪費した。アオはもうあきらめていた。ただ余一に対する義理で、体に力を籠めて見せるだけになった。もう馬は彼をいやがっていた。このまま放免してくれ、といっているようだった。

――だれか連れて来よう、と彼は途方にくれて呟いた。

町へ戻って、事情を話すのだ。事は大っぴらになってしまうが、馬を助けるためには仕方ないことだ。……仕方ないこと……。なぜ恥かしいのか、と余一は考えた。しかし、はっきりしないことだった。僕の家族全体の恥なのか。十吉の恥なのか。僕の恥なのか。それとも、馬の恥なのか。そんな思いが、蜘蛛の群れみたいに余一の心を這い廻っていただけだ。

彼は瀬を渡り、雪を踏んだ。まっすぐに上の道へ登ろうと思っていた。彼がとりついたのは、馬が滑り落ちたコースだった。中途で踏みはずして、元の所へ落ちた。すぐ立とうとしたが、立てなかった。しばらく待って立ち上ると、足頸から痛みが上って来て体中がしびれ、彼は坐り込んでしまった。骨の折れ口が擦れ合ったのだ。余一は脈のせいで疼く足頸を感じていた。

――アオを救える人間はいなくなった。鳩見山の谷はアオの墓場になるんか、と彼は呟いた。

馬のしゃがんでいるあたりに眼をこらしても、見えない。対岸の深い闇を抱き込んだ窪みから、形を現して来るものはない。ずっと上には、鵯《ひよどり》の胸ほどにふくらんだ杉木立があり、まぶされた雪が光っていたが……。その上には一筋空が見え、月の光を吸った空に、星が冴え返っていた。呆気ない終りだった。……いや、終りとはいえない、と彼は思おうとした。そして、

――なんだ、イザリじゃあないか、貴様は、と呟いた。

足頸には、小さな消えない燠《おき》がある感じだった。それをなだめすかしていないと、鉄の液みたいに、流れ出て来る。余一の動こうとする意志は、手足をもがれて、虜になっていた。彼はアオの臨終をみとる役目になった。さっき闇の中で、あいつの眼を見たろうか、と余一は考えた。彼は見なかった。しかし、想像で見たのだ。大きな眼は苦しんでいなかった。元気な時にはとび出して、荒々しく、小憎らしいこともある馬の眼は、すっかり運命を受け容れ、羊羹色に落ち着いていた。枯れた玉蜀黍の毛みたいな鬣が瞼をなぶるままにさせていた。その様子は、死ぬ方法の手本のようだった。

余一の心も静かになった。千篇一律の水の音が、細かい所まで聞えて来た。時間が経つにつれて、動きの鈍い部分は凍り、透明な洞の下を、勢いのいい水は走り続ける。アオの意識はこの流れの中にまぎれる。命が一つ失くなる。それから、流れは光の中に姿を現

し、鳥の声や列車の響きが聞えて来る。馬の形骸は流れにのめり込んでいて、岩を枕に、上を向いた鼻に鶺鴒《せきれい》が止っている。水がアオの背にぶつかり、流れからはぐれた分は、前脚と後脚の間を腹の方へゆっくり逆流している。水は馬を押しのけようとはしない。少しずつ解体して行くだけだ。いつの間にか、芯まで洗ってしまう。水は、あとは引き受けた、といった様子だ。アオは事実上これで終ったわけだ。だが僕は証人で、報告者だ。僕は生き続けなきゃあ。生き続けて当り前だ、と余一は思った。

だが、そうではなかった。彼も死んで当り前の状態に陥っていた。少くも、自分で自分を助けなければ助からなかった。彼は動こうとしてまた途方もない痛みを味った。彼は眼と口をかたく閉じて、衝撃がうすらぐのを待った。

彼は右の足頸をかばいながら、俯伏せになった。右腕を伸ばしてまさぐると、藤蔓が触った。両肘をついて左足で掻き、少し体を前に出した。また右腕を伸ばして、藤蔓を握った。それは雪のとどかない窪みにあったが、乾き切っていた。そして、強いバネがあった。彼がたぐると少し伸びて来たので、左手も添えて握った。腕を曲げた。右の足頸がなにかにぶつかって、脂汗が出た。だが、余一は手をゆるめなかった。植物が青臭かった。土もにおった。彼は左手で蔓を、胸の下に握っていた。右腕をコンパスのように廻すと、椿の木に触った。それを両手でつかまえ、腕を曲げた。しかし、椿は抜けてしまった。

彼はあやふやな所にいた。腕を廻して見ても、手がかりになる物はなかった。転げ落ちないように斜面に対する体の角度を決め、ズボンのバンドを外した。右手で両端を握って腕を伸ばし、手頸を使ってなにかに引っ懸けようとした。粉雪が落ちて来た。なん度目かに高過ぎる所に引懸かった。徐々に腕に力を籠めると、体がいざり、斜面を上って行った。

バンドが懸っていたのは猫柳の瘤だった。彼はしっかり握った。しかし指の関節が痛み、長くそうしていられない気がした。妙な体恰好になって猫柳の瘤を抱いた。昨日までの疲れに今日の疲れが重なって、彼をどうでもいい気持にしそうだった。彼は死んだ鴉みたいに、木の瘤に引っかかっていた。僕は助かることは出来なくなっているのかもしれない。寒さが入り込んで来る。皮膚を通り抜け、内臓まで浸している。間もなく僕が死ぬのはもう決ったことかもしれない、と余一は思った。だが、たとえそうでも、彼はそれを確かめたかった。ここにいる奴の中に吸い込まれたら、きっとバカを見る。いやだ、と考え続けた方がいい、と彼は思い直した。

彼は雪を嚙もうとした。歯の音がして、雪が口の中へこぼれ込んで融けた。そして、彼は悪い後味を知った。歯の音が、遠い頭蓋骨へ響いた気がしたのだ。鉛のような腕、よじれた胸まで、自分のものなのに遠い存在のように思えた。だが彼は、こいつらを手懸りにして僕は生き伸びなきゃあ、と考えた。

——稼いだ距離は、死んだってくれてやらないぞ、と彼は待っている奴にいった。

そいつは、今しがた二頭の馬をせしめ、今度は彼を手に入れようとうかがっていた。余一はせき立てられる気持で、バンドを猫柳から外そうとした。それがまわりくどいことになると、

――フン、僕に謎をかけて来たな、と彼は呟いた。

バンドは外れた。彼は輪を作り、斜面の上へ投げた。引張って見ると、手ごたえがなかった。なん回も盲滅法に投げた。一度など、乾いた音がして雪が落ちて来て、鼻先が真白に見えたこともあった。やがてなにかに懸ったので、彼が体を引き上げて見ると、細い木の切株だった。樹皮に触ると、栗らしかった。切口に斧の跡が段を作っていて、雪が溜っていた。彼は鋭い切り口を撫で、さっきアオの脇腹にあった疣《いぼ》を思い出した。それは、硬くはみ出した腸だった。この切株が馬の腹を裂いたことを、彼は知った。

――すべすべしているな。貴様は本当に悪いやつだ。……おい、俺は助かるか。助かると思っているか、と彼は切株を撫でながらいった。そして、

――助かるさ、と自分で答えた。

彼は怪我をした足頸は要らないと思った。それは生き抜くために邪魔になる感じだった。こいつのために、僕は途方もない寒さから脱出できないのだ、と彼は焦った。早く寒気のトンネルを出て、火のそばでくつろぎたかった。だが、思いがけなく、火のそばに横たわっている自分の死体が、彼には見えて来た。それだってくつろいでいるのだ、と彼は

考えた。彼は怖かった。そして、もっと闇にまぎれていた方がいいのか、と迷った。僕はみすみす、時間切れになる瞬間に近づいているだけだ。しかし、宙ぶらりんでも済まないことなんだ。ここで死ぬより、するだけのことをして、向うで死んだ方がいい、と彼は自分を励ました。

彼は、バンドを構えて投げ、根気よく続けて、崖の中途に作った丸太の棚の端に引っ懸けた。そこまで這い上り、檜のからい香を嗅いだ。またバンドを構えて投げた。体を動かしていないと、考えてしまうからだ。そうなると彼は、凝《こご》らない血のように、流れっぱなしになりそうだった。バンドはなにかに懸っていた。彼は垂直にぶら下がり、腕だけの力で釣り上げた。危い丁場だった。もし手を離せば谷底まで落ちてしまう。彼は腕を曲げ、すす速く手をはなして、石に縋りつき、また腕を曲げて行った。崖登りの最後だった。上り切ってから触って見ると、尾錠が喰い込んだ石は虫歯みたいにぐらついていた。

道で対岸を向いて横たわり、しばらく息をしていた。それから右足頸で地面を蹴って、あの痛みを確かめ、四つん這いになって進み始めた。立ち止まると、途方にくれた自分の顔を感じた。やがて、線路ばたの外燈が見えた。間もなく見えなくなった。彼はいく曲りしながら、光に近づいて行った。雪がまた降って来た。闇から湧き出て光の暈《かさ》を無表情にかすめていた。

彼は線路へ出た。体の見える範囲を眺め廻した。体はすさんだ動物の感じで、しかもズボンの裾から血が流れていた。彼は外傷を探した。左のふくらはぎに血が盛り上がる穴があった。拭いてみると熟れた石榴《ざくろ》のようだった。ポケットからバンドを出して、傷の上で足を巻いて、緊めつけた。血の湧き方が減るのを彼は眺めていた。それから、線路に沿って這い、駅の影が立ち塞がって来ると、わきへ下りた。夾竹桃の下を通り、建物を廻って、待合室へ行った。

だれもいなかったし、電燈も消えていた。事務室も暗く、小さな電球が点いていただけだった。その微かな光で中の様子は大体判った。畳敷きのベッドが見えた。蒲団が敷いてあったが、もぬけのからだった。

——おい、と余一は呼んだつもりだった。だが、声にならなかった。涸れ井戸の底に風が起った感じで、自分ながらおかしい音だった。

——車掌さん、寒いから入れてくれや。

奥の戸が開いて光が流れ出た。余一の知っている駅員の影が浮かび、それから明るく電燈が点いた。一瞬彼は戸惑った表情になった。すぐに笑い出して、手を振った。余一はことわられたと思った。妙な時間に乗客が紛れ込んだとでも受け取られたのか。だが、よく見ると、駅員の手が廻っていた。じれったそうに境のガラス戸を開けて、

——裏へ廻んな。こんなところへ来られたって困らあ、といった。

余一はいわれた通りにしようと思った。

——なんだ、一体。

——冷えちまった。凍え死ぬかって思った。

——裏へ廻んな。どういうことになるんか判らんがな。

駅員は馬鹿笑いしていた。余一は這って待合室を出た。急に建物の中が明るくなって、角《つの》のように光が空へ伸びた。雪はすっかり地面を覆い、軒下だけを降り残していた。そう深くはなかった。地面を黒く剥いで、足跡がついていた。余一はいぶかった。その新しい足跡は蹄鉄の形だった。しかも、夾竹桃の下を抜け、建物を廻っていた。僕が辿ったコースだ、馬ということはない、と余一は思った。だが、人間の足跡は無かった。

彼は待合室の方を振り返った。一旦そこへ入った蹄の跡は、折り返す恰好に出て来ていた。そして、余一のいる所まで続いていた。彼はなにも生えていない花壇へ踏み込んで、窓に身を寄せて見た。彼の胴体が窓の下三分の一を覆った。彼は四つん這いになっているのだ。花壇の縁に乗ると、鉄の音がして切石が倒れた。花壇の土を、蹄の跡が踏みにじっていた。僕は馬になった。余一を、眼が潰れるような悲しみが襲った。鮮明な黒い液が、眼の中へ流れ込んで来た。

——早く来な。そんな所を物色するなよ、と駅員は裏の戸を開けていった。それから、倉庫の錠を外している音がした。馬をそこへ入れようと思ったのだ。

余一は動かなかった。彼は汽笛のような音が始めも終りもない感じに鳴り続けるのを聞いていた。

——どうした、若い衆、と駅員がいった。

——若い衆っていってるな、と余一は思った。そして、

——考えさせてくれ。僕のことはかまってくれなくてもいいから、もう一遍戸を閉めて寝てくれ、といおうと思った。だが、彼はそれを声にすることが出来なかった。気持が打ちのめされたからか、馬になったからか、声の出ない理由が彼には解らなかった。

駅員は紺の外套をはおって、歩いて来た。余一はそれを見て、顔をそむけていた。

——若いのはどこへ行った。馬をうっちゃって、と駅員はいった。

若い衆、若いの……、といっている。するとと、車掌はさっき待合室で人間を見たのだ。僕は見られたのだ。しかも、馬をうっちゃって、といっている。駅員はさっき、馬と僕を見たんだ。アオが僕について来て、一緒に待合室へ入って来たのだ。アオも僕みたいに、自分で自分を救ったのだ。結局は僕の希望は全部かなえられたんだ……と余一は考えようとした。だが、そういうことではなさそうだった。

——おかしな奴だな。

——……………。

——おーい、小便か、と駅員は大声を出した。それが山側にこだまになって行き惑った。

僕が答えなければ、答えるものはない。しかし、僕が答えると、まだ宙に迷っている事柄が決ってしまう。車掌は僕が馬になっていることを知るだろう。……だが、それがもともと錯覚なら、僕は馬ではなくて、馬のそばに四つん這いになっている人間だということなら、僕の声で、全てはっきりするはずだ。余一は試されている気がした。

——少し待って見るか、と駅員はいった。そして、余一に身を寄せて頸筋を叩いた。彼は銅像みたいに体を硬くした。駅員は余一の鬣から雪を弾き出した。余一はそうするにまかせ、ふと彼の手を避けた。

——アオだけでも、屋根の下へ行くか、肺炎にでもなると、十ちゃんが困るんで。

駅員はまた手を伸ばした。余一は綾取りの腕みたいに頸を廻して、その手を逃げた。

——悪いっけなあ、アオ、薄情な主人だな。

駅員は手綱を掴もうとした。倉庫の中へ引いて行こうと思ったのだ。余一はその手をすり抜けて、駅前へ走り出た。反射的にそうなった。しかし、駅員を驚かせまいと気を配った。駅員は窓の下に立って、余一が走るのを見送った。余一は視野の隅に彼を見ていた。彼の人のいい顔を、半ばは想像の中に見ていた。

彼はまた余一の方へ歩いて来た。親切な声が余一を誘い、迷わせた。しかし、彼の手が触れそうになると、余一の体は磁石の同極のように避けて走り、波を乗り越える舟の揺れ方をした。こう弾みをつけて、余一はまた走り、高台の縁で止った。彼は斜面を駆け下りようとした。だが滑ってしまった。眼の前の闇に摑みかかる体恰好だった。枯草の上へ落ちてしまうと、駅の電燈が斑らな雪を照らし出していた。屋根の上の闇に映えているのは、膿をもった傷みたいだった。振り返ると、高台の縁に匙を投げた様子で彼が立っていて、こっちを見下ろしていた。彼の影がぼやけて、余一の足元に落ちていた。

——アオが僕になった。昔からまだこんなふうにされた人間はいない、と彼は心に呟いた。

誤って口へ入れた腐った肉を、吐き出す間もなく食べてしまったような、いたたまれない気持になった。虹色に光る腐肉は胃の奥へ入ってしまい、今更吐くてだてもない感じだった。彼は目を閉じて、えたいの知れない気持を怺えていた。そして今、人間が馬になり切るための荒療治が自分の内部で進行しているというふうに感じた。なぜ馬にされるのだろう。しばらくすると、悪寒は収って行き、穏かな単純な気持が交替して来た。たとえ死がやって来ても、反抗はしない。せいぜい涙ぐむくらいなものだ。僕が人間だった時、どうして生き抜こうとしてあんなに苦しんだのか。

——これもそうだ、と彼は、さっきよりも楽になったが、疼いている右の足頸のことを思った。

痛いけれど、それは痛いだけで、運命としか思いようがなかった。彼は谷で怪我に苛立って、右脚を切断することまで想像した。だが今は、それが遠くかすれた記憶になっていた。癒るのか癒らないのか、彼には判らなかった。癒すとすれば、彼でないだれかが癒すのだ。彼にはもう事を企てる気持はなかった。そして、大部分の企ては空しいことに感じられた。

余一は跛を引いて歩き始め、原に輪を描いてゆっくり走った。草から小さな雪煙が上がり、胴をかすめてうしろへ流れた。地面がむき出しになっている所は、通るたびに蹄の跡が増え、大きな土くれが跳ね上った。駅員の影の中へさしかかるのは、なつかしかった。気持の垣があって、人間に近づきたくも近づかれたくもなかったが、ただ駅員がなるべく長く高台の縁に立っていて、曖昧な影を落としていてほしかった。しかし、彼は愛想づかしして立ち去り、駅の電燈は暗くなった。

――以前は僕もアオを見ていた、と彼は心に呟き、十吉の厩の方へ行った。

――山襞みたいな硬い皺のある胸、いつも人間の眼を避ける眼を釣り上げ、桃色の歯ぐきを出し、耳を後へ引き、不思議な表情をして嘶《いなな》いた。その時、白い鼻は陣笠の恰好になり、宙を漂う感じだっけ。つまり、それが僕なんだ。

彼が厩と向い合ってしばらく立っていると、寒くなって来た。矢張り広い寒気が彼を浸し、大井川の淵に棄てられた水舟のかたちに、彼を取り込もうとしていた。熱を掻き立てなければ、と彼は思った。しかし動こうとすると、右の足頸が痛かった。

――甲斐性なし、とどこかで声がした。

彼は心が騒ぎ、こうしてはいられないと思った。だが実際は、患部をかばいながらそろそろ歩いていただけだった。

——甲斐性なし。

それは十吉がアオを叱る口癖だった。特に余一が覚えているのは、車を引いたアオが駅の上手の踏切を渡ろうとした時、列車が来て驚き、しばらく踏切へ出るのをいやがったことだ。十吉は本当に怒っていた。彼と馬の強情の張り合いになった。彼は手綱を持つ手を馬の口へ近づけ、いうことを聞かせようとした。アオは前脚を揃えてまっすぐに伸ばし、頸を立てた。十吉は宙釣りになりそうだった。余一は笑った。……しかし十吉は馬を扱うのに馴れていて、アオにも決して悪いようにはしなかった。十吉がずっとアオの手綱を握る気でいてくれればよかった。彼は、結局はこの山の町がうっとうしくて堪えられなくなったのだ。彼は逃げて行った。だが、僕は逃げられるだろうか。馬に変ってしまった。僕の進退はひとまかせになった。飼主と一緒にいなければ、生きて行くことは出来ない。

余一は歩いたが、さっきほどの元気も出なかった。さっき彼の脚は雪や霜を融かして、土をこね廻すことが出来た。だが今は、硬く凍った地面に蹄をはねつけられて歩を運ぶだけだった。

空の青がだんだん透明になって、朝日が映った。大井川の河原に黄金《きん》色の帯が見えた。余一という馬にとっては最初の朝だった。それに続く一日が、いつものように単純だとは彼には思えなかった。橙色の空の下に現れて来た風景も人と動物が存在することも、彼らの生き死にも、太古からそれとして定っているだけで、疑いを呼び起こすキッカケを持っていないということが、彼の恐怖だった。当り前な形にかくれて途方もないことがある。僕はこれから、だれも立ち止まったことのない場所に、だれかが立ち止まることを待つ。僕をいぶかしげに眺める眼を、多くの眼の中に探す、と余一は思った。そして、祖父をはじめだれかれの眼を思い描いた。母が生きていたら……、とも思った。だが、結局あてのない望みだった。実は彼自身変化したことを疑えなかったのだ。彼は予想するだけで疲れて、心がささくれてしまったのを感じた。そんなことを実地に見るより、観念して、一人で闇の中にひそんでいる方がましだ、と思った。しかし、彼とは無関係な陽の光が射し始めた。

制服を着て駱駝の襟巻をした駅員が、高台の縁から見下ろしていた。

——おーい、与作さん、と彼は呼んだ。

枯薄の向こうから返事が聞えた。

——益三郎さんとこへ行っちゃあくれんか。十吉のアオが帰って来たって。

——どこにいるのか。

——十吉の家にいらあ。

与作は余一のいる方へ来た。そして、彼を見ると、

——荒れてるな。眼が凄く血走っていらあ、といった。

与作は祖父をよびに行った。三十分くらいすると、二人で歩いて来た。余一は眼を避けて立っていた。祖父のするままになろうと彼は思っていた。そして、自分の姿勢がアオにそっくりだと感じていた。例えば、製材所の材木の間で、車へ荷を積む間、車から離されて立っていたアオは、今朝の僕と同じだ、と余一は思った。勿論、似せようと考えてしていることではなかった。

駅員は腕時計を見ると高台から下りて来て、祖父にいった。

——ゆんべ十二時を廻ってから、僕が便所に入っていると、下の窓すれすれに馬が通るじゃんか。今時分どうしたのかと思っていたら、待合室へ入った。小荷物受付の向うに立っていた。どうも、その時余一ちゃんがいた気がするが、なんだか、はっきりせん。ガラスの仕切りがあるもんで、僕の顔も映っていたし、僕の顔だっけかもしれんって、あとから考えたが、どうもはっきりせん。

手綱を持った祖父の手から力が抜け、顫えるのが余一には判った。

——待合室へ馬が来たりしちゃあ困るんて、裏へ廻れっていったら、出て行って、それきりいなくなった。

——そんなことじゃあ困るな、と祖父は駅員を咎めた。

——僕に責任はない、と駅員はいった。

——警察へは電話をかけたか。

——かけない。

——人間の方が肝腎じゃあないか。

——悪いっけな。

——馬だけじゃあな……。

駅員は黙ってしまった。

——お前駅へ戻って、電話をかけてくれ。わしはそこら辺を探して見る。どっちへ行ったようだっけ、余一は。

——悪いけど、見当がつかんな。

——余一を見たっけだな……。

——見たように思うがな。

駅員は腕時計を見ながらいった。駅へ列車が入る時刻が近づいていたのだろう、坂道を登り、引き返して行った。列車が入ると、与作はそれに乗って行った。

やがて警官が来て、祖父と少し話し、駅へ上がって行った。駅員の報告をくわしく聞いていたらしかった。二人で高台の縁へ出て来た。駅員は指を差しながら警官に喋っていた。駅員は弁解している様子だった。二人は別れ、警官は坂道を下りて来た。そして、

——法月さん、お孫さんは町へ戻っていますよ。もう確実だ、といった。

——そうですか。

——昨日は方々へ現れていますもん。

——…………。

——お爺さんは家にいてやんなさい。家の様子をうかがいに来ることだってある。そういう時、あんたがいないと、捉まえられませんよ。

——…………。

——十吉さんの馬が帰って来たんですな。

——そうでがす、と祖父は沈んだ声で答えた。

——駅の裏手に足跡が凍って、ちゃんと残っていますがね。馬の蹄ばっかりです。

——おかしいじゃないか、と祖父は急に警官に挑むようにいった。

——足跡だけじゃあ決められませんが、蹄の跡だけです。お爺さん、見て来ますか。

——見たって仕方がない。

祖父は警官を恨むように彼に背を向け、余一を引いて道へ出て行った。

やがて、祖父と余一は土の跳ね返る道を歩いていた。榛の列に鵯が動いているのが見えた。百舌がいきなり、けたたましく鳴いたこともあった。家へ入る私道のわきには抜き残した秋大根の葉が、霜に焼かれていた。余一の大きな図体は槇垣を擦って大戸へ入り、敷居を跨いで土間に立った。

祖父は余一を見た。

――アオ、お前の方がえらいの、と張り合いなげにいった。

彼は土間に杭を打って、手綱を縛った。それから納屋へ行き、乾いた藁をかかえて来て、余一の足もとに敷いた。彼は長く馬喰をしたから、馬の世話はお手のものだった。二枚の板を余一の右脚に当てながら適当な形に削って、膝から下の副木にした。骨を丁寧に合せてそこの恰好を眺め、丈夫な布でキリキリ巻いた。余一の右脚はしびれ、脈が強く打った。

それから祖父は、アオの体の傷を調べて、硼酸軟膏を塗った。鼻の傷と蹄の中は特によく見た。鼻疽と脱疽が心配なのだ。見終ると、彼は炉の火を大きくし、先が赤くなった火箸を握って馬に近づいた。彼は馬に暴れる隙を与えないように、す速く治療しようと思っていた。余一は出来るだけ静かに怺えようと思った。三年前まで飼っていた馬は、火箸が鼻に触ると頭を振り、後脚で立ち上がったので、跳ね飛んだ火箸が梁にぶつかって、祖父のうなじへ落ちた。

彼は、余一の口を捉え、鼻の傷を見定めた。火箸は背に廻して、余一から出来るだけ遠ざけていた。火がいきなり眼もとを掠め、余一は不思議な臭いを嗅いだ。彼は後退した。祖父はのめりながらも手綱をしっかり握っていた。それから手綱を放し、炉で黒い膏薬をあぶって、余一の鼻に貼った。彼はなお一時間もかけて余一の全身を調べた。あり合せの糠を飼葉にして、桶を余一の前に置いた。

祖父は切干大根の味噌汁を飯にかけて食べた。終ると掌で顔を無闇に擦り、そのまま掌を離さないで、炉端にうずくまってしまった。余一は祖父と口論したあげく、家を飛び出したことを思った。そして、もう取り返しがつかなくなっていることに気づいた。彼は環になったトンネルへ入ってしまった、入口も出口も解らなかった。

余一にはまだ確かめきれないことがあった。胸を掠めて白い矢が立っているような光の筋を見た。羽目の節穴から射し込んでいたのだ。彼はそっちへすり寄り、穴から戸外を見た。水涸れの白石川があり、対岸には山林鉄道のトロッコが、トタン張りの車庫の中に見えた。雪はもう融けてしまい、枯芝がぐっしょり濡れていた。田圃の中の島のような丘にはいくつか墓石が立っていたが、それは乾いて見えた。白石川が大井川へ注ぐ道が、川原を抉って白い筋になっていた。雪が降ったのに、まだ乾ききっているのだ。

祖父はここ五年近く木挽《こびき》をしていた。表の軒に二抱えもある欅の原木を置いて、水平に鋸を入れた。切り口に傾斜のゆるい楔を打ち込みながら、一枚板を採っていた。外出する時には、彼は大鋸を土間の羽目に掛けて行った。そこには鋸が四枚ぶら下っていて、なかの二枚は同じ形の大鋸だった。その一枚が節穴を塞いでしまうことが多かった。そんな時余一は鼻で鋸を突き上げ、足元へ落として、節穴から外の景色を眺めた。

大井川に、雪融けの水がだんだん増えていた。流れの幅が日ごとに拡がっているのが、余一には判った。対岸に沿って青い流れが、ゆっくり縒れていた。こちら側には、岩の出っぱりを囲んで淵があって、沈んでいる舟のはしが見えた。そこへ白石川は入っていた。その水も日ごとに勢を増して、馬の背筋の形に、静かな水に注いでいた。淵の上を燕が飛んでいた。少し翼を動かすだけで、水面すれすれに長い距離を滑走した。岩の向うにはカイツブリがいて、時々見える頭が、潜望鏡を思わせた。

翌日、陽の光が射し始めると、羽目板の向うに人声がした。余一が覗くと、馬喰に似た身ごしらえをした木樵が三人いた。三人とも余一が知っている人だった。彼らは鹿革の座蒲団を腰から吊っていた。十吉もこうして、木出しに山へ入って行ったことがあった、と余一は思った。

営林署のガソリン・カーが、紫色の排気を出して走って来て、トロッコを七輌つなぎ、ガチャガチャ鉄の音をさせながら、南アルプスへ入って行った。三人の木樵とその荷物は三、四輌目に乗っていた。トロッコは白石川に沿って下って、だんだん直角に曲り、大井川堤を小さくなって行った。十吉がこうして山へ入って行ったのを、余一は五、六回見送ったことがあった。

営林署のトロッコが始めて動いた日は晴れ上っていたが、翌日から三日、雨が続いた。

その次の日は晴れ、寒さが少し戻った。だが猫柳の穂が、暖かそうに見えた。その日、祖父は余一に餌をかう前に、黒砂糖を茶袋へ入れて持って来て、彼の口へ入れた。以前、年取って間に合わなくなった馬を売ったことがあったが、その朝、祖父は黒砂糖を食べさせた。それから、彼は買手と並んで腕を組み、馬が飼葉を食べ水を飲み終るのを待っていた。

余一は大戸へ引き出されて、陽を浴びた。そこで飼葉を食べて、水を飲んだ。その日も、祖父は決まり切ったいでたちだった。股引に腹掛け、半纏をはおって、地下足袋をはいていた。彼は一度開けた雨戸を、また出していた。座敷の障子が開いていて、彼が雨戸を出している間、中が見えた。卓袱台の上に、額に入って、いが栗頭の余一の写真が立ててあった。その前には蔭膳が据えてあった。

祖父は雨戸を閉めてしまい、背戸から、蕗の新しい緑の中を歩いて、アオの所へ来た。彼は手順よく出発の支度をしていたが、表情はうつろだった。自分が自分の主人ではなかった。柱が一本抜けた家が、しばらくして、だんだん狂い出したようだ。彼は背戸の鍵と、台紙に貼った余一の写真を手に持っていたが、腹掛けへ入れた。そして、アオの前脚から手綱をほどいた。

余一は祖父の歩調を見ながら歩き出した。祖父は立ち止って余一を行かせ、右の後脚の具合を見た。そこはもう癒っていた。余一には痛くもなかったし、ぎごちなくもなかった。普通に体重をかけられるのが嬉しかった。

道へ出ると、石垣も、上の槙垣も陽を吸い込んでいた。祖父と余一の影は、跳ねながらそこを辿って行った。法月の家の石も木も畑も、すぐにうしろになった。大きな流れの中で一部分水が踏み止まりたいと焦っている、と余一は自分のことを思った。僕はこれで帰って来れないに違いない。恐らく、ほかの土地で、材木とか肥料とか米俵を運ぶことになるのだろうが、それは僕にとって、おまけの生活だ。本当の生活は、今日速谷を去ってしまえば、おしまいになる。彼は槙や青木や山梔子《くちなし》に体を擦りつけた。

白石川の堤の蔭を行き、堤へ登って行った。風が来て、鬣を搔き上げた。頸を伸ばすと、手綱がまっすぐに張り、祖父は振り向いて、こっちを見た。

――どう、といった。

祖父の眼と口が穴みたいだった。それも、乾いた土が陥没した感じだった。彼は廃人になった、と余一は思った。癒えた馬の体は、どこもかも若芽のように敏感だった。だが祖父は、日なたの軽石に似ていた。

麻糸工場の裏手にさしかかると、機械の音に包まれた。酸っぱい臭いがした。粗末な建物と堤の間には、糸屑が捨ててあって、それがしつこく臭った。冬でも、下の方は饐《す》えていたのかもしれない。それが佐枝子の体のにおいに似て余一には感じられた。余一には、二人で速谷町を歩いた時のことが甦った。彼女の気持は、いわば、よるべない感じだったが、体は若い鳥みたいに緊っていた。すべすべした肌や真白い歯が、質が良くて、つよそうに見えた。

根もとを糸屑に囲まれて、銀杏《いちょう》が立っていた。祖父はその木に余一を繋いだ。臭いが激しくて、余一は噎せそうになった。糸屑の山の続きが、工場の窓を半分くらい埋めていた。祖父は谷みたいな通路を下りて行って、裏手の戸を開けた。機械の音が大きくなった。祖父が待っていると、春枝とみかが出て来た。

——そこを出て、戸を閉めなよ、とみかがいうと、春枝がそうした。

——今から行ってくるんて、頼むな、と祖父がいった。

——あの馬……、とみかがいった。

三人が余一を見上げた。

——黒い毛がきれいに艶々しているな。あんな馬がいたの、見なかったっけ。

——悪い馬とはいわれんの。だが、足へ一遍ヒビが入ったもんで。

——十吉さんの馬でしょ。

——そうだ、十吉のもんだ。

——売っちまっていいの……。

——なんの、怒るような手合いじゃない。

——おいで、馬を見よう、とみかは春枝にいった。

好奇心が強そうな二つの顔が、糸屑の谷を通った。二人は速足で堤へ登って来た。春枝が麻糸の屑に乗って滑り、膝をついた。祖父は二人の後を、ゆっくり登って来た。そして、彼女たちのうしろで腕を組んでいた。

――畜生は、五十日飼えば、世話をした人のものになるんだに。

――家へ置いとけばいいのに。いい馬じゃんか。

――あんた、馬のこんを知っているかの。

――父ちゃんが飼っているからね。もう二十年くらい前から、ずーっと飼ってるんだって。

――そうだっけのう、お前さんのとこじゃあ。

――この馬、焼津の競馬へ出したらどうかしら。

――ははは、競馬へ出しても負けちまうに。

――脚と胴で丁度真四角になってるじゃんか。この馬はきっと速いと思う。

――背は高いがの。でも競馬馬ってもんは、こんなもんじゃない。

――このくらいの馬は出ている。

――あんたは競馬へも行ったんだのう。

みかは頷いた。

――働きゃあええ。馬力馬でええだ。

――勿体ないじゃん。気も張ってるじゃない、この馬は。

彼女は余一の顔を見た。そして、

――眼に春枝さんが映ってる。馬が春枝さんを横目で見ている、といった。

春枝はみかの肩を叩いた。

――家へは、二人して泊ってくれるのかえ、と祖父がいった。

――ええ、とみかがいった。

――そこらにあるものを、なんでも食べてくれていいでの。

――いいようにやっていいでしょ。

――これが鍵だ。背戸から入っておくれ。

祖父は腹掛けから鍵を出して、みかに渡した。そして、

――こいつは持っていて……。明日わしが糸工場へ寄って見るんて、といった。

――骨洲までどのくらいあるんだっけ。

――四里半だの。

――大変だわね、おじさん。

――なんの、それくらいは……。

――馬のどの足が折れたの。

――ここだ。

そういって祖父は、余一の右足頸を地下足袋で軽く蹴り、銀杏から手綱をほどいた。

——お大事にね。

——それじゃあ頼んだに。

祖父は余一を引いて行き、白石寺の前で、堤から下りた。二人の娘はそれと並行して、堤から工場へ戻った。

祖父と余一は町の通りを行った。焼けたままの家は少し残っているだけだった。出来上った家もあったが、半分くらいは建築中だった。そうした家も、ほとんどが建前は終っていて、屋根屋が瓦やこねた土を釣り上げていた。大工の手もとから滑り出る鉋屑《かんなくず》が眩しかった。余一に活気と逞しさが迫って来た。彼は早くここを抜け出したかった。

余一は祖父の背中だけを見ようとした。後姿が弱々しく、醜かった。祖父は、急き立てられる気持になっているのに違いなかった。

町の人々が祖父と十吉の不義理を二年や三年で忘れるとは、余一には思えなかった。迷惑がかからなかった人が大部分だが、彼らも揃って彼の家を裁き続けるだろう。普通の借金とはいえなかったからだ。余一には、金銭に関する嘘が他のいろいろな嘘の中でも特に薄汚れて、恥かしく映った。僕の家族は気弱さから、必要以上に沼に嵌ったんだ、と彼は思った。馬を売る……、その代金はどうするのだ、とむきつけに聞く人はないに違いないが、気にしている人は多い。

余一を引いた祖父は、駅に近い原っぱへ出た。焼けたままの十吉の家を右手に見て、高台の下を行った。やがて線路へ上り、それから、山道にかかった。人と馬に葉の影が流れた。次第に木漏陽の数はへって行った。二カ月前のように道は凍っていなかった。余一の蹄が踏む枯葉は、あの夜の経験を思い浮かべると、湯に浸してあったように温かかった。鶯が鳴いていた。しかし場所というのも、丁度人の心のようで、風向きによっては、暗く厳しい顔になって、決して犠牲者を赦してくれない、と余一は思った。

船尾の恰好に突き出た崖が現れた。染み出る水が皺を描いて伝わっていた。余一は谷を見ようとした。彼の思い通りにはならなかったが、それは彼が立ち止まることが出来なかったからだ。見えるものは全て、はっきりしていた。流れは見えたり隠れたりした。岩の間では、水は太い束になって走っていた。彼が最後に見た時に較べると、水かさは三倍にもなっていた。矢張り馬の骸骨があった。頭は岩と岩の隙間に押しつけられていた。眼の穴が大きかった。背骨は半分岩に乗りかかって、肋骨が岩を挟んでいた。余一はそうした骨の分布を見て、あり得ない馬の姿勢を、なぞなぞのように思い描こうとした。

彼は道に六本並んでいる、まっすぐな杉の幹を見た。行手の影は深く、道は水底にあるようで、鳥の声は一層冴えている感じだった。

余一を引いた祖父は海岸へ出た。骨洲港の北には海まで続いている山塊があって、山裾を廻らなければならなかった。細かく菱形の割れ目が入った岩の畳を越えた。そこは水面とほとんど同じ高さだったから、まっしぐらに走って来る波の線が、そのまま足元まで届きそうな気がした。山裾を出はずれると、向うから一台馬力が来た。そこも吹き晒しで、馬は道から外れて、渚を目差している恰好だった。額で正面に風を受けて、前脚が交叉するほど横歩きしていた。荷車の上の褐色の荷物はホンダワラだった。岩が砂地に縞目になっている所で、馬力は余一たちと擦れ違った。馬の粘った涎が紐になって吹き飛んで、余一の背中にへばりついた。祖父は立ち止った。馬力引は馬の蔭にいて、手綱のはしで尻を打っていた。

——馬になりたかないの、と祖父がいった。

——のう、本当に。海布《め》が濡れていて、こいつは水を運んでいるようなもんだ、と馬力引はいった。そして、怒ったような声を出して、馬の尻を打った。

前輪には鉄の箍《たが》が嵌っていた。それが岩の縞を、念を押すように、一筋一筋越えて行った。

二人の行手は砂地で、高い砂丘の麓だった。いたるところに風が渦巻いていて、砂の小さな柱が幽霊みたいに動き廻っていた。同じような地形が随分続いた。やがて松林が始まり、川へ出た。余一はようよう普通に呼吸が出来る気がした。空気がそんなふうに変ったのだ。祖父は黙ったままだったが、到着点だ、と余一は感じた。

石を積んだ突堤が川口の両岸から、海へ伸びていた。その内側には、深い緑の藻が揺れていた。祖父は川口で曲り、海をうしろにして歩いた。川の縁には防波堤があって、彼の頭の高さだった。風は余一の背筋にぶつかって来るだけだった。防波堤の切れ目には栈橋があって、もやった伝馬がぶつかり合っているのが見えた。川面には鱗みたいな波が、輝きながら静かに流れていた。祖父は二階家の前で止まり、余一を電柱へ繋ぎながら、薄暗い中を覗いていた。咲が見えると、

――大将いるかな、といった。

――あら、お爺さん。ちょっと出たけど、近所にいるから呼んで来る、と彼女はいった。

佐枝姉に似ているな、と余一は思った。咲の緊って弾むような体恰好がそっくりに思えた。ただ佐枝子には、余一がよく知っているせいか、いつもなにか怯えているような痛々しい感じがあった。相手の顔に喰い込むような眼をしていた。あれはいい感じじゃあない、この娘みたいに、気さくじゃあない、と余一は思った。

――入って、お茶を飲んでいてくれる……。

――港の水は悪いんてのう。

――来る早々、そんなにいわないでや。我慢して……。あとでお酒を飲むんでしょ。

――おミキもの。おきまりだえ。

祖父はその家へ入って行った。敷居をまたぐ様子が大儀そうで、体中こわばっているのが余一には判った。入れちがいに咲は道へ出た。

――馬を連れて来たっていっておくれ、と祖父がいった。

彼女は駆けて行き、五、六軒先の家へ入って、すぐに出て来た。彼女について福松が、家の中を向いて喋りながらあとずさりに出て来た。彼はカーキ色の作業服の上に、男物か女物か余一には判らない、派手な半纏を着ていた。素足に、蹴ってしまいそうに藁草履をつっかけていた。腕を組んだまま余一の顔の前へ来て、

――性質がよかりそうじゃんか、と家の中にいる祖父にいった。祖父はなにか背負っている恰好で、框に腰掛けていた。固くなった肩がほぐれないのだ。

――力もあるぞ。

――どのぐらい働かせたって……。

――丁度一年だな。木材運搬だ。

福松は電柱から手綱をほどいて、す速く手繰り込んだ。それは馬喰のやり方だった。彼は空いている掌で、余一の頸を叩いた。祖父よりも強く叩いた。馴れていて、壺をはずさない叩き方だ、と余一は感じた。

――どこを折ったって……。

福松は余一の足もとを見ていた。

——右の後脚だよ。くるっぷしの上のとこだ。

福松はそこへ指を当て、探るように少し動かした。

——判った。これはうまく着いてる。さすがはお爺だ。

福松の赤インクを摺り込んだような手は無造作で、鋭敏だった。彼がそこを擦ると、余一は癒着した自分の骨を感じた。微かに段があるのが判った。

——普通だと、どうしても捩れて着いちまうもんだがな。

——おとなしい、我慢のええ馬だっけな。

——お前は利口だってさ。よく来てくれたな、こんな生臭い港へ。

——私を高く買っとくれ。

——お爺、ちっと乗って見るんてな。

——どこへでも行っといで。

福松はゴミ箱へ乗って、電柱に打った足場のボルトへ移った。余一に跨がり、足をぶらつかせて、坐り具合を直した。腿で腹を挟み、それから余一を歩かせた。ただ歩くよりも、彼を乗せて歩いた方が余一には安心感があった。祖父と歩いた時には、引かれて歩いた。だが今は、余一は自分を乗手にあずけていた。僕が歩くのは彼が歩くのと同じことだ、と余一は思った。

福松を乗せたアオは防波堤と家並みの間を行った。家々は速谷の家々よりもずっと低く、あちこちの松の木だけが太く、高かった。空を這っている黒い大蛇みたいだった。風は相変らず吹きまくっていた。福松は頭を前に突き出し、顔をしかめていた。

橋が見え、たもとに向って道が坂になっていた。福松は膝で腹を押し、余一は速足で上った。橋へ出ると、海の風が馬の胴へもぶつかった。福松は手綱を引き、余一は胸を張った。背骨が弓なりに撓った。余一は気持が晴れるのを感じ、これは完全に馬としての喜びだ、と思った。

橋を渡り切ると、福松は欄干に足を掛けて、余一から下りた。そこから、丸太の上へ滑り止めの横木を打った足場が、河原へ下っていた。川が曲っていて、内側が洲になっていたのだ。福松は馬を洲へ行かせようとした。余一はためらったが、福松に従うより他に方法がなかった。彼の広い肩幅を見ながら、足場を河原へ下りて行った。貝殻が覆っている洲で、余一は脆い貝を踏み砕いて歩いた。川には大きなボラが泳いでいた。暗く、弾丸のような速さで海の方から来て、一瞬姿を見せ、上流へ走って行った。潮がさしていたのだ。

福松は今度は石垣から余一に跨がって、貝殻の道を、土蔵に挟まれた路地へ登って行き、橋を通って家へ帰った。

家の裏手へ廻り、庭へ入って行くと、祖父は空の厩の前で煙管《きせる》をくわえていた。小さな庭は沼に向ってひらけていた。しきりに揺れる枯葦が、眩しく光のしぶきを飛ばしていた。福松は柱に吊るしてあった飼葉桶を外して、中へ刻んだ藁を入れ、ふすまを混ぜて余一に食べさせた。余一は夢中で食べた。やがて、いくらかその速度がにぶると、桶がゴトゴト地面にぶつかる音が聞えて来た。彼には、どうしても気になる音だった。かつては彼の前で馬がたてた音だったが、今は、彼がたてるのだ。さっきまで明るかった彼の気持が翳った。みしみし藁を噛む音も、昔は外から耳へ入って来たが、今は耳の中でしているのだ。

福松は井戸から水を手桶に汲み、飼葉桶に注いだ。余一が飲んでいると、彼は座敷へ上って行き、十円札を十数枚と、領収書を持って来た。そして、祖父に金を渡し、判を捺《つ》かせるのを、余一は濡れた鼻を上げて見ていた。

――思ったよりいい馬だっけな、と福松はいった。

――瑕《きず》はないも同じだえ。上等品だっていったじゃないか。お前は当てたぞ、と祖父はいった。

余一は厩へ入れられた。横手の羽目に小さな格子窓があって、沼が見えた。風がだんだん収まり、枯葦の層に射す光が色づいて行くのを彼は見ていた。やがて夕焼になった。鷭《ばん》が黄金色のかたまりになって、葦の根もとを歩いていた。祖父と福松は、表から出て、どこかへ行ったようだ。余一の身近には人声がなかった。焼玉船の音が一しきり聞えた。子供の澄んだ叫びが聞えた。とりとめない空間が感じられた。彼は粗い潮風や、だだっ広い空を怖れているといってもよかった。

沼の水は燃えているみたいだった。速谷町の夕日はすとんと山へ入ってしまい、束の間だったが、ここでは長々と、低い空に止っていた。葦の影はそよぎながら岸から這い上り、もう厩の羽目に触れていた。それから、太陽が沈むと、芯まで赤くなった蹄鉄が冷えて行くように青い闇が交替して来て、葦は大部分が一つの大きな影になってしまった。炊事のにおいがし始めた。

余一は耳を澄ました。軒で裂けている風の音に、人声が紛れ込んだと思えたからだ。それも、十吉の声のように思えた。摑まえにくかったが、余一は息を殺して、それを十吉の声だと確かめた。

——あの人なら僕を見分けるかもしれん、と余一は心に呟いた。

娘の声もしていた。咲らしかった。急にすぐそばで地下足袋の足音がして、厩の前へ十吉の大きな影が現れた。彼は腕を組んで、余一を見守っていた。時々眼を足もとに落とし、足袋の先で地面を撫でた。余一は彼をまともに見られなかった。それでも体だけは正面を向けて、彼をうかがっていた。

——この人がアオのことを一番よく知っていたんだ。だから、この馬はアオに似ているが、違う、と気づきそうだ。そして、にせ馬のようだ、と首をかしげるかも知れない。その考えが彼の頭に残ればいい、と余一は思い、息を詰めた。粘り強く疑えば、十吉にはなにかが見えて来るかも知れない。それにつれて自分にも変化が感じられ、馬から人に戻る手がかりが摑めそうだ、と思った。

咲が歌を口ずさみながら来て、電燈をつけた。厩の前は便所で、そこに二燭の電球があった。余一の眼はとび出し、苛立ちが揺れて耀いていた。

——ご飯食べて行くんでしょ。

——………。

——あっちへ来てよ。もう出来てるんだから。

——本当によばれていいのか。

——水臭いなあ、そんなふうにいって。

——速谷の親父はなん時頃来たのか。

——三時だったわ。朝からずっと歩いたんだって。

——本当に俺の馬だってか。

——うん。あなたの家へ帰って来たんだって。

——アオは死んだと思ったっけがなあ。助かりようがないっけが。

——なぜ。

——筋炎で動けないっけもん。

──焼かれそうになったんだけど、逃げおおせたんじゃない。鼻に傷をしているんじゃないの。足だって折れていたんだってよ。

──そうか、自分で逃げて帰ったのか。

──えらい馬ね。いくつになるの。

──四つだ。

──…………。

──アオなら死んでいると思ったっけがな。

──それじゃあ、コレあなたの馬じゃあないの……。

──俺の馬だ。

──ふふふ、なにいってるの。この馬お化けかしら。

──…………。

──ご飯よ、来て。

──…………。

──考えていちゃあ駄目。

彼女は十吉の手頸を持った。引っ張りながら、すっと岸へ着く舟みたいに、彼に身を寄せた。彼を見詰めていた。彼が眼を見ると、睫毛を伏せ、それから、眼を濡らして彼の眼を覗き込んだ。

——考えていないで、そんなこと。ねえ、わたしを見て。

十吉はなおしばらくとりとめない眼をしていたが、娘に反応して行った。

——わたしとどっちが大事。

——お前さ、お前だ。

——馬はあなたのものじゃないでしょ。速谷に関係あることばっかり考えているんだもん。速谷がそんなに好きなの。

——好きかって……。どっちかな。

——男らしくないのね。

きれいに血が透けた彼女の手が、十吉のごつい手を握って、腋の帯の上へ押しつけていた。彼の手は最初意志がないようだったが、やがて眠っていた動物が目醒めた感じに帯にぴったり着いて、体の後へ廻って行った。

——速谷にいた時、親切な人がいたんですってね。

——そんなのたあ違う。

——一人になる前からだって……。火遊びなんかして。

十吉はひるんだ顔になった。だが言い訳はしなかった。困ると黙ってしまうのが彼の癖だった。余一は、咲のいう噂が実際とは違うことを知っていたのだ。

咲は十吉の人差指と中指を合わせて握り、連れて行った。犇《ひしめ》いていた自分の期待がどうなったのか、余一には判断出来なかった。いずれにしろ確かなことは、十吉は今アオを見たということだ。一年以上世話をした〈俺の馬〉が、目の前にやって来たことを彼は認めてしまった。それでも余一はあきらめなかった。しかし、あきらめて然るべきだった。事実がそうなら、十吉の〈なぜ〉も早晩辻褄が合ってしまうに違いなかった。

余一は、打ちのめされ、外の透き通る闇を見詰めていた。星空に鴨が姿を見せ、翼を収めながら滑走して沼へ下りた。次々と三羽下りた。浅瀬で、腹や嘴を汚して雑魚をとるのだ。余一が少年だった時鴨を見ると、自然の一部に見えた。自分からはかなり遠いものだった。だが今は、それらは親密なものに感じられた。こっちには生温い濁りが流れている。だが人間の方へ行こうとすると、ガラスに体を擦りつけている感じになる、と彼は思った。十吉さんとあの娘を見て、こう驚いていると、僕は改めて自分も人間の気がする。でも彼らと僕の間には、仕切りがある。丁度芝居を見ているようなことで、劇は舞台で役者だけがやるのだ。僕がその一員になることは出来ない。僕は見守るだけなんだ。

沼で鴨が押しつぶされたように鳴いた。

――お前らの仲間じゃないぞ。

余一は前後がわからなくなり、足をよろめかせ、羽目にぶつけた。その音が響いて行くと、鴨が舞い上った。黒く、水面と並行にしばらく走り、空へ上って行った。その恰好が、頸を伸ばして山道を走っていたアオの姿を、余一の眼にちらつかせた。羽ばたきが遠ざかり、細い鋼線のかたまりを軋ませるような音が、いつまでもしていた。余一にはそれが、鴨の羽音か、自分の耳鳴りか判らなかった。夢のあとに似た、悪い余韻がいつまでも残っていた。彼は、そうするしかなくて、澄みきった星空を見ていた。ただそこだけが、人間からも動物からも厳しく無関係だと感じた。彼は人間も動物も忘れたいと思って、長い間空を見ていた。

——決めてね、と突然咲の声がした。

——うん、と十吉がいった。

——お金だって欲しいけど、金、金っていわなくたっていいわ。

——いい加減懲りた。俺はやる気さえありゃあ、なんだって出来る気がしていたが、自分一人の力じゃあ、どうしても越えられない壁ってもんがある。

——懲りたっていいじゃん、そんなこと。あなたって考えて、余計悪くしているのよ。余分なことよ。借りたお金だって、だんだんに返せばいいんでしょ。返さないってことじゃあないんですもん。

——ほかにやり方はないな。

——あとは精出せばいいの。あなたはもう充分考えたわ。

——充分考えたって、あのざまなんだからな。なにを考えていたのかって思うだろう。

——仕方がないことでしょ、ああいうことがあるのは。だれだって変な陥し穴に落ちることはある。それで迷ってしまわなくたっていいじゃん。人並みに、楽に考えることもしなきゃあ。

——咲さんは若いし、まっすぐ前に出て行く気持なんだな。俺はどうやってもひと様の迷惑になっちまう。人生の中途っから、悪い癖がついちまったようだ。

——駄目、自信を持ってくれなきゃあ。

彼女は十吉の腕をたぐって、胸に胸を寄せた。彼は少しためらってから、彼女を抱いた。だが、彼女の肩ごしに、醒めた眼でアオの方を見ていた。彼女は胴顫いしていた。時々苦しげに息をついて、溺れるような体恰好になった。十吉に抱かれていると、華奢で、女らしかった。それから背を彼の胸にもたせかけて、熱っぽい唇をきわ立たせて、静まっていく海の感じに息をしていた。

——あんた、船へ乗るのがつらい……。

——まだ味が解らんな。車のタイヤでも嚙んでいる気がする。

——解らん解らんていうのね。タイヤを嚙んでるんだって……、と彼女は含み笑いしながらいった。

——兄貴は、馬の代金を、親爺にみんな払ったのか、と十吉はアオに眼を据えていった。

——払ったらしいわ。

——……。そのお金で飲んでるだもん、しょうがない人っちよね。

二人は裏庭を通って、沼の縁へ出て行った。彼女が行手をふさぐ恰好だったが、彼はすり抜けるようにして歩き出し、余一の視野から消えた。家へ戻って来る彼女の下駄の音が、冴え返った。

彼女が食器を洗っている音がしたが、すぐに聞えなくなった。しばらく静かだった。表のガラス戸に人の体がぶつかる音がして、大声で福松と咲がいい合った。

——兄貴が痛がっているのに、笑ってる奴があるか。

——どこでこしらえたの、その瘤。

——舟寄せを歩いていたら、四トンの舳先へぶつかった。

咲は笑っていた。

——舟だとは知っていたさ。判ってはいたけえが、霧の中へぽおっと舳先が見えて来て、あれよあれよという間にぶつかった。

——霧……。霧がどこかにあったかしら。

——理屈をいうな。

——痛いって感じるの……。

——感じるさ。もっと飲まなきゃあ、痛くてしょうがない。

——寝れば癒るんじゃないの……。

——寝ない。これから飲むさ。今から二十五時間ばかり酒を飲むんてな。なあ、お爺。

——もう寝てよ。寝床が敷いてあるから。

——寝床……、馬鹿いうな。酒をつけて来い。

——兄さんの女中じゃあないもん。

——福松、大《いか》い声を出すな。中気のお父《とう》が起きて来るぞ、と祖父がいった。

祖父は便所へ来た。用を済ますと、厩を見た。ふらついている風みたいだった。眼の焦点をアオに合わせようとしていた。アオは薄闇で眼を見開いていた。

——お前、ここで夜番をしていたんか、と彼はいった。

彼はよろけて、アオの胸の前で横木にもたれかかった。しばらく考えている様子だったが、顔を上げ、

——穴があくほどわしを見るな、といった。

祖父は横木からずり落ち、俯伏して眠った。片手が余一の蹄に触っていた。

座敷の他愛ないやりとりは終った。咲が祖父を探しに来て、見つけた。

——酒飲みはもうやだ、といって祖父をかつぎ上げ、座敷へ連れて行った。

余一は一部始終を見守っていて、気落ちしながらも、自分に一つの利点が残されていると感じた。それは十吉が船乗りになってこの港に住み、しかも彼も祖父も福松の家と親し

そうだということだった。祖父は時々骨洲港へやって来そうだった。

ここにいても、家族の顔を見ることが出来、その行く末を知ることが出来る、僕は見ず知らずの世間へ売り飛ばされたわけではないんだ、と余一は思った。絶縁されなかったことが、彼にとっては重要だった。ただ佐枝子との繋がりは切れてしまいそうだった。彼女から隠れるか、彼女を排斥した場所で十吉は生活しそうだ、とは余一は前から感じていた。そして、危惧は具体的になりつつある。余一は、自分が十吉の膝を蹴って跛にしてしまったらどうだろう、機会はいくらでもありそうだ、と思った。そうすれば、十吉はどんな娘にも愛されなくなって、佐枝子と一緒になるほかはなくなる。彼女は跛の十吉を見て、喜びを噛みしめるだろう、と余一は想像した。

しかし、彼は想像を急いで打ち消した。そんなことをしてしまったら、家族はもっと暗い隅へ入り込んでしまう。主な柱を折ってしまうようなことだ。手術をして殺してしまうようなものだ。人間はそんなに強くはない、と余一は思い直した。だが、十吉の膝を毀す想像はきれいに消えはしなくて、余一の心に残ってしまった。黒板に白墨で書いた字が、拭いたが充分に消えなくて、沈みかけたようになって残っている感じだった。

明るくなるにつれ、霜におおわれた裏庭や枯葦が浮かび上って来た。額に瘤をこしらえた福松が厩へ来て、アオを引き出してまぐさを飼い、荷車の二本の轅《ながえ》の間へ後向きに押し入れた。福松は軛《くびき》をアオの肩に乗せて、具合を見た。二本の樫を合せてあって、頂上の釘を支点にして互に横に廻る。祖父はガニ股といっていた、と余一は思った。福松は下側の樫をちょっと削って、アオの肩に合せた。馬は身ごしらえをして、福松について、空車を引いて道へ出た。

まだ一面に霜が残っていた。余一は自分の白い息を、胸でつっ切って歩いた。橋へ登ると、真下に伝馬が現れ、海へ向って行った。波がゆっくり拡がり、薔薇色と明るい飴色がいつまでも縒れていた。舟寄せでは、大方の伝馬やはしけが支度をしていた。陸に引き上げてある舟は霜に埋っていた。その一艘の舳先に、ゆうべおそく、福松は額をぶつけたわけだ。

川口には活気があった。港の海の部分は見えなくなって、遠い平な外海と、駿河湾の岸が立体的に見えた。

福松は橋を渡り、対岸の家並みを抜け、南の突堤のつけ根へ出て行った。港の正面に鰹鮪両用船が来ていた。滑らかな薔薇色の海面に嵌ったようだった。舳先はカジキの嘴みたいに突き出ていた。魚を下ろしてしまったらしく、船尾には舵が少し現れていた。弓なりの胴体にははしけが一艘寄っていて、中の二人が、上の舷側の三人と手で口を囲んで話していた。

狭い河岸には焼玉が一隻と、はしけが五隻ごたついていた。黒い石が疣々に突き出たたたきに、メバチが並んでいて、漁師は手桶で水を掛けたり、魚樽へ突っ込んだりした。福松の車の前に車が一台いて、樽を積む番を待っていた。アオの横で、漁師が油鮫の腹を裂いていた。濃い新しい血が次々としたたり、コンクリートを流れて、水ぎわでたゆたっていた。そこへはしけが入った。舟端に手を当て、しゃがんでいたのが十吉だった。彼は血塗れのコンクリートを横切って、福松のそばへ来た。

――お爺がお前を探しているはずだぞ、と福松はいった。

――ここで待ってるようにいったっけが。

――まごつくほどの港でもないになあ。来るだろう。

余一は祖父を見つけた。路地から、家々の裏手へ出て来て、稲荷の低い鳥居をくぐってこっちへ来た。昨夜の酒が残ってしまい、収拾がつかないほど足がふらついていた。死にかけた魚が、腹を出して、水面を漂っている感じだった。余一は彼の黄色い眼を見た。そうでなくても、彼の白目は濁っていて、黒目との境が膿んでいるみたいだった。福松に番が来て、樽を車に積み始めると、祖父と十吉は、余一の足元にしゃがんで話した。

――この船か、どうだ乗り心地は、と祖父は聞いた。

――それをどうこういっちゃあいられない、と十吉は、馬の腹の下からメバチの列を見ていた。

――なにをしたって文句なしってことはないだろうがのう。

――御倉尻《みくらっちり》って漁場《りょうば》まで行ったが、酔っちまって。

――どうだ満洲の兵舎と。

――向うの方が床板が揺れないだけいい。沖じゃあ吐いたからな。喰ったものを吐いて、胃液を吐いて、血を吐いた。

――そりゃあ馬喰の方がはるかええだろうがのう。

――馴れだろうがな。今んとこ監獄にいるようなもんさ。……金はな、この航海で相当返せるよ。船が戻るのは六月だんてな。港へ入ったらすぐに電報を打つか、福兄に頼んで連絡すらあ。

――………。

――早く人並みになりたいんて。

――六月には千円ばかり返せるかの……。

――そうは返せない。いいとこ四、五百円か。

――一回五百円として五度行くのか。済んじまうのは来年の暮れだのう。さ来年か。このまんま舟方になるか。

――三年越しになるだろう。ジャワや濠州まで行くかもしれん。船がよくなったら、このまんま舟方になるか。

――あんまり酒を飲むんじゃないぞ。

――ははは、お爺みたいには飲まんよ。俺と会うのも忘れて飲んでいるんだもんな。

――お前の方が来ないっけじゃないかえ。

――酔ってちゃあどうせ話にならんと思ってさ。

――十吉、身を固めよ。

――…………。

――岡へ縛るわけじゃないが、岡にだって惹かれるところがあった方がええ。

――…………。

――佐枝子はお前のええ性質を見抜いているによ。

十吉は眼を落として、地下足袋で足もとの砂を動かしていた。すると廻りの音が一気に遠ざかって行き、佐枝子、あの疫病神、という囁きが鼓膜をこすって通った。空耳とはわかっていたが、彼はその声に忍び込まれたことに心を痛めた。油断していたので聞かされてしまった。そして、一度聞いたことはもう消しようがない、と彼には思えた。

――わしだって、よその娘に雑仕《ぞうし》を手伝ってもらわんてよくなるし、それに、あの娘なら静岡の医者に勧めていたこともあるしのう。お前も帰って来て張り合いがあると思うがの。

――大丈夫だ、お爺。お前のとこから俺まで逃げて行きゃあしないんて。

た。

——お前は余一のことをいう気か。

祖父は敏感に鎌首を擡《もた》げる恰好になった。しかし、

——こんな港にまで来て、あの子のことをいう気か、といいながら見る見る萎れて行った。

——悪いっけなあ、お爺。思い出させちまって、と十吉も声を変えていった。

——悪いのはわしだ。わしだに、悪いのは。年甲斐もなく、みるい子にあんなことをいわんでもいいっけ、と祖父はいった。

——頼むんて、思い出さんでくれ。

——身内にいわれたこんは、かえって堪《こた》えるもんだ。

祖父の口調は呟くようだった。それから、顫える手で刻みを一しきり喫って、マッチを裂いて歯をほじっていたが、体を二つに折ってしまい、苦し気に眠りかけた。十吉は祖父を通り道のわきへ連れて行った。穏やかな日差しを吸っている伊豆石に倚りかかって、祖父は眠っていた。十吉は石に腰かけて、放心していた。

福松は車に樽を積んでしまい、綱をかけ、輪の歯止めを戻した。余一は歩き出した。福松に肩を叩かれて、祖父は起き上り、車のうしろを歩いて来た。彼は十吉にも来るように声を懸けたが、用事があるかも知れない、といってついて来なかった。

馬力は街道へ出た。樽からは血垢が数珠つなぎに落ちているのが余一には判った。白い

道の中央に、前に行った車がつけたその筋が続いていたのだ。祖父が荷台の樽と樽のすき間に腰かけて、枯葦の向うの骨洲港を見ていることを余一は知っていた。彼は祖父の心の中を想像した。睡気が一時遠のき、お祖父《じい》は手持無沙汰な恰好で、十吉さんのことを考えている。僕のことも忘れられない。二人の姿も声もま近に感じられる。だが、はっきりしないことがある。身内の人間にさえ、見ようとすると見えなくなり、聞うとすると聞えなくなるものがある。家はうまく行かないし、わしは呆《ぼ》けた。眼も悪くなったし、耳もつんぼになったし……。

馬力は軽便鉄道の駅についた。枯草の中にあった貨車に魚樽を積み替えているうちに、藤枝行の客車が入った。それに乗って、祖父は速谷へ帰った。

ほぼ三月たって、第四神命丸は満載で南洋から帰った。魚はメバチだった。余一の祖父が港へ来た時には、福松の馬力はもう船の仕事を終えて、休んでいた。沖着けの船の中も片づいていた。港では漁撈長が花札賭博の仲間をそれとない仕種で集め、彼らを乗せた伝馬が、舟寄せから離れようとしていた。福松も誘われたが、大井川の砂利運びの仕事をひかえていて、行けなかった。余一は、日なたから馬の臭いと体温を知って飛んで来る蝿を追っていた。この程度の蝿なら、彼は苛立ちはしなかった。だんだん彼は変った。鳩見沢の崖をよじ登っていた時には、自分にしがみついていた。彼はどうしても彼であり続けたかった。

——自分でなくなるんさ、と彼は心に呟いた。

まだ蠢めいている苦しみが、全部疲れに変り、腑抜けの芥になって流れてしまう。彼には黒い死骸の山が、平な海を遠ざかって行くのが見えた。瘉って行くのに似た気持だった。それを想像しただけで、彼は馬であることの安堵を感じた。

川に沿って祖父が歩いて来るのを見て、福松は、

——お爺、さっそく集金に来たな、と呟いた。

彼は漕ぎ出そうとする伝馬に声をかけた。

——速谷のお爺が来た。十吉に岡へ来るようにいえ。

伝馬は、クラゲが層になって押し寄せた川口を、せせこましい波をこしらえて、海へ出て行った。

——元気だっけか、あの手合いは、と祖父は福松に聞いた。

——元気だっけなあ。

——一度分給金の前借りが出来たって……。

福松は頷いた。そして、

——だが、花札を引き始めたな。こいつはしようがないよ、舟方になったら、といっ

た。

——岡には警察ってこともあるに。

——警察は大丈夫だ。かなりのことは大目に見ている。巡査なんかいない時から舟賭場はあったんだもん。

祖父は、それがどうした、という顔をした。

——警察もあてにならんよ。

祖父は余一のことを考えてそういった。それから彼は、めずらしそうにクラゲに眼を止めて、行手は水に沈んでいる狭い石の階段を下りて行った。

——ほう、クラゲだのう、と福松を見上げていった。

——クラゲだ。そいつらぐらい、大人しい顔をしている癖に、油断出来ない奴はないな、と福松はいった。

余一は祖父を見下ろした。彼はしゃがみこんで、ま近にクラゲを見詰めていた。自分の視力を測っているようだ、と余一は思った。水の中に大きな斑点が顔の輪郭と重なって浮かんでいるのが見えるだけで、祖父の顔つきは判らなかった。伝馬が港へ入って来るのが見え、十吉が乗っているのが判った。

——来たぞ、と福松はいった。

祖父は一度眼を上げてそれを見たが、またクラゲの方を向いてしまった。

伝馬が岸へ近づくと、十吉は立ち上り、祖父のいた階段へ跳び移った。彼の体は前よりも緊まり、皮膚は赤黒く光っていた。子供でも見るように祖父を見下ろした。上を指差して、祖父を追い立てる感じで階段を上って来た。

——二、三日港へ泊って行け、と十吉がいった。

——明日手当てが出るんて、みんな親父に渡す。一航海前借りも出来たんてな。俺は十円も持ってりゃあいい。

——クラゲがうっとうしいの、と祖父はいった。

——うん、うっとうしい、と十吉は戸惑って相槌を打った。

——水の底がすーっと見えるとええがの。

——底には貝とまじって銀貨が落ちてるもんな。

福松は笑っていったが、笑い止むと、不審げな顔になって祖父を見ていた。祖父は下を向いて手をうしろに組み、小さな円を描いて歩いていた。そして立ち止まって、

——福兄は内輪の人だんて聞かれたってええが、佐枝が自殺した、といった。

——佐枝っていうと……、と福松が聞いたが、祖父も十吉も答えなかった。

——いつだ、いつだ、と十吉がいった。

——見つけたのはこの月始めだ。二日の夜だっけの。

——家で死んだんじゃあないっけのか。

——なんの、海で死んでいた。蟹戸《かにと》ってとこだ。そういう崖が静南《しずなみ》にあるけえが……。

——蟹戸か。

——知っているか。

——……。

——みんな手前のこんだ。思い通りにならないっけだのう。おかしい場所へ入り込んで出口がなくなったって、お前もいつか似たようなことをいったけえが、あの娘もそう帳面へ書いて、お袋に詫びて行っただに。滝内の家族も楽に考えられない性質が多いのう。わしら一統はみんなそうだ。


余一の視野が翳って、羅宇屋の汽笛がいく十、一斉に鳴り始めたような音がした。その間にも、三人はかわるがわる、ゆっくり口を開閉していた。やがて、音はきれぎれになって、空へ吸い込まれたが、再び聞えて来そうだった。余一はそっちに気を使いながら、馬になった夜にも汽笛が聞えた、と思い出した。海の獣が隠れて鳴いているような音だった。だが今の音は鼓膜を刺し、大気が黄色に変る気持がした、と彼は思った。彼はしばらく休みたかった。もう荷車を引く気にはなれなかった。

しかし、福松は漁協の柱時計を覗きに行って、戻って来ると、余一に低い声で気合いをかけた。祖父と十吉は空車の縁に腰かけていた。佐枝子の墓がある静南村は大井川の向うだったから、途中まで一緒に来るのだ。余一の動作が遅れたので、福松はもう一遍声をかけ、綱で尻を打った。アオは不確かに足を踏み出した。

静南村

判りきった途なのに、迷いそうに思えたので、わたしは渚に沿って行った。なぜあんなに融通がきかなかったのだろう。あの狭い途が見え続けた。それと、砂利を踏む音が聞え続けた。渚が崖の裾を廻っているのが白く浮かび上り、だんだんはっきりして来た。わたしは立ち止まり、短く吸われる息を聞いた。その音がわたしだった。波の轟きにも消されないで、薄い刃でいきなり空気を切ったみたい。それがわたしだった。でも、すぐにこの音はしぶきに紛れこんで霧のなかを陥ちて行くだろう。わたしでない、或る娘の体が波に揉まれ、澄んだ水の底をゆっくり弾みながら転がって行くのが見える。

——やっと蟹戸《かにと》へ来た。もう静南《しずなみ》へは戻らなくてもいいんだ。

——蟹戸だって静南よ。

——そうね。わたしだって、この辺の岩の形をよくおぼえているわ。

——こんなに暗くって判るの……。

——判るわ。優しくて大きな顔みたいだ。

――あなたの顔でしょう。

――違う、違うわ。わたしの顔なんかじゃあない。人間の顔じゃあない。わたしって、もうだれの顔も見たくないもん。どうしてあんなに怖い眼をしているの。みんなが眼を開いている昼間がいやなの。

――自分だけ見ていな。あなたの眼は濁りの底で澄んでいるじゃん。

――ううん、奥まで濁っている。頭に環を嵌めていて、わたしの顔が一番怖い。暗い方が好き。もう緑色に染まった昼間へ戻るのはいや。

――だって、戻るかもしれない。

――戻らない、戻れないようになるの。

――自分で戻れないようにするの……。

――黙って。あんまり聞かないで、なぜこうなったか全部話すことなんか出来ないわよ。

――………。

――行くわ。あなたはそこにいて……。

わたしは、蟹戸大岩を廻りながら登って行った。岩を擦っている右手だけがわたしみたいだ。夕方、メリケン粉の袋を継ぎ合せた敷布の上で、爪を切ったっけ。あの時深爪したのが痛い。この痛みにだって潮のしぶきが一度しみるけど、すーっと微《かす》かになって消える。今は暗闇のなかにひそんでいる疲れだって、もうごめき始め、軋り始めることはない。昆布みたいなものになって、磯に打ち上げられるかしら。漲る光のなかで揺れているかしら。でも、その時にはわたしから離れているんだから、わたしを苦しめやしない。空を緑色に染めたりしない。

――あなたは苦しんだだけじゃあない。昼間は地獄だなんて……、とさっきの声が足の下から聞えた。見下すと、わたしにそっくりな影が動いていた。闇の芯みたいに……。

――そうよ、苦しむために生まれて来たなんていってないわ。でも、静南は変ってしまった。もう元へ戻らないわ。戻しても貰えないもん。

段段岩が眼の前にあるのが、気配で判った。もう岩に囲まれていた。岩のむこうでしている大ような波の音が、優しくわたしを嚙み始めた。

あの日淑江ちゃんとわたしが、軽便の窓から眺めていると、十吉さんが見えた。あの人の馬力が、鹿倉《ししくら》の製材所から焼津へ材木を運んで、今度は焼津の造船所から静南の造船所へ廻したい欅があったので、割り引きの運賃で積んで来た。淑江ちゃんとわたしは軽便に乗って駅に近づきながら、それを見ていた。栗毛の馬の前を、あの人はなにかを考えている恰好で歩いていた。砂まじりの一本道を馬もあの人も、疲れた様子もなく歩いていた。

わたしたちが汽車に乗っていたからだけど、馬もあの人も足踏みをしているみたいだった。で、景色まで、日が暮れることはないように見えた。浜の松の影も移って行かないほどゆるがない静南が、あの人のまわりを囲んでいた。天候も変ることはないように思えた。でも、朝のうちは雨が降っていたっけ。十吉さんが焼津から積んで来たずんぐりした欅にも、雨が滲みているのが感じられた。

あの道は駅で線路と出合う。馬力はそっちへ歩きながら、海を背にしてゆるい坂を上っていたから、高台を走っている汽車は、スピードを緩めながら十吉さんの頭の上を掠めて行った。なぜあの日のことはこんなにはっきりしているのだろう。速谷《とおだに》のお爺さんもかぶっている黒いラシャの帽子のうしろに、馬の頸筋があり、背筋があり、坂道を踏みしめている一歩一歩が、筋肉同士がどうつながっているか示したみたいだ。普段は見なれないことが、偶然、わたしにだけ見えた気がする。でも、いきなり速い流れに乗った舟みたいに、十吉さんも材木も一かたまりになって、呆気なくうしろへ送られて行った。馬の筋肉だけがきわ立って動いていた。あそこには今も光が躍っている。けれど、色褪せた黒い帽子も、鰓《えら》の恰好に両側へ出張ったズボンも、たわんでいた手綱も、重そうな灰色の欅も、地味で無表情だった。緊った砂地から背中を出している岩を越える時、ひたむきな蹄の音と、トチの嵌った樫の前輪の音が、空耳だけれど、一瞬聞えた気がした。でも、音は汽車に追いついて来られなかった。十吉さんと馬と木は、ひっそりとうしろへ送られて行っただけだ。軽便は池の岸を、美しい葦に影をしみ込ませて通り、水輪《みわ》堀へ岐れて行く水の上で不器用に鉄の音を繰り返しながら、段をつけてスピードを落として、ホームへ滑り込んで行った。静南駅、静南、移って行かない光、わたしはあそこへ帰れるかしら。汽車から下りて、わたしは、しばらくホームに立っていた。淑江ちゃんはけげんに思って、促したけれど、

——先へ行って。あした学校が終ってから、あんたっちへ行くんて、その時ビーズ持ってく、とわたしはいった。

一しきり蒸気を吐いていた汽車が動き出して、ガランガランと軽い音を響かせて行ってしまうと、枕木の柵のむこうを下りて行く淑江ちゃんが見えた。こっちを向いて笑いながら、合図して手を振っていた。わたしはなにかいわれたのかと勘違いして、眼を見張ってそっちへ顔を突き出した。淑江ちゃんは、仕種で、自分にかまわないようにいった。そして、坂の下を指差して見せ、燥いで、髪を揺らして駆け下りて行った。やがて下の田圃道へ出て来て、弾んだ足取りで部落の方へ歩いていた。なぜ淑江ちゃんは、あっちへ歩いているのかしら。わたしは戻れない。

線路の北の山に籠って、風の音がしていた。あの音もあの時が最初じゃあないけど、あんなによく聞いたのは、あの時がはじめてだ。あそこはもう秋だったので冷たく、風の音はわたしをそれとなく取り囲んで来た。わたしは、波の音のこだまじゃあないかと思った

りした。林の青い蔭の中には光の条《すじ》が立っていて、きのこの匂いがする湿った斜面のところどころに、魚がいるようにひっそりと葉影がゆらいでいた。所々に、苔が生えた岩の瘤が突き出ていた。耳を澄ますと鳥の声が聞え、だんだんはっきり聞き分けられた。頬白、百舌、鶸《ひわ》、小綬鶏、そのうちに長い脚の鷺がほかの鳥のはるか上を飛んで、渡って来るだろう。

葦の葉先をかすめて、馬と黒い帽子が動いているのが見えた。あの人が駅前へ出て来ると、わたしは線路を横切ってそっちへ行った。あの時わたしは十四だったから、十吉さんは二十四だった。

——昌一が釣りに行く行くって、待ってる、とわたしは追い縋りながらいった。

十吉さんはこっちを見て、顔の硬く粗い皮膚を動かして、笑いかけた。あの人は陽気に笑えない。笑うんじゃあなくて、顔だけ笑わせてるみたい。

——そういう相談になっていたもんで、ずーっと磯を見ながら歩いて来たよ。

——どう思った。

——磯のぐあいはいいな、申し分ないって。昌一もご機嫌でいるだろう。

——昌一は海を見なくったって、判ってる。今朝早くっから起きて、支度していたもん。

——親父さんの子だなあ。

――わたしも行っていい……。

――昌一が嫌わなきゃあな。

――十吉さん、いってや、昌一に。わたしも連れてくって。十吉さんのいうことなら、あの子聞くもん。

十吉さんは車にブレーキをかっていた。道も線路も田圃へ下りていた。あの人が車のわきへ身を移したので、わたしはそのうしろを歩いた。片側は枕木の柵で、わたしは肩をすぼめている気がした。そのうちに十吉さんは荷台と柵の間を体を横にして歩いていた。わたしは右足のすぐ前に左足を出すようにした。足がもつれそうだったけど、そうしなければ歩けなかった。馬力は道幅一杯で、揺れる馬の鬣《たてがみ》のむこうに海が見えた。脚の間には水溜りがまだらに続いていた。あの辺の道は硬くて、水を吸いもしないし、ぬかるみにもならない。

水溜りは明るく、馬は秋の空を毀しながら歩いていた。お腹にも光の反映がまといついていた。ただ、道の端に近い水面には、薄《すすき》と数珠玉の木が濃緑に映っていて、砕けた空と縺れ合っていた。叢のむこうには線路が走っていて、その西には、山が線路から少しずつ遠ざかりながら続いているだけで、まだ機屋《はたや》の工場は建っていなかった。

十吉さんは最初、自分の荷を造船所の東の置場へ下ろすものと思っていたけれど、着いて舟大工に聞いて見ると、西の置場にしてくれ、ということだったので、そっちへ行った。製材部のわきを通って行くと、あそこでは龍骨を引いていたので、長い欅が溝のなかを行き来するトロッコに乗って、木口が帯鋸の歯へさしかかっていた。十吉さんにもわたしにも、それが馬の胴の蔭になって見えなかった。だから、気をつけることが出来なかった。突然、空気を裂く音がして、キナ臭くなり、馬の鼻に火花がはねて来た。馬は逃げようとした。荷車は製材小屋の柱にぶつかり、トタン屋根へ響いた。轅《ながえ》が折れそうにたわむのと、うしろの輪が横車になって、地面へ跡をつけるのが見えた。頸を思い切り前へ差し出した馬は体を歪めて足掻《あが》いていた。それから、轅からまっすぐに体を抜いて、前へ駆けて行った。綱が張って、切れた。馬は、外板を張り終った船に肩を擦って向きを変え、小屋の蔭の中を走っていた。乱雑に転がっている材木や、鉄具に足を取られそうだったけれど、やがて陽なたの砂の上へ出て、しばらく止まらなかった。十吉さんはそれを追って行って、頸筋を叩いてなだめ、手綱をとって、ゆっくり戻って来た。

——まわりをよく見て、木を引けよなあ。馬は小さかないんて、とあの人は製材の工員にいった。

——お前の役じゃあないのか、馬の始末は。帯鋸は大昔っから、ここで廻っているだんて、と工員がいった。

工員は一旦止めた帯鋸を、欅の木口を少し遠ざけてから、また廻した。同じように火花が湧き、馬はまた足踏みして頸を伸ばした。十吉さんは険しい顔になった。でも、彫り物みたいに表情が硬くなるだけで、怖い顔じゃあなかった。あの人は馬にふり廻されそうになった。そのまま馬を曳いて、トロッコの線路の上を海の方へ行ったけど、自分だけ下を向いて戻って来た。そして、

——鋸《のこ》を止めな、と工員にいった。

工員は歯並みを見せて笑っただけだった。一人笑いをした感じだった。手には鳶を持って欅を台から浮かし、墨の線に帯鋸を合せて行った。十吉さんが電源のハンドルを下ろすと、あたりは静かになった。

——こうして置いた方がよかりそうだ、とあの人はいった。

——俺にのんびり休憩させる気か、と工員はいった。

——俺がなんていったか、聞えたか。

——鋸を止めよっていってたな。

——そうだ、鋸に嚙まれる奴が出ないようにな。

——嚙まれたっていいさ。指図がましい馬方だなあ。

——………。

——ここは作業中だぞ。勝手にフラフラ入って来て、馬に暴れられて泡を喰ったり、電気を止めたりしやがって。

工員は欅から鳶口を抜こうとしていた。わたしは、工員が鳶で十吉さんを殴らなければ

いいがと思った。工員はそのつもりだったろう。でも、十吉さんが工員に向って行った時には、欅に打ち込まれた鳶は咄嗟に抜けきれなかったので、十吉さんは走って行って柄を握った。鳶が抜けた。帯鋸に喰い込んでいなかったら、あの欅は転がって、二人の足の甲を砕いたかも知れない。四本の脚がもつれながら丸太から逃げ、どう動いたのか、工員はトロッコの溝の縁に尻もちを突いていた。

——畜生、と工員はいった。

——俺の木を下ろすんて、こいつは借りらあ、と十吉さんは鳶を持って、材木置場の方へ行った。

それから、柱に押しつけられた馬力の荷台から板で橋を渡して、運んで来た欅を置場の中段へ転がした。寄り集った人々の眼を、照れ臭そうに避けていた。十吉さんの作業は十五分か二十分かかっただけだった。製材部へ戻ると、黙ってさっきの工員に鳶を返した。そして、現場のスイッチを切ってから、電源のハンドルを元通りにした。

十吉さんは荷台の轅の間へ入り、車をうまく操って、狭い通路で向きを変えた。そして、材木置場の奥へ行き、馬を連れて来て、尻尾の下に懸けたバンドに、さっき断《き》れた綱を結び直した。

だれもなにもいわなかった。帯鋸も動き出す気配はなかった。シンとしていることが、十吉さんには気詰りらしかった。わたしたちが丸太置場を出はずれるころまで、帯鋸が廻る音はし始めなかった。

わたしは荷台に腰掛けていた。しばらく行くと、十吉さんは東の材木置場で声をかけられた。あの人は丸太の山に乗っている稲蔵さんを見上げた。

――しまいか、と稲蔵さんが聞いた。

――大分早いけえがな。折角静南へ来たんて、鯛釣りをしてみっかと思って、と十吉さんはいった。

――もうしまいにする気か。人前ってこともあるんて、手伝って行けや。

――山家《やまが》のやり方を見せっかな。佐枝ちゃんは家へ帰って、昌一に餌の支度をして待ってよっていってくれんか。

――そんなふうにいわなくたって、大丈夫。昌一は全部揃えて待ち兼ねてる。

――そのお転婆は釣りにも行くのかえ、と稲蔵さんがいったので、わたしは、

――連れてって貰うさえ、といった。

さっきの喧嘩がまだわたしを占めていて、体の芯に速くこまかい顫えが感じられた。で、稲蔵さんに偶然会えたことでホッとした。あそこには穏かな空気があった。わたしは木の山へ登って行った。

――そのお転婆だって……。

欅は、同じように太くもっと長い雄松の下にあったけれど、十吉さんは二本の間にとて

も上手に鳶をかって、少しずつ、稲蔵さんに頼まれた木を引き出していた。自分はグラつく松に乗ったり、時々自分が動かしている欅に移ったりして鳶を使った。考えることもなく急所急所に鳶を当て、見る間に仕事をかたづけて行った。欅の皮が松の皮をしごいて、歯切れよく引き出されていた。

十吉さんは、三本の梃子棒で丸太の斜面に棚を作り、その上へ欅を転がした。こうしておけば、下の通路へ欅を落すのはわけなかった。腰を下ろして煙草を喫《す》うあの人の手は顫えてもいなかった。稲蔵さんも並んで煙草を喫っていた。

——いくつになった、あの馬は、と稲蔵さんは、栗毛の背筋を見下ろしていった。

——五つだ。

——馴れないとこがあるだろうな。使いにくいんじゃないか。

——そんなこともない。自分なんか、若い馬の方がいいなあ。

——力はあらあな。さっきは、荷台を振り廻していたじゃんか。

——見たかえ。

——ここからよく見えたよ。工場の屋根の下へ走り込んでっからは、見えないっけが……。馬を傷《いた》めると、買い換えるには、安かあないんてな。

——怪我ってこともないだろうけえが。

——そうだ、ケロリしていらあ。

——お前も馬力をやったことがあったろう。

——そうさ。

——徴発されてやめたっけのか。

——そうじゃない。俺の時は、徴発が始まる前だっけもん。自分が肝臓を悪くして、休んじまったもんだんて。……まあ、使ったのは、十歳の大人しい馬ばっかりだっけが。

——造船場で使ったっけのか。

——ううん。主に港だっけな。魚箱とか魚樽だ、随分運んだもんだ。お前は、魚を運んだことはないら。

——魚か、魚はないな。

——魚樽だって、落したら足ぐらい潰すが、港の衆は気がよくて、楽な仕事だっけよ。

——………。

——馴れないことをするもんじゃない。お前だからいうが、本当いうと、俺はとんでもない粗相をしちまったことがある。変電所の材料で女衆を一人殺《ころ》いちまった。

——電気でか……。

——電気じゃあない。コンクリートの電柱が、駅の貨車出しのホームから、坂を下へ転がって行ってさ。

——お前の責任か。

——そうだよ。俺が三人の手伝いと電柱を積んでた時、そうなっちまっただもんな。

——ハズミもあったろう。

——ハズミも悪いっけが、俺には荷が勝ちすぎていたっけ。柄《がら》にもない仕事だっけよ。

——仕事なら選り好みはできんでなあ。

——それだって、気張るもんじゃあない。苦しいって思ったら、自分で認めて身を引いた方がいい。お前なんか、二の足を踏む思いはせんらな。

——うん、まあ……、体は強いんて。

——いい気持はせんな。直接見ちまっただもんな。丁度一息入れてた時だもんで、電柱が女衆の上へ転がって行くのを、一部始終いやでも見ちまった。困ったって思うばっかりで、手は出せないっけ。

——お前が積んだ荷か。

——そうじゃあないっけが、外《はず》して行き方が悪いっけ。疲れていたもんだんて、作業が投げやりになったっけだな。

——………。

——山じゃあそういうことはないか。

——立ち合ったことはないが、そういう人死にの話は聞いたことがある。

——それに、一つ場所で別々の仕事をやるのはよかない。声を掛けた者もいたけえが、咄嗟にいわれたってまごついちまわあ。もう駄目だっていう時のその女の顔をおぼえているなあ。

——止めとけよ、その話は。なぜ、そういう話になった……。

——一つ一つの荷が軽い方がいいってことをいったからだえ。弱い馬と弱い馬方だっけってことだよ、俺は。

——…………。

——駅の側線とこで、ホンダワラを干していて死んだ女があったな。そういうことがあったのを、お前覚えちゃあいんか、と稲蔵さんはわたしに聞いた。

わたしも耳にしたことはあった事件だけど、おとなしい稲蔵さんに関係あったことだとは、あの時まで知らなかった。女の人は、わたしがまったく知らない人だ。

——話は知ってたけえが、とわたしはいった。

高台に駅が見えた。貨車積み貨車出しの場所は駅より北にあった。駅から南では、線路は水平だった。蟹戸山の襞のなかへ入ってからもそうだった。半分見えているトンネルの口の高さで、それは判った。トンネルの上で山は一旦低くなり、また盛り上って、海へ出ていた。その裾に三日月形の浜が少し見えた。南へ行くにつれて、海と崖が浜を細くして行き、造船所からは山蔭になって見えないけど、蟹戸で海と崖はこすれ合っていた。あそこには、しぶきを浴びて砂利にまぎれて、黒い蟹ばかり走り廻っている。浜が消えてしまい、段段岩へ登って行くあたりにも、蟹の群が這っていて、油煙みたいに見えた。近づいても、あまり逃げようとはしなくて、たけだけしい。段段岩を登りきると、崖がいきなり海へ落ちこんでいた。

わたしは、深爪をした中指で蟹戸の岩をたどりながら登っていた。

——高いとこは駄目。高いとこから、騒いでいる海を見ていると、頭がおかしくなって来る。昌一を連れて来ちゃあいやだに。だれに誘われたって、来るじゃあない。人目がないとこには、死霊がしのんでいるからの、って母さんはいってたけど……。

——母さんそういってたわね。でも随分昔のことじゃない。そんなことといったって……。母さんだって、駄目。わたしを静南へ戻せないわ、と影は肩越しにわたしを見下して、いった。

——そうね、母さんはわたしに信じ込ませようとしただけで、やっぱり本当のことは知らないんだから、とわたしは呟いて、段段岩の方へ行った。先を歩く人に追い縋っているみたい。

段段岩を登りきると、下に、あたりの広い崖から見放されたみたいに、一つ岩根がある。背泳ぎしている人の恰好で、そのうなじを厚く捲いて波が流れ込むので、沖へ進んでいるように見える。

——佐枝ちゃん、行かっか。

十吉さんは軽い足取りで、丸太置場から下りた。わたしも続いて滑り下りると、あの人はもう、馬の揃えた前脚から手綱をほどいていた。木の置場を見上げて、——今日、満ち潮はなん時か、知っているか、と稲蔵さんに聞いていた。

——四時過ぎだなあえ、朝の分が五時ごろだっけで。

わたしは荷台の縁へ腰かけていた。足の下の影から、貝殻が嵌った地面が絶え間なく繰り出されるのを見ていた。木犀の匂いの中へ入ることもあった。視野の端で白い菊がまぶしいこともあった。でも、わたしは強いて地面だけを見つめ、どこかへ運ばれて行く気持を味おうとした。松林の影が目まぐるしかった。そこを抜けると四、五艘の伝馬の影があって、馬は止まった。十吉さんはもう昌一と話していた。わたしがそっちを見た時、あの人は昌一がこしらえたコマシを眺め、においを嗅いでいた。まじめな様子がおかしかったので、わたしはいきなり笑ってしまった。

昌一が蚕の蛹を切り、赤土とまぜ合せて、コマシをこしらえておいたのだ。

——上等、上等、と十吉さんはいった。

それから、馬の胸の両側から轅をはずして、地面へ置いた。綱も軛《くびき》もはずし、馬を納屋の庇の下に入れて、飼葉をやった。昌一はポンプからバケツに水を汲んで、十吉さんの近くへ運んだ。十吉さんは荷台に縛ってあったお弁当の包みをほどき、空の弁当箱を、片手でポンプを押しながら洗った。

――藻蝦《もえび》も持って行くだろう。藻蝦ならこのなかへ入れてもいいぞ、とあの人は、アルミニュームの箱をガチャつかせながらいった。

――持って行くけえが、容れものなら桶があらあ、と昌一はいった。

十吉さんは、竹の簀の子の上に弁当箱を伏せておいた。

――僕っちが食うものも持って行くか、と昌一がいった。

――向うへ行ったら、食ってる気にはならんなあ。

――釣場っていっても、僕はみんな知ってるんて、これから探すわけじゃあない。

あの子が海釣りを忘れることはないみたい。家にいても、流れの廻り方も潮の満干の日数も時間も風も雨も頭に入れていて、出て行く時を考えている。わたしにも、だれにもあまり喋ることはないけれど、測っているような、待っているような気配を、いつもあの子は感じさせる。

馬は静かに眼をつぶっていた。しばらくそうしていると、廻りになにか変ったことが起ったんじゃあないかと気になるように、眼を開き、なにもないので、また眼をつぶる。なん回そうしても、馬は気になるようだった。でも、頸も廻さないし、尾以外は体もほとんど動かさなくて、時々どこかの筋肉を顫わすだけだった。

馬は穏かな動物で変化が嫌いなんだ。人間の勝手で、働かされるんだけど、いつかそうなってしまったから、そういうものだとしてしまって、速谷のお爺ちゃんがガニ股っていう轍だって、はずされてしまったら、かえって心配になるんだろう。簡単な時間割があって、古鉄の置場や、木場の間の通路や、街道や港で休んでいたり、また車に縛られたり、厩へ入れられたり、飼葉を食べたり水を飲んだり、そういう範囲のなかだけを動かして、十五、六年の命の力を、人間が塩梅《あんばい》しながら、一寸刻みに減らして行く。馬の方はそれでいいんだ。文句をいわないだけじゃあない。速谷のお爺ちゃんや十吉さんを頼みにしていて、あの人っちの姿を見た時、羊羹色の眼を輝かしたこともある。あの人っちは、馬にとって神様みたいだ。

――垂鉛《おもり》はこれだけか。これだけじゃあ足らんなあ、と十吉さんがいった。

あの人は、釣りの仕掛けをこしらえていた。

――黒い戸棚の抽出しにもっとあるけえが、と昌一がいった。

十吉さんは大股に、台所へ入って行った。

——よく見てくりょお。

——棗《なつめ》とバラ玉ばっかりじゃんか。

十吉さんは戸棚の抽出しを開けはなして、掻き廻しているのらしかった。

——それで文句なしだろう。

——重すぎらあ。

——重すぎやあせんよ。試験済みだもん。

——重すぎるな、どうも。

——そうかなあ。

——俺には重い垂鉛は向かんなあ。これだと半信半疑で釣っていなきゃならん。

——学校のお茶番さんとこへ借りに行ってやらっか、とわたしはいった。

——ヒューズがありゃあ、それでいいがな、と十吉さんはいった。

でも、ヒューズはなかった。

——どういうのが欲しい。

——板垂鉛が欲しいけえが……。行きがけにお茶番へ寄って、聞いて見るようにするか。

——学校は通り道じゃあないもん。わたし、行って来て上げる。二人が来るのを途中で待ってるんてね。

小学校へは、県道に沿った横手の門から入った。学校の敷地のなかでもどっちつかずのところで、半分以上踏まれた花壇とか、毀れた晴雨計とか、坊主にされた木のある、埃っぽい校庭だった。そこからは砂地の畑が見え、ところどころに錆びたポンプが見え、畑のはずれは、まばらな松林に限られていた。十吉さんと昌一が行く岩場も見通せた。わたしはお茶番さんから板垂鉛を借りると、そこまで戻って、理科室の廊下のガラス戸越しに浜の方を見ていた。人気のない松林のあたりに、そのうちに、十吉さんと昌一がやって来るはずだった。でも、二人はなかなか来なかった。

理科室の標本の横には、南洋群島の写真がおいてあった。土人が猿みたいに椰子の木に登っている写真は、男の子がその真似をしたがって、人気があった。その横には、石が積み上げられた大きなお墓の写真があった。石は自分が作った濃い沼みたいな影のなかに沈みかけていて、わたしには、気に懸るだけで、すっきりしない。

標本の並びに、わたしの家で寄附したジャワのお面があった。死んだお父さんが外地へ漁に出た時、買って来たものだ。あの時お父さんはお面と短剣をおみやげだといったけど、わたしはがっかりした。わたしはお父さんのことを、別に悪く思ってはいないけど、生きていた間中、味気ない感じばかりだった。

——娘は学校の成績なんかどうだっていい。年ごろになって、うまく男をくわえて来りゃあ、それでいい、と酔って、お父さんはいったことがあった。

——御前崎へ爪上げを見せに連れて行ってやるんて、といったこともあったっけ。爪上げをそれほど見たくはなかったけど、いったのがお父さんだったから、待っていたのに、嘘ばっかり。

船でまた焼津から出て行ったお父さんに、腹を立てていた。で、母さんが落着かなくて、いっていることもバラバラな感じがするのを、矢張りわたしみたいに腹を立てていると思っていた。六月だっけ、小学校へジャワ島のお面を寄附しに行った。母さんは行手に目を据えていて、足取りまで自分勝手で、佐枝子を見むきもしない。わたしはいないと一緒だった。母さんから離れ、わたしは一人で歩いていた。

——そうね、死って、あの時、母さんが風呂敷に包んで提げていた、ジャワのお面みたいなものでしょう。こっちを向いている時だけえたいが知れなくて、近づくのが怖いけど、人間がその向う側へ通り抜けてしまって振り向けば……。

そうわたしがいいかけたら、影みたいなわたしは聞き返した。

——人間は死んでから、死ぬ瞬間を振り返ることなんか出来るの……。

——できないんでしょうね。

——できない。

——わたしって、なんだかそうしてるみたい。怖くなんかない。今蟹戸にいるけど、そう悪いとこじゃあないわ。昼間なら、しぶきが次々と立ちこめて、繰り返し繰り返し虹が見える。さっきまでは静南の部落を見ていたけど、陽が一杯射していて、とっても明るいっけ。

——でも、佐枝子は死んでいないじゃんか。

——それなら、なぜ、わたしがさっき静南の部落を見ていた時に、だれもわたしみたいにならなくてもいいみたい、って思ったのかしら。わたしは静南の人たちと一緒にいたんじゃあない。むこうとこっちの間に境があったのよ。いく人かの眼がこっちを向いたけど、木を見るみたいにわたしを見たわ。だから、わたしは、静南の人たちを見て、だれも死ななくていいみたいにゆっくり働いたり歩いたりしている、って思ったのよ。あそこにはわたしがいなかった。そうして、当り前なことだけど、わたしがいなくなったら静南は明るくなっていた。

——あなたがいないんなら、悲しんでいる人がいるはずでしょう。胸が裂ける思いをしている人があるはずでしょう。

——そんな人は見えなかったもん。

——だから、あなたは死んでるんじゃあない。死のうとしているだけよ。まだ騒ぎが起っていないじゃん。

——騒ぎならわたしの心のなかに起った。今だって、台風のあとの海みたいに聞える。でもわたしは境を越えたわ。他愛ないことだったけど、確かに越えたわ。だから、もう呆《ほう》けたみたいに静かなの。死ってジャワ島のお面みたいね。表から見ていると怖かったけど、裏側へ通り抜けてしまって振り返れば、なんでもなくて親しみやすい様子をしているわ。丁度お面の裏側に木を削った刃物の跡と木目が見えるだけみたい。

——じゃあなぜ静南を見に来たの。あなたって静南へ戻りたがっている。まだ戻ることが出来るからよ。

——戻りたがってなんかいない。見に来たんじゃあなくて、見えたの。

——でも、それ本当の静南じゃあないわ。あなたのいう通りなら、静南には気が狂いそうになっている人がいるはずよ。母さんはどうなの、昌一はどうなの。

わたしはうしろから声に追い縋られながら、段段岩を登っている。

わたしは廊下で体を動かした。ガラスのむこうに木の幹が来ると、その幅だけジャワ島のお面とわたしの顔が映った。なぜだろう、少しも似ていないのに、お面は十吉さんを思い出させた。そのうちに、十吉さんと昌一が松林に沿った道を歩いて来た。十吉さんは馬や車や荷を扱う時とは違っていた。もっと子供っぽくなっていて、昌一を友達と見ている様子だった。当り前なことだけど、昌一は案内人の気分でいたから、大人っぽく見えた。わたしはしばらく二人を見ながら、一人笑いしていた。急に押されたみたいになって、ガラス戸を開けて、駆け出した。お茶番さんのとこへ行ったけど、板垂鉛はなかったっけ、と二人を騙して、憂鬱にさせるつもりだった。わたしは、魔がさしたように、急に小さなことにこだわり始めることがある。わたしを使っておいて、命令通りわたしがやって当り前、と二人が考えている気がして、癪に触っていた。どうしてだろう。走っているのはやりきれないからだという錯覚にとらえられていた。眼の前の広い眺めがさっきより一きわ明るくなった気がした。そして、校庭でも、ぐんぐん白っぽくなって行く砂地の道でも、足もとに自分の影が躍っていて、それだけが、わたしが静南でこうしている証拠みたいな気がした。やがて砂に足をとられ始めると、影は不自由な足もとから離れて、勝手に先走りしたいように見えた。わたしは二人の行手へ駆け出して、二人が近づいて来るのを、怒りの混った息をしながら眺めていた。

——ありがとうっけな、と十吉さんはいった。

——お前は役に立つ奴だ、と昌一はいった。

——板垂鉛はないって、とわたしはいった。

——おかしいな。四、五日前、深根でお茶番が釣っていた時には持っていたっけぞ、と弟はいった。

——でも、今日はないってさ。

——たくさん持っていたっけぞ。

——昌一、いつか深根で、あんたはお茶番さんの仕掛けを失くしちゃったじゃんか。

——あのことか。お茶番が仕掛けを見せたもんで、よく見てっから投げて返したら、あいつが受け取り損ったさ。

——岩と岩の間へ落ちちゃったっていうじゃん。あんなふうに抛ったりするもんじゃないって。

——お茶番、物凄く下手だもん。僕はちゃんと投げたけえが、受け取れえないっけだもん。年だもん。

——お茶番さんが謝りに来いってさ。

——佐枝、お前、嘘いってるら。

——今っからお茶番さんのとこへ行きな。

——鯛を持って謝りに行かっかな、いつか。

昌一は生意気な口調でいった。わたしに、嘘つき、といっているのが態度に感じられた。わたしは、昌一の痩せた肩を突きのけた。すると、あの子は酔っぱらいみたいによろけて見せて、笑っていた。
——板垂鉛はなかったのか、と十吉さんがいった。
——あった、とわたしは声を抑えていって、板垂鉛をあの人に見せた。

昌一は一人先に立って、もう浜へ出ていた。わたしは十吉さんと並んで、水輪堀の岸を松林に沿って歩いて行った。堀には所々に、見捨てられたように伝馬がもやっていた。昌一はこの辺でうぐいを釣ることもあった。あの子は突堤で炭焼を釣ったり、南の浜で石持を釣ったり、深根の岩場で黒鯛を釣ったり、川釣りに切り変えたりした。
　上流へ溯って行き、山へ入って、山女や、鮎を狙ったこともある。鮒や鰻を毎日のようにやっていることもある。……昌一は夢でも釣りをしていることばっかりだそうだ。小さい時、自分でも知らんうちに釣りをやっていたっていったな。いつのことか判らないが、海津《かいづ》の手応えがあって、水の上を踊っていたこと、前後は無く、もの心がつくとそいつを感じていたっていってらあ。……僕はおぼえちゃあいないけえが、母ちゃんにいわれたことがある。昌一は、お祭りなんかで売っている烏賊を噛んでいて、いつの間にか背戸の家から安い釣竿を持ち出して行って、烏賊の切れっぱしを餌にして釣っていた。チンチンや河豚や炭焼なんか、よく上げて来て、嬉しそうになん匹か持って来たっけって。烏賊を噛んでっていう時のことは、どうしても思い出せないけえが。

十吉さんは一度海を眺めに行ってから、岩蔭に戻り支度をした。棗の垂鉛をはずして板垂鉛をつけ変えた。あの人は板垂鉛を切って、それを掌で踊らせてから、鉤素《はりす》の根元へつけた。そして、いくつかの岩を上り下りして、突端の大きな岩へ行ったので、わたしもついて行った。その下の岩には昌一がいて、道具箱の底からコマシを少し摑んで撒いた。試しにそうして、潮の流れ具合を眺めていた。岸から磯の岩根に向って、コマシは流れて行った。そこは舟の艫に似たところで、両側から二つの流れが合わさって、遠ざかってい
った。十吉さんは潮筋の手前へコマシをたくさん投げ、それが拡がりながら沈んで行くあたりへ、藻蝦を刺した仕掛けを投げた。わたしの頭上で竿が鳴って、仕掛けは磯の岩のすぐ手前へ落ちた。昌一が入れたのは別の岩の手前だった。その辺で波は絡み合い揉み合っていたけれど、コマシは濃く水中の岩の囲みのなかに沈んで行くのだろう。

二人とも力加減を心得ていて、狙ったところをはずさないで、仕掛けを入れることが出来た。十吉さんは特にうまかったので、一度投げると、そこの良し悪しを確かめるまで、しばらく入れ変えることはなかった。

——石鯛が来ていそうだな、と昌一はいった。

わたしたちの足の下は澄んでいたけど、南から浜の濁りが乳色の雲みたいに脹らんでいて、よく見ると、その縁が少しずつかすめ取られて遠くへ行くのが判った。わたしたちが見透かしている濁りの雲のむこうに、石鯛がいそうだと、昌一には思えたのだろう。もし、あの子が石鯛を釣れば、興奮はそれから一週間は続いている。

でも、あの日の出だしは悪かった。十吉さんは五、六回空上《からあ》げして、餌をつけ替えた。藻蝦を、考えながら丁寧に刺しているのを見ると、あの人らしい粘り強さが感じられる気がした。あの人も昌一も、二匹の蝦を向き合せて刺した。そして、投げては黙っていた。波の音は大きく単調だった。波の音は、きっと、家へ帰って寝てからも耳のなかでし続けるだろう。

——岩が動いているように見えないか、と十吉さんが昌一にいった。

でも、昌一には聞えなかったので、あの人はわたしを振り返って、

——聾になってらあ。笛が要るなあ、といった。

あの人は空上げして竿を置くと、煙草をつけた。そして、またわたしに、

——岩が動いているように見えてくらあ、といった。

——海へ落ちんようにしてや、とわたしがいうと、

——山の瀬で釣っていると、山が自分のまわりを廻るように思えることがあるぞ、といった。

昌一が振り返って、大声でいった。

――河豚が来ているなあ。

――どっかへ行っちまうまで待っていなきゃあ、とわたしはいった。

――コマシを気張って見るか、と十吉さんは煙草の吸殻を指ではじきながら、いった。

――コマシを頂戴。

わたしはコマシを一掴みして、岩を下りて行った。ジグザグに歩いて、水面近くまで行った。岩と岩の溝に緑色の水が盛り上ったりしぼんだりしていて、時々白い波が流れ込んでいた。コマシを足元へこぼすと、それが拡がりながら沈んで行くのに、追い縋って来る、小さなめじなの群れが見えた。深みからまっしぐらに上って来て、しばらく餌について泳ぎ、また濃い緑のなかへ光りながら散って行った。わたしはそうして、何回もめじなを水中の闇から呼び出していた。手持ちのコマシがなくなってしまうと、磯の方を見ていた。水平線よりも高く張り出した庇岩の下に、二人が釣糸を入れている岩根が見えた。襞に籠った影は、さっきより暗くなっているようだった。それに、かなり潮が満ちていて、岩は小さくなっていた。それを倦きずに見守っている二人のことを思うと、わたしはおかしくなった。

――岩が動いているようだって……、とわたしは呟いた。そして、

――あの人っちは釣りっていえば釣り、と呟いた。

二人はさっきから、海の方ばかり向いていた。時々餌をつける、また海の方を見る、それだけだ、とわたしは含み笑いをしながら思った。その笑いのなかに空想がまぎれ込んで来て、わたしをつかまえた。わたしは十吉さんを頭に浮かべながら、朝晩ご飯を炊いて、同じお櫃《ひつ》から二人のお茶碗によそいたい、同じお鍋から味噌汁をよそいたい……。なぜか、釣りに嵌りこんでいるあの人と、そのことが思い合わされた。十吉さんは像みたいで、心のなかの波はわたしには伝って来ない。あの大きな眼でわたしを見ていてくれるようなこともない。そんなあの人の蔭で、わたしは甲斐甲斐しく、一生同じように下働きを続けるという想像だった。わたしはそんなことを考えながら、慰められていた。

また岩を登って行くと、

——突っつくのは河豚ばっかりだ、と昌一が叫んでいた。

わたしはあの子のすぐ上の岩へ行って、

——まだ河豚河豚っていってる、といった。

——ばか、お前は黙っていよ、とあの子はいった。

——十吉さん、蝦はちょん掛けの方がいいぞ、餌を切らしちゃうと困るんて。

十吉さんは高い岩の上で頷いていた。糸を上げた竿を横へ置いて煙草をつけ、大儀そうに煙を吐き出した。昌一は藻蝦が早死にしないように、そして、一匹一遍につけて蝦をへらさないように、そういったのだった。

——コマシをもっと潮表《しおおもて》へ寄せて投げて見よや、と十吉さんがいった。

——岩のまわりは今は河豚だらけだけえがな、と昌一は応えた。

——もうちっと深くして見るか。

——どこにも河豚が多いぜん。

——鯛なんか釣れる……、とわたしがいうと、昌一は、

——馬鹿、黙っていよ。これから連れて来ちゃあやらんぞ、といった。

——昌一、仕掛けを貸して。わたしも釣りをしたいもん。

——釣る……、お前が……、竿はどうするんか。

——テジで釣る。めじなを釣るんだもん。

——めじなを釣る仕掛けなんかないよ。

——十吉さんに借りよう。

わたしは十吉さんのところへ行ったけど、あの人が持っていたのは、大きな仕掛けばかりで、それではめじなは釣れない、といわれた。でも、十吉さんは、

——さっき勝手場の引き出しのなかを見た時、小さい仕掛けがあったぞ。真鍮の鉤がついた仕掛けだっけが、ああいう奴で釣るさ、といった。

わたしはまた昌一のところへ行き、

——真鍮鉤がついた小さい仕掛けを貸してや、といった。

——やだ。めじななんか釣る鉤じゃあないもん。

——貸して。もし失くしたら買って返すんて。

——貸せるもんか。

——…………。

いつの間にか十吉さんが来て、わたしたちのうしろに立っていた。そして、

——昌一、貸してやれ、といった。

——あの仕掛けは焼津へ行かないと揃わないだぜん。オモチャじゃあないもん。

——俺が二、三日うちに焼津へ行くんて、買って来てやらあ。

昌一は不承不承いった。

——家へ帰って、持って来い。めじななんかにやるコマシはないんて、自分でこしらえて持って来いよ。お前は釣りの邪魔をしに来たんか。

——…………。

——岩から落ちて塩水へ浸っちまえ。

——家へ行って来よう。あんたは河豚を釣っていな。

——馬鹿、今に石鯛が来て河豚を追っぱらわあ。

わたしは岩を跳んで、浜の方へ行った。また昌一の声がうしろでしたので、それに気を取られたと思ったら、岩の隙間へ右足を突っ込んでしまった。でも、勢がついていて、左

足は前へ出てしまったので、右足は取り残されて、転ぶに転べない体恰好になってしまった。右足を岩間から抜いたけど、とても痛かった。わたしが妙なことになったので、うしろで笑い声がしていた。振り向くと、意地悪な眼と白い歯並みが見えた。十吉さんは岩にかくれていて、見えなかった。わたしはしゃがんでいて、最初の痛みをやり過ごした。立ち上って、なんでもないように見せかけて、浜の方へ行った。砂の丘を越えて男の人たちから姿が見えなくなると、気が緩んで跛を引いた。立ち止まって右足を調べてみると、踝《くるぶし》の前の柔らかいところが、うっすらと紫色になっていた。松林の蔭をくぐって水輪堀の橋を渡っているころ、わたしは自分の姿をみすぼらしいと感じ始め、そのことが気になって仕方なかった。あの時たまたま跛を引いたので気づいたことだけど、わたしはいつもみすぼらしいと思えた。作道に沿った、風よけの槙《まき》の垣根が終ると、澄み切った空ばかり広かった。静南の家並みは、虫の巣みたいに、県道という枝にへばりついていた。ところどころでガラス戸が反射していた。作道は水輪堀へつながる溝と並んでいたけど、道も溝も白っぽく晒されていた。県道と交る角では畑を埋め立てていた。溝に渡したばかりのコンクリートの板の上に馬力がいて、馬がゆっくり尾を振っていた。近づいて行くと、乾いた尾の音がしていて、荷台が揺れるたびに、馬がかすかに身を顫わせるのが判った。荷台には、枠のついた頑丈な箱が積木みたいに乗せられていて、箱のなかには赤土が入っていた。それを一つ一つ、馬方が、四、五日前までは畑だったところにあけていた。埋め立ては半分以上済んでいて、赤土の上には八木さんがいた。あの人はズボンのバンドに両手をさし込んで、馬方が働いているのを眺めていた。八木さんはふん反《ぞ》っていて、その前を馬方が背を丸めて動いていた。八木さんは本線の焼津駅の近くで働いていた人だ。そこの鋳物工場に十年もいて、今度お金を借りることが出来たので、静南へ鋳物工場を建て、自分でやるということだった。八木さんはやくざといわれていて、静南ではあまり評判がいい人ではなかった。

遠目が利いて、なにもかもくっきり見える日だった。でも、静南には見えない翳りがあった。鋭く捩れる風とは関係なく、静かな海のクラゲみたいにしつっこく、それが揺れていた。あそこには鋳物が転がっていて、濃い影で地面に熔接されていた。鋳物の間に馬力の荷台が突っ込んであり、轅はコンクリートの橋に横たえてあった。端が道にはみ出ていて、埃に埋まりかけていた。

――十吉さんはいつからここにいるのかしら、馬をこんな目にあわせておいて、とわたしは呟いた。

馬は水の涸れた溝のなかにいた。埃をかぶっていて、風が強まると、鬣や胴体からも埃が流れ出していた。揃えた前脚を手綱でくくられたきり、少しも動かない。溝の底の乾いた泥を砕いた蹄の跡もない。どんどん埃が押し寄せれば、そのまま地中に埋まってしまうだろう。この馬は光のなかに忍び込んだ毒気に魘《うな》されているんだ、とわたしは思った。馬は敏感なんだ。毒気の素がどこかにあって、少しずつ融けている、もう元へ戻すことは出来ない、とわたしは埃だらけの馬に目を注ぎながら思った。さっき蟹戸で余一ちゃんと出会った時の爽かな波の音と混り気のない光を思い出して、今、わたしのまわりがこうなって来たことを十吉さんに気づかせなきゃあいけない、と感じた。わたしは鋳物をよけて歩いて、斜めから工場へ入って行った。重い鉄の戸が動かなかったので、力を籠めて引くと、走り出して、それが建物に響き渡った。外が特別に明るかったから中は暗く見えた。工員が五、六人いたけど、だれもわたしに気をとめなかったようだ。ただ、一人がこっちへ顔を向けて、

——戸を閉めておけや、鋳物が風邪をひくんて、といった。

戸を閉めるともっと暗くなり、暖さに包まれた。とても暖く、そのうちに汗ばむほど熱くなって来るだろう。

——熱病の肺のなかへ入ったのかしら、とわたしは呟いた。

土間はかなり広かったけれど、泥で固めた炉や黒い砂の山や積んである鋳物が場所を取ってしまっていたから、狭い範囲を、男の人たちが、体を擦り合せるようにして動いていた。上体はシャツ一枚の人が多かった。腹巻から上は裸の人もいた。みんな黒く汚れてい

て、十吉さんを見分けるのがむつかしいほどだった。十吉さんはきっと鋳造を手伝っている、ここにしかいない、とわたしは思っていた。

わたしはだれにもたずねないで、眼で探していた。十吉さんは炉の近くにいて、あの気が乗らない笑い顔をしていた。だれかと話していたので、日なたから光を揺らしてここへ入って来たわたしにも、気がついていなかった。わたしが二、三歩そっちへ行って呼ぶと、笑い止めてこっちを向き、

——佐枝さんか、待っててくりょお、といった。

そして、太い火掻き棒を持って、むこうを向いてしまった。炉には小さな窓があって、橙色の炎が激しい勢いで昇っているのが見えた。十吉さんは広い胸に炎を映していた。ゴウゴウという音に耳を澄ましているみたいだ。

——急ぐことがあるんだけど、とわたしはいった。

——………。

——待てないことだけど、とわたしは声を張りあげた。

——十ちゃん、この娘がもう待てんそうだ。どうにかしてやれよ、と中年の工員がいった。

——行かざあ、と十吉さんはいった。

わたしは、それがあの人の返事だと思った。でも、そうじゃあなかった。十吉さんは火

箸で炉の口の閂《かんぬき》を三、四度叩いた。一人の少年が、重たい鉄のヒシャクをその下へ当てた。十吉さんが閂を火掻きで躍ね上げると、溶けた鋳物が流れ出た。炎の音は消えていて、橙色の液が音もなく流れ出ていた。一人のヒシャクが一杯になると、入れ替りに次の空のヒシャクが鋳物の流れを受けた。その時、赤い液は一、二滴土間へこぼれて、火花を散らした。なにかのかけらが弱い炎をあげ、すぐに燃え尽きてしまった。

十吉さんもトタンの羽目に立てかけてあったヒシャクを持ち、動き始めた。橙色の液は次々と運ばれて、真黒い砂の鋳型に流された。ほとんど裸の男の人たちのどうどう巡りは、わたしを息苦しくした。砂はいろいろな形の溝になって土間に拡がっていたので、液は見る間に張りめぐらされた血管みたいになった。あちこちで束の間の炎が上っていた。

男の人たちは、わたしなんかを弾き出していた。今声を懸けたら迷惑だろう、とわたしは思った。ひっそりと、でも、息もつかせない労働は随分長く続いた。太い血管は漲って、ところどころで枠を破って、液が外へ流れ出すこともあった。そういう場所を、工員たちは道具を使って堰《せ》いでいた。

——佐枝さん、こっちへ来てくりょお、と十吉さんがいった。

あの人は、作業しながら、わたしがいるのを気に懸けていたんだ。

——来たこと、判っていた……。

あの人は頷いて、

——見た通りの仕事があってな。まるで戦争だもんで、といった。

——話したいことがあるの。

——あっちへ行かざあ。

——ここでいい。急ぐ話だもん。余一ちゃんがね……、とわたしはいい懸けた。ぐずぐずしていないで話を切り出さなければ、と焦っていた。十吉さんは余一ちゃんという言葉を聞いても、少しも顔を変えなかった。

わたしはいい加減なことをいったんじゃあない。わたしは南の浜で余一ちゃんを見た。

蟹戸では舟を伏せた形に砂浜が終り、あとは石浜になる。段段岩のあたりでは浜は紐みたいに細くなって、辛うじて続いているけど、すぐに張り出した崖のなかに消えてしまう。わたしがしゃがんで、崖の下の方を向いていると、そこに微かに動くものがあった。見ると余一ちゃんだった。烏帽子形の岩に乗って、膝をかかえて、海の方を見ていた。はぐれた鳥みたいだった。あの子は柔らかい光に囲まれていて、見ていると、わたしの心は和んで行くようだった。崖の影のなかからこっちを見て、人なつっこい笑顔になった。あの子からわたしはよく見えたはずだ。でも、わたしは日なたにいて太陽に向っていたから、最初眩しくて、視界の周囲は光でぼやけていた。あの子は少し瘠せて、余計肩が怒り、立ち腰になった。両手をブラブラさせて私の方へ来たけど、影と日なたとの境で立ち止り、笑っていた。やがて笑いは収まり、わたしをしげしげと見ていた。

——どうしたの、わたし変……、と聞いてみた。すると、

——なぜここへ一人で来た、とあの子はいった。

——あなただって一人で来た癖に。ここは蟹戸っていうとこなのよ。

——なぜこんなとこへ来たかって……。そりゃあ知らない土地だもん、大概の見当で来たさ。

——知らない土地ったって、いく度目なのよ。

——…………。

——まだ迷うの……。

余一ちゃんは、いたずらっぽく笑いながら頷いた。

——迷ったんじゃあないでしょう。軽便で来たの。それから、静南を通って……。見かけなかったけど。

余一ちゃんは、いたずらっぽく笑っているだけだった。影と光の境を越えて、こっちへ来た。伸びをするのが、いかにも陽を浴びている仕種だった。

——舟で来たさ。さっき着いたばっかりだ。

——舟はどうしたの。

——繋いである。

——ないじゃない、舟なんか。

余一ちゃんは振り返って、

——ここからは見えないけえが、あることはあるよ。段段岩の真下に繋いである。

——あんなとこへ置くと砕けちゃう。

余一ちゃんは海をしばらく見ていて、といった。

——海がこの調子なら大丈夫だよ、

——舟なんかいいから、村へ遊びに来ない。

——行けない。

——いいのよ、舟が気になるの……。舟なんか流してやりなよ。蟹戸へなんか繋いだって砕けちまうから、同じことだわ。

——ううん、心配だよ。僕はみんなが元気だって判りゃあ、それでいいさ。

——みんな元気は元気よ。十吉さんも時々来るけど、会って行ったら……。

——出て来たとこへ戻る。

——十吉さんに会ってったら。

——ううん、戻るよ。

——どこへ戻るの。

わたしは話しながら、余一ちゃんに近づいて行った。わざとしたんじゃあない。自然にそうなった。余一ちゃんは、わたしが一歩進むとそれだけ後へ下った。だんだん下って、た。あの子の素足は、ずっと泡のなかに浸っていた。そこには、濡れた蟹が目まぐるしく動いていて、あの子の足の甲を越えて行くこともあった。わたしは、もう前へ出てはいけない、と自分にいった。あの子は人なつっこい顔をしているけど、内心は困っている、わたしが前に出なければいいがな……と、必死になって考えている、と思えた。二人の間のこの距離は、今ではもう規則があって、詰めてはならないものだ、そしてあの子はそのわけを知っていて、知らないわたしが勝手なことをしそうなのを、怖れている、と思えた。でも、そのわけを聞き出すことは出来ない。あの子も説明できない。それが確かなことに思えたので、わたしの胸は騒いだ。あの子の体には大きな手が嵌っていて、測り知れない力が働いている。あの子は気が優しいので、そのことをわたしに隠そうとして、いつもの調子を崩そうとしない。そう思えたからわたしは、あの子の顔を見ていられなくて、大井川の洲の突端と御前崎が、遠い伊豆と向き合っている、湾口の方を見ていた。細かな起伏まで、光に洗い出されて見え、今余一ちゃんが住みついている場所も、指差して教えてもらえそうだ、と思った。でも、一度気持が臆してしまったので、それをいい出すことも出来なかった。あの子に声が懸けられなかった。そのことは良かったのか、悔むべきことなのか、あの時わたしには解らなかった。

——あっちへ行かざあ。別に遠いとこへ行かざあってわけじゃあないんて、と十吉さんはいった。

十吉さんは先に立って歩いた。わたしは仕方なく追い縋って行った。炉の横を通って、作業場と棟続きだけれど、倉庫に使っている一角へ入って行った。鋳物が片よせて、高く積んであった。そこは炉のうしろ側で、コークスの投げ入れ口に水平な蓋がしてあって、空缶が乗っていた。なかには油の浮いたお湯が入っていて、卵が二個茹だっていた。十吉さんは素手で空缶の縁を持って、す速く土間に下ろし、倒してお湯を捨てた。卵は砂の上に転がって、湯気を立てていた。それが見る間に乾いて行くのを見ながら、わたしは、

——余一ちゃんがいたの、といった。

十吉さんは答えなかった。

——さまして、パクつかざあ、と卵のことをいった。

——余一ちゃんが来て、浜をうろついているのよ、とわたしはいった。

——余一が来たって、と十吉さんは、銹で橙色に染まった卵を摑んで見て、急いで土間に投げだしながらいった。真剣になるのでもなく、わたしの顔を見なかった。

——どうして、平気なの、とわたしは、声を上ずらせた。

十吉さんの両耳を持って、こっちを向かせたかった。

——浜にいたってか。浜にか。俺の甥っ小僧は海で溺れたわけじゃあない。速谷の近くで崖から滑っちまったじゃんか。

——なぜか解らないけど、南の浜にいた。元気そうにして、蟹戸でわたしがしゃがんでいたら、岩の高いとこに、真青な空を背にして立っていたわ。

わたしは髪をゆすって、南の浜の方を見た。工場の入口から、松林が少し見えるだけだった。そして、暗い枠のなかに静南の一部が輝いていた。透明な硬い眺めだった。寒い風が吹きまくっているのが見えた。そしてここには、熱く固まりかけていたけどまだ芯は赤い鋳物が、濁った色に変りながら、土間にわだかまっていた。

——食べてくりょお、こいつを、と十吉さんはいい、卵を一個わたしに差し出した。わたしは受け取ってしまったけど、なぜ卵なの、と思った。

——殻に銹が染みちゃってるな。まあいい、体裁はよかないけえが、大概卵の味がするだろう。

十吉さんは、指の腹で殻をこすりながら卵を眺めていて、そばに落ちていたハンドルのコックに当てて割っていた。わたしはあの人の仕種を一部始終見守りながら、一方ではじっとしていられない気持だった。でも十吉さんがわたしを二つに分けてしまうみたいで、焦りながら身動きが止ってしまいそうだった。

——こう出来損いを出いていちゃあ、鋳物屋も引き合わんだろうな、と十吉さんは山積みした鋳物の屑のことをいい、殻を割った卵をわたしに差し出した。そして、

——そっちと交換しざあ、といった。

わたしは、あの人から卵を受け取らず、持っていた卵は、あの人の掌のなかへ押しつけた。

——聞いてくれないの、十吉さん、余一ちゃんを見ちまったの。わたし、どうしたらいいのか。

——佐枝さん、卵、要らんのか。

——そんなことじゃない。

声と一緒に涙がほとばしるのを感じた。

——十吉さんは不良に戻っちまったの。この鋳物屋にもろくでなしの仲間が集っているんだ。あなた、こんな荒《すさ》みきった人っちと余一ちゃんのことと、どっちが大事。

わたしは泣きながらいって、十吉さんを見た。古トタンの羽目についた釘の跡から、昼の光が星みたいに見えた。十吉さんは一つの手に卵を二つ持って、苦笑していたようだ。卵ははっきり見えたけど、星みたいな光が涙で濡れて裂けて来て、十吉さんの顔はよく見えなかった。ただ、あの人が心を動かしていない、ということだけは判った。

この人はチンピラの仲間にいることを、後悔していない、と私は思った。

——十吉さん、わたしはしつこいでしょう。でも、余一ちゃんは見えたの。わたしは本当に見た。あなたが信じてくれなきゃあ、どうしたらいい。

——どうせんでもいい。佐枝さんはひとの三倍も気を働かせているんて、疲れちまうさ。ここで息《やす》んで行きゃあいい。家まで送ってやるんて。

——………。

——食べんのかえ。腹は空いちゃいないんか。

——わたしはここを出る。

——あんたは、いつかも、死んだ余一が生き返らないかといってた。よく身内のことを想ってくれるなあ。

十吉さんはもう苦笑していなかった。優しい眼でわたしを見守っていたけど、あの眼にただよっている同情の色が、急にコールタールみたいになり、わたしの胸にこびりついた。

工員たちは手ごろに割った鋳物を炉に詰めていたが、それが終って、蓋を閉めた。ふいごの音がせわしく続いていた。わたしが炉の横を通る時、小さな窓は橙色になっていて、ゴウゴウいう炎の音がし始めていた。わたしは日なたへ駆け出し、行き惑い、それから翻る黒い布みたいに自分の影を感じながら、影で地面へ熔接されているタービンやフレームのなかを歩いた。馬の影は溝に落ちていた。溝を跳ぶ時、わたしの影は一瞬先廻りして、道で待っていた。

——あんな人に相談したってしようがないわ、とわたしは呟いた。

——あんな人……。あの人だけがアテになると思ったのに。

わたしは家へは行きたくなかった。たとえ母さんや昌一に話しても、てんから相手にしてくれそうもなかった。浜で余一ちゃんを見たのがわたしだったことが悪かった。それがわたしだったので、すべてがチグハグになってしまう。他の人に見せようとしても、見ようとしてくれない。

わたしは郵便局へ行った。年寄りの局員に、

――遠州速谷の局へ電話をつないで下さい、というと、

――遠州速谷のなん番かね、と局員は聞き返した。

――ただ局へつないで、局の人に法月益三郎って人を呼びに行って貰えないかしら。

――そういうことは、局じゃあしちゃあいんなあ。あんた、そうまで急がにゃあならんのか。

わたしは頷いた。

――どういう用かえ。人死にでもあったのか。

――………。

――船が顚覆したとか……。

――電報打ちたいんですけど。

局員は指に唾をつけて、頼信紙を一枚とって、こっちへ滑らせてよこした。わたしは砂だらけの板の上で電文を書いた。ヨイチアラワレタスグコイ　サエコ　そして、カミオオ

イグントウダニマチトンダ　ノリズキマスサブロウと住所を書いた。局員は読んでいて、

――三十五銭おくれ、といった。

わたしは財布を出した。なかに十五銭しか入っていないことは、開く前からわかっていた。でも、一応なかを覗いて、白銅貨を二枚出した。

――この十五銭あずかっておいて。あとで二十銭届けますから。

――残りを持って来るまで、電報打たんでおいていいか。

――今すぐ打ってくれないの。

――あんたが二十銭持って来るっていったって、わしには固い話かどうかわからん。わしだって、給料から二十銭立て替えるのは困るんでの。

――鰯川の滝内っていうんですけど。

――そうか、遠いのう。あっちの方の娘さんか。

局員は、住所をいわれてもどうしようもないという顔をして、わたしから眼をそらした。

――走って行って、二十銭持って来ますから、とわたしはいった。

――そうしておくれ、後生だんて。

わたしは郵便局を出た。鋳物工場まで行って、十吉さんに二十銭借りようと思った。走っているうちに、ハズミで心のなかに裂け目を感じた。そこにはわたしを嘲っている者が

いて、笑い声が夏の蝙蝠の羽音みたいだった。わたしは裂け目を見まいとしてなお足を速くしたけど、それがふさがってしまうことはなかった。パサパサいう笑い声も洩れ続けていた。……わたしは一体なにをしているんだろう。泳げないのに、盲滅法に手足をばたつかせて、泳いでいる気になっているのだろうか。でも、足を緩めて歩いてしまえば、わたしはこの笑い声にどこまでも聞き入ってしまい、やがて囁きが聞えて来て、えたいの知れない悪意が解ってしまう。あの声、声は相談しているんだ。わたしの気持はしぼんで、足がなえてしまうだろう。苔の色の透明な翳りが静南の空に漲ってしまう。濃い毒気が押し寄せて来るんだ。そしてわたしは、水舟になってそれに浸り、じっと動かなくなってしまう。そうなってしまわないように走っていよう。……違う、違う、そんなことじゃあない。わたしが走っているのは、もっと別のわけがあってしていることだ。わたしは余一ちゃんを確かに見たんだもん。あの子の体恰好も仕種の特徴もわたしは見たんだわ。……でも、速谷へ今日電報が行ったとして、お爺さんが来るのは明日の朝になるだろう。その時までわたしは何をしていればいいのか。嘲っているあの声に耳を澄まし、苔の色に変って行く静南の空を見つめ続けなければならない。手の施しようもなく時が経って行くのは怖いことだ。……電報なんか役に立たないじゃあないか。わたしにはあの裂け目が見え、それがだんだん拡がって行くのが判った。それでも足を止めてはならない、走り続けよう、とわたしは思った。すると行手に、また十吉さんの顔が浮かんだ。折よく鋳物屋へ来ているんだ。やっぱりあの人を頼みにしなきゃあいけない。

——あんな人に相談したってしようがないわ、とさっきわたしは呟いた。でも、わたしはあの人に、出来事がよく呑み込めるように話したのだろうか。まずく切り出しておいて、心を籠めて説明しないうちに、口を噤んでしまったように思える。

鋳物工場は黒々と、かなり遠くから見えていた。あそこへ百メートルほど近づいた時、明るい眺めのなかでけたたましい動きが起った。溝のなかにいた馬がいても立ってもいられない様子で足搔《あが》いて、手綱が脚からはずれたのだろう、影と一緒に県道へ駆け上った。二つの大きな筋肉が馬の胸でせめぎあっていた。道のはしを馬はわたしの正面へ走って来た。わたしは襲いかかられる気がして、足を止めた。でも、怖かっただけじゃあない。一度体が縛られたと思ったけれど、馬が道から下りて芋畑へ入って行くと、わたしは自由になって、つまらない、と思った。わたしはまた走り出した。馬が逃げたことを十吉さんに知らせなければ、と考えていた。

鋳物工場の前の溝の、さっきまで馬がいたところから、微かに煙が上るのが見えた。ほとんど見えないほどだったけれど、煙の影は絡み合って道の上を動いていた。影は黒い網が拡って行くみたいになり、道から斜めにはずれて、芋畑に伸びて行った。もう遠くに毛並みを光らせて駆けている馬を覆おうとして、ずっとあとから追いかけているようだった。すぐにわたしも影の網に覆われていた。

鋳物工場は陽炎のなかで磯の海布《め》みたいに揺れていた。溝を縁取って、透明な炎がちらついていた。黒いカケラが、鷗も行かない高い空へ一気に舞い上るのが見えた。工場の近くまで行くと、トタンの羽目の下から溶けた鋳物の液が、一匹の蛇の胴体みたいに、ゆっくり流れていた。黒焦げの枯草がそれを縁取っていた。陽の光に負けて色褪せた液が、ところどころを銀色にきらめかしながら、溝に流れ込んでいたのだった。溝からは無色の炎が昇り、時々風に叩かれて方向を変えていた。そして、黒焦げの範囲は、見る見る拡がって行った。

──十吉さんはどうなったの、とわたしは、うろたえながら呟いた。

工場の入口からなかを覗くと、炉の口から橙色の液が流れ出ているだけだった。燃えるものはなかったので、そこは黒と朱が鮮かな、地理の模型みたいだった。流れのわきに、火搔きの鉄棒が転がっていたから、わたしは、さっき十吉さんがしたように、それを握って炉の口に蓋をしてしまいたかった。す速く戸を閉めて、閂を下ろせばいい、と思った。するなら今のうちだ。でも、それはわたしが考えるほど、簡単なことではないのだろう。わたしは二の足を踏んでいた。すると、わたしの肩に肩をぶつけて、十吉さんが作業場へとび込んで行った。機敏に炉の口を閉めた。熱くないのか、あの人は澱んでしまった橙色の液をしばらく見ていた。そして、戸外で、枯草の燃える音が大きくなった時、歩いて出て来た。

半鐘が鳴り始め、道や畑のなかを走っている人があった。消防ポンプはまだどこにも見えなかった。十吉さんはわたしと並んで、自分の荷車のそばにいた。車は火元より少し風上にあったので、そのままに残っていた。火は工場から離れて燃えていて、しかも、だんだん遠ざかりつつあった。

——被害の少ない火事だな。野良を焼くようなもんさ、とあの人は落着いて、いった。

——大丈夫……。

十吉さんは腕を組んで頷いた。

鋳物工場の近くには家もなく、しかも、燃えて悪いようなものはほとんどない場所だった。大井川流域の小さな区域が、いたずらに燃えているだけだった。

——なぜ工場に男の衆がいないのかしら。

——竈《へっつい》のなかへ鋳物を残したまんま、博奕を打ちに行ったさ。たとえこんなボヤだってやつらの責任だ。馬もこんな工場へあずけるもんじゃあない。

——十吉さんは博奕に行ってたんじゃあないの。

——俺は行きゃあせん。博奕に血眼になるくらいなら、日なたぼっこをしていた方がいいと思ってな。

——そんな暇があるんなら、なぜ余一ちゃんがいるかいないか、南の浜へ見に行ってくれないの。

十吉さんは、またそれには応えないで、

——困ったのは馬だな。あんなとこへ行ってやがる、といった。

視界がいいので、馬の動きは細かいところまで捉えることが出来た。とうとう線路ぎわまで行って、駅の上手の池の枯葦のなかを動いていた。十吉さんはそっちへ行った。馬はあの人を見ると、安心したように動かなくなって、頸を延べて主人が近づくのを待っていた。あの人は馬の口を把ると、榛の切株を台にして跨り、ゆっくり戻って来た。つまらなそうに、枯草が燃えているのを眺めたりした。村の人たちは火を消そうとしていたけど、お祭りのようでもあった。

あの人が戻って来たので、わたしは見上げていった。

——またいうけど、南の浜へ来ている子は余一ちゃんに間違いないわよ。

——ははは。いいさ。浜へ来たって、うっちゃらかしにしておけや。いまに、速谷へ行くさ。お祖父ちゃんより先に行っちまってすいません、って詫びるだろうや。

——冗談いってるんじゃないもん、わたし。

——余一の姿を佐枝さんの眼が見たわけじゃあない。ここが見たさ。

そういって、十吉さんは馬の上から身をかがめ、わたしのこめかみを人差し指で四、五回突いた。夢に迷い込んでいるんだ。今すぐ、この空気を刃物で切断して、目醒めてしまわなければ……、と思い、わたしは次から次へと意味のない動作を繰り返した。目醒めるためには、自殺したっていい、と思った。十吉さんの眼を睨んで、わたしはいい募った。

――なぜそんなふうに決めるの。確かめに浜まで行ってくれたっていいじゃん。いないか、いるか、とわたしは胸を弾ませて、上ずった声で早口にいった。いってしまうと、胸は果てしなく弾んで行きそうだった。

――幻だな。今馬と自分が見えるように、見えたわけじゃあない。

――見たわ。見た、見た。

――佐枝さん、俺は怒るぞ。もう黙っていよ。他愛ないって思ったたって、そう受け流してばっかりはいられん。

――………。

――いまに見えなくなるんて、と十吉さんは呟いたようだった。でも、なんて呟いたのか、はっきりしなかった。

あの人は普段もあまり顔色がいい方ではないけど、あの時には、白っぽい土の色になった。ただ眼だけが深く耀いていた。わたしは思い切ってその眼を見つめた。奥にゆらいでいるものがあって、わたしには、それがあの人の柔らかい心のように感じられた。

――わたしのいうことを疑ってさえくれない、とわたしはいった。

――そう思っているのか、と十吉さんはかすれた声でいった。

あの人は黙って馬から下り、わたしを無視してわたしの前を通った。眼だけが柔らかく、顔は固く、土のお面みたいだった。わたしは胸を衝かれて、言葉を喪ってしまった。暗い心の沼に言葉が沈んで行ってしまい、それを声にすることは到底出来なかった。火の手があがったことと、十吉さんを見ていたことで紛れていた、あの緑色の翳りがまた襲って来るだろう。

十吉さんは溝の縁へ行って、底に島みたいに盛り上っている熱い鋳物に、紙切れを投げた。紙は反《そ》り返ってくすぶり始め、やがて炎が上った。しかし、十吉さんは、――もういいだろうえ、と呟き、馬をコンクリートの橋の上へ後退させ、轅の間に入れて車につないでいた。

わたしは泣き出してしまった。指で眼を圧えて、泣きじゃくっていた。その間にも鉄の環や蹄の音がしていた。あの人は手順よく出発の準備をしていた。やがて、樫の前輪が軋む音がして、荷台をがたつかせながら、馬力はわたしの前を過ぎて行った。

あの人は頑固に胸のなかに閉じこめているわたしを、実際のわたしと融け合させてくれない。

十吉さんは空馬力を曳いて、火事場らしくない火事場から抜け出て行った。遠くで一人になると立ち止って、しばらくこっちを見守っていてくれた。わたしもあの人を見つめていた。そばにいた時には解らないことが、解って来る気がした。わたしの中にはあの人にいうべきことが多い。でも、お互に声が聞えるところにいると、そのことは言葉にならない。今はなんといおうとしたのだろう。それさえ唇から出して耳で聞いて見なければ、なにをいおうとしたのか解らなかった。言葉はこの世に出ることが出来なくて、なん日もわたしのなかで動いているけど、生まれずじまいになる赤ん坊みたいだ。赤ん坊はたしかにいたし、わたしはなん回もなん回もみごもる。十吉さんにも同じようなことがあるのだろうか。あの人は、わたしがそうだってことに、だんだん気づいてくれるだろうか。気づいてくれるだろう。そして、どれだけ思い出してくれるだろうか。山積みされたわたしの死んだ言葉を、どんなふうに頭に描いてくれ、そこに、どんな道を見つけて、辿ってくれるだろうか。

わたしは無理して深根へ戻った。そして、いい足場を選んで岩の溝へ下りようと思った。でも途中で足が疼いて、立往生してしまった。十吉さんがそれを見つけ、下りて来て、助けてくれた。あの人は子供のお遊びの準備をしてくれるようだった。水中の入り組んだ岩の間から、夜の花びらみたいに、めじなは現れ、コマシの芯に集って来た。その芯はすぐに水にほどけてしまうので、めじなも散り散りになって、深みにひそむ。覗き込むと、背が水の色にまぎれて、針を一杯こぼしたように見えた。わたしはコマシが融けないうちに糸を下ろした。めじなは敏感に、白く翻りながら上って来て、いく度も鉤に懸って、身を顫わせた。でも釣り上げられる数は少なかった。十匹鉤に懸って一匹ぐらいなものだった。そのうちに、庇岩の上が騒がしくなった。磯を見ると、光った糸が真すぐになっていた。それから、とても速く糸が繰り出されていた。

――巻きな、岩なんかあんまり気にせん方がいいぞ、という昌一の声が、波の音のなかから聞えて来た。十吉さんの鉤に魚が懸っているのだった。一しきり、糸が右へ行ったり左へ行ったりした。海面が急に生きて来る気がした。深根は水を潜って、遠くまで張り出しているので、そこは一面に泡立っていて、水は湧き上って崩れていた。岩の頂が四箇所あるらしく、四つの水の輪がもつれ合っていた。十吉さんは獲物をうまく波に乗せるように、手繰らなければならなかった。だから、魚が深みに行って糸をからげないように、まず岩から離さなければならなかった。やがて、十吉さんが釣竿を立て、リールを巻きながら倒して行き、また、魚の隙を見て竿を立てるのが、手に取るように判った。大急ぎでそうすると、魚は大分近づいていて、しかもかなり浅いところにいた。糸は稲妻みたいに横に動き、魚の動きも見えるようだった。十吉さんは少し怯え、それから、大事をとって糸を出していた。魚は沖へ持って行ったけど、動きが鈍ったらしい。糸は手早く巻かれた。十吉さんは巻き続け、波に乗せようとしていた。

――矯《た》めた方がいいぞ、懸りはしっかりしているんて、と昌一の声がした。

――結局、岩の上を滑らかしゃあいいな、と十吉さんの声がした。

——待て、様子を見よ、と昌一は大人みたいにいった。

わたしは岩の縁を歩き、海が展けている方へ行った。ほとんど岩のはずれで、しぶきが雨だれみたいに、すぐそばに落ちるところだった。丁度頭の上から、ピンと張った糸が海へ滑り込んでいた。波が引く時にリールの音がした。わたしは十吉さんの真下にいた。泡のなかから魚が見えて来て、水の合せ目に躍ねるのが見えた。岩としごき合うのにふさわしい硬そうな背筋が見えた。歯切れよく、小さなしぶきを飛ばして消えた。でも、それからは寄せる波に乗せられて、一気に岸へ近づいて来た。わたしの前まで来た。やはり石鯛だった。体を立てようと暴れるけれど、糸にあしらわれて出来ないでいた。引く波に乗って少し遠ざかっても、すぐに揉まれて、わたしの近くへ戻されてしまった。

昌一がイナゴみたいに跳ねて、岩間へ下りて来た。わたしのいる所まで来ると、キンキンした透る声で、

——今みたいにしていりゃあ、僕が取り込むんで、といって、たもを差し出した。

それから、あの子は十吉さんにもう少し巻かせて、魚をすくった。昌一がすくうと、魚は自分から諦めてタモへ入って来るようだった。昌一はコツを知っていた。普通、こう波がぶつけている場所ではしくじる人もあるけど、弟はこういうことはうまかった。

あの子はタモの網に石鯛を閉じ込めて、一度岩の上へ置いた。波の騒ぎのなかで、魚は網ごと躍ねていた。苔の色の石鯛で、網の上から触っても、粘液の下に剃刀みたいな鱗が

感じられた。岩としごき合って深い夜のなかにいたのを、引き上げられてしまった。昌一は大きさを指を拡げて測り、

――尺五寸だぞ、カタカタ躍ねてらあ、と上の十吉さんにいった。

――持って上って来れるか、と十吉さんはいった。

あの人には、わたしが昌一と一緒にいるのがわかっていなかった。

――鯛と一緒に海のなかへ転げちまわあ、と昌一は調子づいていった。

あの子はわたしにタモの柄を握らせて、石鯛の口から鉤をはずした。口というよりも、短い嘴からは歯が覗いていた。透明な眼は海と同じ色だった。それから、あの子はタモを持ち上げて眺めていて、わたしに網をくくる紐をほしいといった。でも、そんな紐はなかったので、わたしが髪を結んだゴム紐をほどいて渡すと、あの子はそれで網の中途をくくり、柄を深くズボンのバンドに刺して、落ちないことを確かめてから、岩を登って行った。あの子が途中まで登ると、わたしは下から呼び止めて、

――わたしもそっちへ行くんで、これを上げておいてや、といって、布に包んだめじなとコマシと竿を差し出した。

あの子は岩に摑まって、肩越しにわたしを見下ろした。石鯛を見ていた時とは違って、はねのけるような顔をしていた。そして、わざと危そうに、でもいい加減に手を差し出して、

て行ってしまった。

――届かない、といった。

――もっと下りて来てや、とわたしはいった。

――今度鯛が釣れたら、また下りて来るんてな、とあの子はいい、上を向いて岩を登って行ってしまった。

わたしは腹を立て、布の包みと竿を片手に持って登った。傷めている足をかばって、重心を失いそうになった。その上竿を落してはならないと思ったので、肩が直接岩肌に当った。岩の裂け目のずっと下に水面が見え、冷たい風が上って来るのが感じられた。気がついてしまうと、怖い場所だった。岩と岩が両方から出張っていて、落ちれば体が挟ってしまうだろう。そして、重味で体は抜き差しが出来なくなるだろう。わたしは気持を落ち着けようとした。それから、

――十吉さん、痛い、足が痛いよ、と声を張り上げた。

しばらく応えはなかった。わたしは唇を噛んで耳を澄していた。やがて、十吉さんの顔が見下ろしたのが、岩肌に影が動いたので判った。

――竿を俺によこしな。コマシと魚は下へうっちゃりゃあいい、とあの人はいった。

わたしはコマシとめじなを捨て、竿をあの人にとってもらった。

――踏ん張れないのか。そこっから、上るのと下りるのとどっちが楽か。

――下りる方が楽。

——それじゃあ、一遍元のとこまで下りちまえ。

わたしはそろそろ下りて行った。動かすと、思ったよりもひどく足が痛んだ。十吉さんは要領よく下りて来た。あの人の足の運びは、この岩間の一体どこが怖いのか、とわたしにいっているようだった。最後のところなど、足懸りを無視して、思い切り体を伸ばして跳び下りた。そして、わたしをおぶって、また登って行った。登りきるところで、ちょっと呼吸を整えていた。十吉さんの体が考えているようだった。やがて、足を踏み締め、短い懸け声をかけて、岩の上へ出た。わたしの体はあの人の動きに融け込んで、一つの体になった気がした。わたしたちがよろめいているのが感じられた。どうしようもなく、盛り上った岩に駆け上った時、その先にある悪い足場があまりにとりとめなくて、わたしを脅かした。海が一気に拡がって、かしいだように見えた。あの人の緊張がわたしに伝わった。

——困る、とわたしはいったけど、その揺れのなかから、いきなり喜びが湧いて、羽搏く翼みたいに鋭く胸を擦った。

それからも、十吉さんは転ばないように少し走った。でも、うまく足を送っていた。一度しっかり足を止めてから、わたしを下ろしてくれたけど、わたしはまだ視界が廻っている気持だった。そこを、あの人の激しい息づかいがゆすっていた。それから笑い声がした。あの人はなかなか笑い止まなかった。

あの人は、たとえ明るすぎる海辺にいたって、暗さをたたえていた。中へは光が入らない部屋みたいに、自分を閉じていたけど、あの時は、海の粗い空気があの人の笑い声を誘い出したみたいだった。いつも十吉さんは周囲を翳らせて、身のまわりを自分の領地みたいにしてしまう。でも、あの時には、影が蒸発してしまって、あの人は外の世界と一つになっていた。

――魚は踏んだってかまわないけえが、竿を踏まなくて、いいっけなあ、と昌一がいうと、

――走っていながらも考えていたさ、とあの人はいった。

――足をくじきゃあしないっけかや、とわたしは聞いた。

――ううん、お前の摑まり方がうまいっけもんで。

昌一はさっき一度立ち上ったけど、もう岩の窪みの前にしゃがんでいた。そこは大きな歯が抜けた跡みたいだった。底に浅く水が溜っていて、鯛が入れてあった。横に転がった鯛の肌は洲になって、空気にさらされていた。辛うじて兇暴な顔を水に浸けて、嘴みたいな口を動かした。わたしもそこにしゃがんで、しばらく鯛を見ていた。

十吉さんは立っていて、糸に新しい餌をつけていた。そっちを見ていた昌一が、急にわたしの耳元で声を抑えていった。

――佐枝は邪魔になってばっかりいる。

——昌一の邪魔にはなりゃせんもん。

——十吉さんの背中に、あんなにしがみつくもんじゃないぞ。

自分と十吉さんとの間にわたしが入っているのが、あの子には気に入らなかった。それだけのことだったろう。でも、昌一の言葉はわたしを刺した。あの子がさっきわたしのなかに生まれた気持に感づいて、見透《みすか》しているとしか思えなかったからだ。抑えても、あのことを口に出してしまいそうな気がした。わたしは胸を弾ませ、唇を閉じていた。わたしにこんな思いをさせる昌一が憎らしかった。

鯛が水を躍ねたので、わたしの顔にかかった。拡げた腹鰭が岩のザラザラに引っかかったけど、もう弱っているのか、閉じることが出来なかった。

——佐枝に、帰れ、ってこんだ、と昌一は肩でわたしの肩を押した。

——なぜそんなふうにいう。

——十吉さんは釣りに来たいっけだぞ。お前の世話をしに深根へ来たんじゃないわえ。

——そんなことを、昌一にいわれんていいもん。

わたしは負けまいとして、あの子といい争った。

あの子は中指の爪でそっと擦って、石鯛の鰭の形を直した。でも、魚は捨て鉢になって、揃ったばかりの鰭で水を躍ねた。またわたしの顔にしぶきが飛び、鰭は粗い岩肌に引っかかって、開いたきりになった。

――帰れってよ、石鯛がいってらあ、佐枝、とあの子はいった。

――なにいってるかや、ばか。昌一は女みたい。

わたしは立ち上って、岩の背を越えて、縁へ行って坐った。そこから昌一は見えなかった。右手の高い岩のむこうに、十吉さんの竿が突き出ているのが見えるだけだった。

足の下の水を透かして、岩根が見えた。象が四頭すわっているみたい。頭や背筋のところで波が生まれ、泡が水を潜《くぐ》って、かなり深くまで行くのが見えた。水面に起きる冷たい風が岩にぶつかっていて、わたしの怪我した足にも届いていた。そこは熱っぽかったので、とても気持よかった。もし怪我しなければ、足頸なんかこんなに感じることはない。なんだか怪我してよかったように思えた。もし怪我しなければ、こういう気持は味えなかったろう。なにもかも不思議な気がした。眼の前の果てしない水から、糸で手繰り寄せられ、空気中に上げられたさっきの鯛のことも、不思議に思えた。鯛が餌を食べるのが、長い糸を伝わって、十吉さんの体で測られていたことと、わたしの重味が、あの人に岩の斜面で測られていたことと、融け合って感じられた。温く厚みがある十吉さんが撓やかに動いていた。その上あの人は敏感だった。わたしは自分のことをひ弱いと、あの時まで考えたことはなかったけど、怪我して見ると、そうとしか思えなかった。昌一の当てつけでさえ、薄い刃みたいに感じて、わたしはまごついてしまった。わたしは怪我しやすいんだ。そうしてここは、硬く鋭い鱗にビッシリ覆われた鯛が住んでいる岩場なんだ。わたしなんかがここへ来るのは、危なっかしいところなんだ。もし十吉さんがいなければ、わたしはジカに、この荒らくれた岩を感じていたろう。でも、十吉さんがいるんで、わたしは今ひそかに快く思っている。怪我が好きだなんて……。

波の輝きだけを、わたしは長い間見ていた。振り向くと、岩が無闇に尖ったところが多かった。夕日を受けていた。溶けた鋳物がゆすられているうちに、急に冷えて固まったのかしら、とわたしは思った。

——前にはなかったのに、とわたしは呟いた。

そのゴツい歯の向うは、いきなり海へ滑り込んでいた。だから、反対側から見れば、暗い崖の頂きに岩角がそそり立っていて、そこだけがきらめいて見えるのだろう。

——わたしだって牢屋にいる。

十吉さんはどれだけ覚えているだろうか。わたしが一人で静岡の刑務所へ面会にいった時、

——いいわね。ちゃんと務めを終えたら、また静南へ来て頂戴よ、というと、

——こんな満洲の城壁みたいな煉瓦塀のなかへ入っちまっちゃあ、しまいだよ、とあの人はいった。

わたしは、あの人が刑期を終って静南へも姿を現すことを望んでいた。でも、あの人に北人丸のことがなかったら……、あの人が人を殺さなかったら……、とは考えていなかった。十吉さんが人を殺して、もう人並みにはなれないことは、わたしにとってはいいことなんだ。あの人はもっと値打を落さなければいけない。あの人はわたしのずっと上にいたんだから、わたしと釣り合うまで落ちなきゃいけない。あの人はそう幸福な人じゃあない。その人を、わたしはどこまでも落そうと望んでいる。十吉さんだって、今まで人並み以下の喜びしか持てなかったろうに……。わたしはそんなに低くにいて、あの人をもっと低くしなければ秤にかからないのだろうか。

わたしはなぜこうなんだろう。あの人がいたからだ。あの人が生まれたからだ。あの人がわたしをずっと低くしてしまった。あの人が無かったら、わたしは、今みたいに、こんな井戸の底にいなかった。わたしには関係ない刑務所が――牢屋は、わたしにとって、だれか知らない人の心に力ずくで手術を施す機械みたいなものだったのに、――今は、わたしの味方になっている。あそこでもあの人は、甲虫みたいに動き、煮え切らない笑いを時々浮かべているだろう。でも、煉瓦のいかつい塀から出て来たら、あの人に対して世間はどう変っているだろうか。そのことがあの固い人を変えるだろうか。わたしは、待ったって甲斐がないと、心のどこかで思っている。でも待って見よう、あの人が静南村へ現れるまで、その時駄目なら……、駄目だっていい。その時にも、わたしは気後れに打ちのめされそうだ。でも、気後れの奥で、関係が変っているかも知れない。

あの時、わたしは深根の岩場であれこれ考えていた。わたしは自分の考えのトリコになってしまい、暗い腸のなかを引き廻されている気になった。

光と影の境に道具箱が見えた気がした。そこからの釣りは、岩が高いので特別長い糸が必要だった。わたしは上体を動かして見た。岩角の間に釣っている人の頭が見えるかもしれない、と思えたからだ。でも、駄目だった。わたしのいるところは、少し低すぎた。わたしは立ち上って、近くの高みへ乗って見た。海面が見え、岩場の影が遠くまで伸びていて、影の範囲に渦が絡み合っていた。時たま泡が日なたへ流れて行って、黄金《きん》色に輝きながら消えていた。止島の皺の多い崖には、小さな尖った波が果てしもなく同じ調子で上っていた。

　わたしは岩場の縁をつたわって歩いた。そそり立った岩角の切れ目に、渦巻いている磯が見えたり隠れたりした。わたしは十吉さんを探して、眼だけになってしまっていた。ずっと眼を見開いていたので、縁の粘膜に潮風がしみて痛かった。だから、風が死んでいる岩間へ来るとホッとした。眼の下の海には海布《め》がゆっくり揺れていた。

　わたしは家へ帰りたくなかった。深根の岩場は複雑に入り組んでいるから、見残しが一杯あることはわかっていたけれど、見尽すことなんか到底無理だ、と思った。いつもはなに気なく眺めている岩場が、謎になっていた。で、わたしは岩場から下りて砂浜を歩いたけど、諦めたんじゃあない。わたしは、距離をおいて、深根を振り返って見た。こっち側の斜面が突端近くまで見えた。そこは一面に翳っていて、下には、波が端を岩角に引っかけながら砂浜めがけて滑り込んでいた。岩場の背には夕日が砕けていてまぶしかったけれど、わたしは手をかざして、眼を凝らした。すると影の中の青い深みが見えて来て、突端からそう遠くない、小さな窪みに十吉さんがいるのが判った。赤っぽい作業服を着ていた。どう見ても釣りをしているのではなかった。肘をうしろに突いて、体を投げ出していた。わたしは出来るだけくわしく見ようとした。すると、赤く濁った大きな眼や、汚れた貝殻みたいな肌まで判って来た。あの人は動く気配はなくて、なにか一つのことから頭が離れなくなっているのらしかった。

わたしは岩場へ引き返して行った。気が急《せ》いて足が速くなり、駆け出した。眼の前に岩場はせり上って、複雑な隆起や襞が見えて来た。やがて、眼の端にとらえていた十吉さんの姿は隠れてしまった。深根のとっかかりの岩まで行ってから、ここから登って行くと十吉さんの居所《いどころ》は解らなくなってしまうだろう、と思えた。離れて眺めていた時に、目印を決めておかなければいけなかったんだ。それでも、行って見ようという気持もあったけど、わたしはまた渚を、岩場から引き返して、突端の辺が見透かせるところまで戻った。岩場はさっきと同じように見えた。でも、十吉さんはいなかった。わたしはあの人がいた小さな窪みを見つけた。そこに感じられる空白を、ずっと下に、深い影の中でも白く砕けている波がきわ立たせているようだった。

——深根へ行ったって駄目なんだから、ずっとここにいた方がよかった。ここにいて、合図をして見た方がよかったわ、とわたしは呟いた。

——笛が要るなあ、と十吉さんの声がしたような気がした。もう十年も前、あの人と昌一とわたしと、深根で磯釣りをした時に、確かにあの人はそういった。

力が抜けてしまい、わたしはしゃがんでしまった。十吉さんのいた窪みを目がけて、いくらか前に出たのだろうか、波が足頸にからまるのが感じられた。それから、深根の岩場も、わたしを乗せた浜も果てしなく移動し始めたようだった。すぐ前に人影が映ったので、振り向くと、十吉さんが立っていた。あの人の立っている浜が動かないのが、それまでわたしは、浜全体が動いていたように感じていたので、馴れるまで変な気がした。あの人は囚人服を着ていた。二年前より一段とやつれていて、艶のない皮膚はささくれているように見えた。前には笑わなければ現れなかった頬の皺が、あの時には、結んだ口を三重に囲んでいた。瞼も朽葉色になって崩れ、あの大きな眼を曖昧に縁取っていた。ただ頑丈な骨格には力と神経が行きわたっていて、それが以前のように撓やかに動くことは変りなさそうだった。

——十吉さん帰るの、どこへ帰るのよ、とわたしはいった。

——船からはずし掛けたシャフトが気になるんてな。去年かおととしか、佐枝さんも聞いていたろう。スクリュー軸をはずすって。ベアリングは減っていて駄目だけえが、シャフトは生かしで売れるって。

——いいじゃない、そんなものを持って行く泥棒なんかいない。

——だれかが持って行くなんていやあせん。俺が仕事をしにゃあならんて思ってるさ。

——仕事なら、待ってもらえばいいのに。

——チェン・ブロックがおっぽり出したまんまだしな。あいつは焼津で銀三に都合してもらったもんだんて、失くしたら大変なこんだ。

——じゃあ、なぜこんなとこへ来ていたの。

——なんだかおかしくなって、夢遊病みたいになったっけ。軽便の線路を歩いていて暗がりで気がついたさ、今、俺は深根へ行かすって思っているって。

——暗がりって……。

——夜通し歩いていたからな。

——釣りに来たんじゃあないでしょ。

——ううん、釣りじゃあない、道具も持っちゃあいんもんな。

——石鯛を上げた時のことを思い出しに来たの……。

——石鯛か……、そうだ、この岩場じゃあよく磯釣りをやったっけな。

——なぜここへ来たの。

——……。

——なぜこんなとこにいたの。わたしの家にも知らせてくれないで。

——気霽《きばら》しだえ、と十吉さんは軽く逃げる口調でいった。

わたしはいつか、十吉さんには気霽しが要る、いろいろのことを忘れて、ゆっくりした気持になることは出来ないの……、といったことがあった。十吉さんは、きっと、あの時わたしがいったことに応えたつもりなのだ。気霽し……、あの人がいう通りのことではないのかもしれなかった。でも、大事なことを隠している様子はなかったので、わたしは裏切られたと思った。この人はあんなにひどい目に遭い、あんなに陥ちて行ったのに、死ぬつもりはない。

浜がまた揺れているようだった。松林がかしぎながら沈んで行った。その間に透けている、一面に夕日を浴びている静南の畑も、墓場も、県道も、遠い線路も山もそうなった。わたしのうしろでは、海が同じことになっているだろうと思えた。

——あなたって謎だ。死ぬつもりじゃあなかったの、とわたしは、溺れかかり、前後を忘れてしまって、訊ねた。

わたしがそういうと、あたりは、賭けをして結果がまだ出て来ない間の、シンとした白い時間に占領されていた。……十吉さんと二人で深根の背にいる時に、風が吹きまくればいい、と思ったことがあった。わたしの体が風に殴られると、あの人は嚙みつくような顔になって、出っ張りにつかまれ、という。わたしがそうしないので、あの人はわたしを抱えて踏み止まろうとする。風がまぶしい。海が硬く、青い。港の標燈に絡まっているしぶきから離れて、鷗が一気に空へ吸い込まれて行く。生きようと思っているのか、わたしは。十吉さんは残ろうと思っているのかしら。わたしは短く息を吸い込んだ。この息の音が風も癒《なお》せない切り傷になって残り、あとは消えるだろう。やがて、十吉さんの足が、二人の考えをさとったように、いきなり力を抜いて、岩から剝がれる。

十吉さんは砂に眼を落し、地下足袋でなにか描く仕種をして、晒されて乾いた顔を上げると、

——そんなことを考えやせん、といった。

——十吉さん、十吉さん。

わたしは、なぜあの人の名前を呼んでいるのか、わかっていなかった。

——あんた、髪がバラバラだな。さっき岩場で佐枝さんのゴム紐が落ちているのを見たぞ。黒いのだ。要りゃあせんて思って、拾っちゃあ来んけ。

——紐のことなんか、どっちだっていい。

——そうか。

——……………。

——家へ帰らんか、送って行くけえが。

わたしはかぶりを振って、黙り込んだ。心のなかを覗いているうちに、わたしは突然盲みたいになった。闇の水門が壊れたようになって、声がわたしとは関係なく、こみ上げて来た。わたしがいいたいのではなくて、その言葉が進んでいわれたがっているように感じられた。

——十吉さんは、わたしが男の人といろいろあったことを感づいていた癖に、知らんふりをしていたのね。わたしのことを不良だって思いながら……。わたしは教員養成所の黒木先生に抱かれた。あの人がなぜ裾野の学校へ転勤して行ったか、あんたは知っていた癖に。

——知らんけよ。俺だって悪《わる》だ。さあ、家へ帰らざあ。

——帰らない。

——なぜ深根へなんか来たんか、一人で、用もないのに、あの人はいく分強い口調でいった。

——十吉さんが死のうって考えていると思った。連れてってもらおうって思いながら、ここへ来たの、とわたしはいいそうだった。でも、いわなかった。

——なぜってことはないの。ここへ時々来るのよ、とわたしはいった。

——さあ、家へ行かざあ。

あの人はそういって、無骨な仕方で、わたしの肩を抱き取ろうとした。わたしはその手をはぐらかして、波のなかへもっと踏み込んで行った。あの人は追いかけて来そうだった。でも、足が濡れるのが気になるらしく、波の縁の白い筋よりこっちへは来なかった。佇《た》ってわたしを見守っていた。わたしは、髪が顔へへばりつくのをそのままにして、あの人を見返していた。しばらく待っていたけど、あの人は、

——気が済んだら、まっすぐに家へ帰るようにな、といった。

あの人は渚に沿って舟寄せの方へ歩いて行った。途中で一度振り返って、しばらく立ち止ってわたしを見ていたけれど、それから足元の波を見た。うつむいたままこっちに肩を向け、遠ざかって行った。渚から離れ、砂の山の切れ目へ入って行った。

わたしは岩場へ登り、まだ子供だったころ、石鯛を入れた窪みへ行って見た。岩間から広いところへ出ると、風が吹きつけた。海は荒れ始めていた。眼の下の渦も勢づいていて、白い筋が遠くまで拡っていた。いつもは騒いでいるだけなのに、あの時には、騒ぎのなかから芯になるような強い音が湧き上り始めていた。

十吉さんが死のうと思っているなんて、佐枝子が一人で思い込んでいただけじゃあないか。わたしはなぜあんなことを訊いてしまったのか。あの人は挫けずに生きて行くだろう。そして、人生の途中で——どんな瞬間かしら——わたしにあんな質問をされたことを思い出すことがある。深根の岩場で、あの娘は眼を据えて、妙な具合に体を捩っていた。ものをいおうとすると、顔が痙攣した。眼だけは、瞳だけは宙に打ち込まれた釘の頭で、

顔はそれにまといついて揺れていた。あの眼をまともに見返せば、俺の眼も動かなくなって、四つの瞳という四筋の孔が、二本の硬い線になって、二人を繋ぐと思っていたのか。なにを望んでいたのか、佐枝子って娘は。疲れきった俺をえたいの知れない淵へ連れ込もうとしていた。俺について来るというんじゃあなくて、俺に、わたしについて来るように、といっていた。俺もその淵を見つめていたことを、あの娘は嗅ぎつけていた。あの娘には、俺が見ているのと同じものが見えていて、二人とも今一歩だと思えたんだ。陥ちて行きながら、思い切り抱き合えば、虫が湧いている芥は一息に拭われて、不思議になにもかも癒される、と思っていたのだろう、とあの人は考えるかも知れない。それから、あの人は気の乗らない苦笑を浮かべて、自分のかすれた声を聞きながら思うだろう。不思議に……、不思議に……、な。実際にいって、バカな娘だったな、ひどく迷い込んだもんだ。そして、可哀そうな奴だっけ、と思いながらホッとするだろう。

そうだろうか。そんなことは筋道たてて見通すことなんか出来ない。ただ黒い鳥を逃がしてしまったようなもので、どこへ飛んで行き、どこで止るか、わたしにとって気懸りなだけだ。今はっきりしているのは、そのことだけだ。……わたしを引き込んで、あのことをいわせたものがある。海も浜も静南も、とめどもなく傾いて行く気がした。だれかが肝腎な楔を抜いたみたい。わたしはわれを忘れてしまって、踏み止ることが出来なかった。……五つの時、造船所の進水式を見ていると、枠だけの銹びたトロッコに乗って、海に滑り込むばかりになっていた四十トンの船が、所長さんがハンマーで歯止めを外すと、浜をしばらく走って、海へ入りきる前に横倒しになってしまったことがあった。わたしは所長さんの近くにいて、いきなり眼の前の外板の列が動き始めると、その当然のことに気持をゆさぶられて、すぐに船の動きに引き込まれてしまった。やがて、龍骨や側龍骨に当てた台木の一個所がゆるみ始め、全部がグラグラして行く時も、わたしは船と一心同体になったままで、浜は小屋や人々を乗せたままで傾き、海は舟や遠い伊豆ごとかしいで行くのを感じた。なにもかも終りだ、とわたしは思った。さっきも、なにもかも終りだ、とわたしは思った。なぜだろう。そう思ったから、わたしはあの悪い希望をさらけ出してしまったんだ。

髪が絶えず顔にへばりついて、眼の前を暗くした。わたしは十吉さんの言葉にしたがって、十二年前に失くしたゴム紐を探した。岩の割れ目に、うまい具合に挟っていた。
——ものって、なんでも丈夫ね。これからだって、ずっと残るんだわ、とわたしは呟いた。

わたしはゴム紐で、乱れる髪をつかねようとして、そっちに指を伸ばしたけど、ゴム紐には触われなかった。ゴム紐なんかなかったのか。手を引いて眺めても、今度は見えなかった。でも眼を離すと視野のはしに現れる気がした。
——ないんだ、とわたしは自分にいい聞かせて、それを打ち消そうとした。

手で髪をつかねた。少しキツすぎて、顔が引きつった。今度は、むき出しになった顔を風が容赦なくかすめた。始めのうちは、眼近に風の裂け目が白く光っていたけど、風は体に通って来るようになった。そのうちに、体のなかで砂のようなものが少しずついざっているのが判った。わたしは、それが体から出て行ってしまうのを、放すまいと怺えた。でもなぜ怺えているのか、解ってはいなかった。砂のようなものは吹き飛ぶようになり、体の奥では虚ろな遠鳴りがしているようだった。カサッと音がして、脆い殼が毀れて、わたしから離れて行った。一度岩の縁に引っかかって、舞い上り、斜めに矢のように海へ落ちて行った。それは体の楔の役をしていたものだったけど、もう用を果たさなくなったんだ。

――もう来たのね、いいわ、わたしは一人よ。仕方ない、とわたしは呟いた。

その声は、ひとの声みたいに楽に出た。肩で荷物が軋んでいた体も楽になって、それもわたしというお化けが巣喰っているだけの他人の体のようだった。

昔十吉さんがあの石鯛を上げた時、浸けておいた窪みがあった。銹の色をした底には澄んだ水が溜っていて、風が吹き込むと、細波が立った。十枚ぐらいの石鯛の鱗が沈んでいるのが見えた。見えただけで、あったのだろうか。わたしは水に指を浸そうと思ったけど、やめた。

石鯛は、あとで物指で測って見たら、三十九センチあった。わたしたちの身内があの年磯で上げた魚のなかでは、一番大きかった。あの日の釣りでは先触れの獲物で、そのあと一時間くらいは、十吉さんも昌一も活気づいていた。でも、それからあとまた釣れなくなったので、二人は更に一時間くらい粘っていたけど、昌一が、

——腹がへっちまった、といったのが合図になり、見切りをつけて帰ることになった。

岩の窪みには、あの石鯛のまわりに二本の黒鯛が浸けてあり、あいなめが五、六匹いた。昌一は一匹一匹眺めながら、分けて、二つのびくに入れた。

——今夜火を通しておいて、明日、速谷へ持って行きゃあいい。いい土産になったたっけなあ、とあの子は、石鯛のことを十吉さんにいった。

——昌一が熾《おき》の番をしてくれるんでな、と十吉さんは笑っていた。

——ううん、佐枝にやらせりゃあいい。佐枝はわりして焦がさんように火を通すぞ、と昌一はいった。

——嫁入りの時にゃあ、佐枝ちゃんに頼むといいなあ。

わたしは岩場の縁にいて、手をついて体を振り、あの人たちを見ていた。二人は気持よく疲れているようだった。声も波の音と融け合って、わたしには親密に感じられた。

——たっぷり竿を振り廻したっけなあ。まあ文句はないさ、と十吉さんはいい、伸びを

した。そして、湿った、くの字に曲った煙草をくわえて、火を点けた。

——さあ、行くぞ、姉ちゃん。

わたしが空気に身を委ねるような気持になって、つい黙っていると、十吉さんはもう一度そういった。すると、昌一がいった。

——佐枝は残るって。ああして夜中までいたいんさ。夜になったら、舟方の青年が迎えに来てくれるんてな。

——おぼえているさよ、とわたしはいった。

——モーターボートが迎えに来てくれるんてな。

——足は大丈夫か、歩けるのか、と十吉さんはいった。

——歩けないら。青年のモーターボートが来なけりゃあ、家まで泳いで来りゃあいい。泳げらあな。魚だって足がないくらいだんて、と昌一はいった。

わたしは二人に背を向けて、また海の方を見た。そして、

——十吉さん、先に行ってやあ、といった。十吉さんに聞えたろうか。

——一緒に来い。怒るもんじゃあない、と十吉さんはいった。

——大丈夫だんて、先に行って、とわたしは、さっきより大きな声でいった。

——大丈夫かえ。

そのうちに、二人が立ち去ったのが判った。わたしは海の方を見続けていた。やがて、

あの人たちが視野の端に現れた。二人は岩場の高みをこえ、長い間揺れる頭が見えていたけど、一遍隠れてから、浜へ下りて行くのが見えた。

——おーい、と十吉さんが呼んだ。

わたしは髪がゆすれるほどかぶりを振った。あの人はわたしの気配をうかがっていた。昌一はなにか身振りをして、面白そうになにかいっていた。わたしは二人から眼を離し、手をうしろについて体を仰向けた。そして広くなった視界のなかに、無理に気持を遊ばせようとした。しばらくして渚を見ると、もう二人は歩き出していた。二人の影が浜に長々と伸びて、渚に届いていた。影を斜めに先き立てながら、あの人たちは橙色の光のなかを歩いて行った。

——わたしは戻らなくたっていい。

海を覗くと、岩場の影が渦の上に拡がっていた。その大きな影の縁を細かく見て行って、わたしは自分の影を探し出した。頭を動かすと、影も微かに動いた。でも、眼を放したら判らなくなってしまったので、わたしは立ち上って、手を空に上げて、自分のいる場所を確めた。それがあまりに小さいので、わたしは怖くなった。わたしの大きな視界が、わたしを引き込みそうだ。

——大丈夫かえ、といった十吉さんの声を思い出した。

岩場を振り返ると、あの人たちの気配がまだ白っぽくただよっていた。あの人たちも岩の縁にいて、しかも、時々夢中になって、魚を上げていた。そうすることは、普通に考えれば怖いことじゃあない。わたしも怖い場所にいるわけじゃあない。怖がっているだけなんだ、と思った。でも、足が怯えているみたいだった。わたしは岩場の背に登って行き、なるべく岩間の青い影に身を浸すようにして、浜の方へ歩いた。

——早く深根から出なきゃあ、と呟いたりした。

水輪堀の一番下の橋のたもとで、おでん屋の前を通る時、昌一のよく透る声が耳へ走って来たので、わたしは急いで通りすぎてしまおうと思った。でも、見つけられてしまい、十吉さんがおでんの串を二本持って追いついて来た。わたしは受け取って、まるで動物みたいに隠れて食べようと思い、川口の洲へ下りて行った。厚い女竹の叢を抜けると、だれも来そうもない洲があった。ずっと上手に大きな楊がそびえていて、その幹に半ば隠れて、夕日が止っていた。楊の影は洲へ襲いかかって来ていて、そこに梢の模様が拡がっていた。わたしもお腹がとてもすいていた。おでんは二本きりだけど、わたしはひとしきり食べた気がした。終りそうになったころ、自分が食べている音が聞えた。竹串を澱んだ水に投げてからも、その音はまだ耳に残っていたので、わたしは、

——いやらしいやあ、といった。そして、声を立てて笑った。

あの時、深根の岩場が怖かったあとなので、港の近くにいると、とても安心するようだった。焼玉船が村と馴れ合った発動機の音をさせながら、帰って来ていた。港には波が柔らかく揺れ輝いていた。あの辺からは炊事の煙が白く上っていて、風があって空へは行けないので、貝殻を敷いた路地に立ちこめ、槙の垣根にしみ込んでじっとしていた。松葉や薪が燃えるにおいが、洲にもただよって来た。あの鳥の喧嘩も、わたしは見物する気分で眺めていた。大きな汚れのような鳥が、鷗の群に紛れ込んで来たので、いじめられていた。きっと、大きな鳥は、その気はなかったのに、鷗たちのなかへまぎれ込まされたんだ。鷗は入れかわり立ちかわり汚れのような鳥をいたぶったので、あの鳥はへとへとになっていた。鷗は果てしもない空に残酷な真珠色のゆらぐ輪をこしらえ、それを自由に動かして、あの鳥を逃がしてやろうとはしなかった。

鳥が空中でする喧嘩をわたしははじめて見た。派手で、今思うと、胸が痛くなるほどむごい。あの一羽を殺すまで止めないのだろうか。……でも、戦いはだんだん南へ移って行って、汚れのような鳥は、蟹戸の崖のむこうへよろめいて行った。鷗はそれにしつっこく絡まって行った。あとには四、五羽の鷗が港の上を滑っているだけだった。別の仲間の鷗なのだろう。

本当に鳥がのさばっている海岸だ。大井川の河口からこの港の北のあたりまで、まるで鷗の領分みたいだ。鷗だけではなくてあじさしや千鳥や海鵜《うみう》もいる。鳥たちには広い世界がある。……昌一とわたしのいがみ合いなんか、くすんでいて、黴《かび》みたいだ。下界のことだもん、とわたしは思った。こんないがみ合いは消えたと思うとくすぶり出して、静南村だけにだって、うんざりするほどある。

家並みも、護岸工事も、船も、汚く小さかった。海へ拡がって行く堤の下には、帆を収めた機帆船が並んでもやっていた。檣《ほばしら》の林は堤と同じ高さだった。堤を漁師が五、六人歩いていた。日帰りの漁を終って、お腹を空かして家へ帰って行く人たちだ。……話し声が聞えて来る。意味は解らないけど、声音《こわね》は一人一人聞き分けられる気がする。お父さんの声はもっと威勢がよかったように思える。船に乗って漁に出ていても、お父さんの声は家のなかに響いていた気がする。

――甚兵衛鮫を追う時にゃあ、向うが泳いでいたら、船は離れていなきゃあ駄目だ。いいか、離れても見逃さんように、遊ばかいておいて、止ったら、船を近づけて行く。碇を流いておいて、スクリューはのろのろ廻しておきゃあいい。船を動かしたいだけ動かして、止めたいとこで思うまんまに止めえなきゃあ、機関士とはいえんぞ。甚兵衛を驚かいちまわんように、横へ船を持って行って、ガッタリ着けろ。そういうことをやらして見ろ。俺に敵《かな》う舟方はいないんて。

お父さんのことを無邪気だって、速谷のお爺さんはいったし、母さんも、

――ああいう、子供っぽい人だんて、といったことがあった。

お父さんが死んだら、滝内の家は火が消えたみたいになって、蟋蟀《こおろぎ》の鳴く声が湧き上って来た気がする。波の音だって、お父さんがいる間には、このごろみたいに大きく聞えはしなかった。

お父さんも、子供の時から、ああいう声に耳を澄ましていて、ああいう声の一人になった。塩辛声になって、それを静南の港へ融け合わしたようなものだ。耳を澄ましながら、それが実際にはどういうことなのか、浜へ出て、また時たま舟に乗せてもらって、だんだんおぼえて行った。お父さんの命がなくなっても、似た声は残っているし、漁の技術だって残っている。昌一も、お父さんがそうだったように、ああいう人たちの話し方も、労働も、生臭いにおいも、疲れも、空腹も、わが身にもっと解るようになって行く。母さんだって、港の女がなるようなことになって行く。鷗の声を朝晩聞いて……。

わたしは機帆船の檣の林を見ていた。そのむこうを漁師たちが歩いていて、一人二人と堤から下りて、立ちこめた炊事の煙のなかへ姿を消していた。一匹の犬が吠え、続いてあちこちで吠えていた。男の子たちが四、五人前後して堤の上を駆けて行った。一番うしろを駆けているのは昌一だった。一人は上衣を脱いでいて、それで覆面をしていた。その子は立ち止り、振り向いて、昌一を見た。覆面をしていたのは子供の素顔ではなくて、青い鬼だった。昌一はその子を見て身構え、体を四角張らせて近寄って行った。そして、置き網のずんぐりした竹の浮きを投げると、枯れているので、軽く乾いた音をたてながら、地面に躍ねて青鬼に届いた。青鬼は胸をかきむしって、よろめきながら堤を滑り下りて、一艘の機帆船の底へ倒れ込んだ。舟端から片方の手がはみ出したままで、その子は動かなくなってしまった。昌一は堤の上から相手を見下ろして、死んだのを確かめたような仕種をした。それから、港の方へ行ってしまった。

　鬼が倒れ込んだ船は波紋をたて、それはわたしのいる洲にも寄せて来たけど、消えながら、わたしの足もとを通り過ぎて行った。わたしは、死んだつもりの子が、倒れているのに倦きて、起き上るのを待っていた。でも、長い間見守っていたけど、あの子は起き上らなかった。休んでいるんじゃあないだろう。……死んだって思っている。死んでいる自分に、あの子はなり切れる。わたしにも、子供のころ、そんな気持になれたことがあったろうか。……わたしはその子を機帆船のなかへ抛り出したままで、洲を横切って、女竹の叢を通り抜けて、堤を登って行った。十吉さんが、おでん屋の影のなかから橙色の日なたへ出て来るところだった。二人の釣竿と、二つの道具箱と、二つのびくを持っていた。

――なにか持たっか、とわたしがいうと、十吉さんは二本の釣竿をわたしに渡した。

――昌一は先に家へ行くって、といった。

――その辺を一《ひと》せい走り廻る気でしょ、あの子は。

――……………。

――十吉さん、家へ泊るんでしょ。

——泊めてもらうよ。

——よかった。本当に泊ってや。

——今おでん屋で柱時計を見たら、五時十五分だっけが、もう造船所がしまう時分だな。五時半だっけか、しまうのは、とあの人は聞いた。

わたしは頷いた。

——今度の丸太を運ぶ段取りがあって、打ち合わせがあるんて、造船所へ寄って行って

いいか。四、五分で用は済まあ。

——今度って、山から静南へ持って来るの。

——そうだ。午に造船所へ行った時には、用を果たすのを忘れたまんま、飛び出して来

ちまったあ。のぼせていたもんで。

——製材の人が悪いっけのよ。

——どうだっけ、俺は大したのぼせ方していつら。

——平気みたいだっけ。

——平気ってことはない。

——それより、磯釣りのこんに気を取られて、そわそわしてたじゃんか。稲蔵さんに潮

の様子なんか聞いていたもん。

——とにかく、今日は造船所じゃあごたついたっけな。

——男って、ひとを殴れるんていい。わたしだって昌一を殴ってやりたい。

——そんなことをいうもんじゃない。殴ったって、大概後味が悪いよ。

——釣りだって、罪もない魚を殺すじゃん。

——魚なんかいいさ。

——魚って、なぜ悲しそうな顔をしないのかせん、死んで行くのにさ。

——どういう顔もせんな。

——馬みたいに淋しい眼をして普通だけえが。

——馬の死ぬとこを見たことがあるか。

——ないけど、普段だって淋しそうにすることがあるもん。

——魚は眼をつぶらないんてな。

——…………。

——魚なら平気だけえが、獣が殺される時は可哀そうだぞ。

——見たことがあるの。

——馬をな。あの時のことは忘れられんなあ。

わたしたちは、夕餉の煙が霧になってこめている、路地から路地へ歩いた。やがて、路地の突き当りに浜の続きの草地が見え、まばらに転がっている丸太と、造船所の小屋が見えた。三十トンくらいの船の肋骨を組み終ったところで、船尾から船首へ、水平な夕日が突き抜けていた。近づいて行っても舟大工は見えなくて、作業場には鉋屑《かんなくず》が風に転がっていた。少し寒かった。でも、わたしは、建造中の船の側龍骨のところで、十吉さんが用事を済ませるのを待つ、といった。あの人は釣りの道具箱とびくを、かためてわたしの足もとに置いた。

——事務所の衆に、今日の石鯛を見せてやればいいじゃん、とわたしはいったけど、あの人はそうしなかった。手ぶらで、事務所のガラス戸を開けて入って行った。戸がガタついたので、狭い隙間をこしらえただけで、体を横にしてすり抜けるように入った。

わたしはしゃがんで、事務所を見守っていた。すると、船の舳先の方から昌一が来た。あの子は五人の男の子を連れていた。わたしは、あの子たちの砂を踏む足音が、すぐそばでするまで気がつかなかった。わたしが振り向くと同時に、あの子は、

——おい、石鯛は……、と聞いた。

——ここにはない。十吉さんが事務所へ持って入ったもん。

わたしはそういってしまって、体の前に置いてあるびくと道具箱を抱いて隠すようにした。でも、あの子は目ざとく道具箱を見た。そして、

——お前はどけ、といって肩を突いたので、わたしは転んでしまった。見上げると、男の子たちが揃ってわたしを取り囲んでいた。途中駆けて来たのだろう、小鼻をひくつかせ、苦しげに唾を嚥み込んだりしていたけど、昌一に従ってわたしを脅かそうとしている

のははっきりしていた。もし昌一が、佐枝を殴れ、といえば、男の子たちはそうしたろう。

昌一が前に出て、わたしの両足の間からびくを取り上げ、蓋を開けて、一人一人に中身を見せた。あの子は一つのびくから石鯛を出して、両手で支えて、それが泳ぐ恰好をして見せた。それから、指で口を開いて、うっとりした様子であの鋭い歯に触っていた。連れの一人が、昌一のあとで同じことをすると、あの子は急に石鯛を引き寄せてしまって、宙を泳がせながら、相手の額に魚の嘴をぶつけた。ぶつけられた子はひるんだ顔になり、昌一と残りの連中は大声をあげて笑っていた。

わたしは側龍骨に背中を押しつけて、男の子たちを見ていた。昌一は石鯛を見せ終ると、身をかがめてそれをびくに入れた。石鯛の縞は、ただよい始めた夕闇のなかでかえって鮮かだった。背は暗がりに融け込んでいて、白い腹は斧の刃みたいに鈍く光った。昌一はびくの蓋を閉めて提げ、二つの道具箱と二本の釣竿は仲間に持たせた。そして、男の子たちは、昌一を先頭にして造船所の作業場を出て行った。砂地に置いてある材木に、あの子たちの長い影が折れ曲ってせわしく移って行った。

——あれはお前っちあんねえだろう。俺らそうじゃあないと思った。一体どうなったたっけだ、と一人がいうと、

——知らない。いいよ、放って置きゃあ。文句をいわせちまうと、うるさい奴だんて、

と昌一はいっていた。

――唖みたいじゃんか。時々ああなるんか。

――いいよ、女のことなんか。それより、あした、お前、深根へ一緒に来るか。

――あしたになりゃあ、濁りは消えちまやあせんか。

――来ないのか。

――行くよ、行くさええ。

放心していると、わたしは内と外との境がなくなって、あの子たちの声は、遠くでしているのにはっきりと、わたしのなかへ飛び込んで来た。やがて、われに返ると、昌一の口振りが無闇に癪にさわった。今日の磯釣りでもあの子は得手勝手だった。その上、そんな自分をことさら見せつけて、わたしを口惜しがらせようとした。

一遍動き出すと、ひとりでに足が速くなって、転がっている丸太を廻ったり越えたりして走っていた。また右足が怺えきれないほど痛くなった。どうにでもなれという気持だった。先廻りしたつもりで、道へ走り出たけど、わたしと平行して歩いていたあの子たちももう道へ出ていて、松の影とくっついたり離れたりしながら辻を越えて行くのが、遠い大火事みたいな夕焼のなかに見えた。わたしは、落花生の畑を一かまち、さらにあの子たちと平行して走った。そして、松の根が一面に盛り上っているところで、あの子たちの行手へ廻って行った。いつ摑んだのか、作業場にあったバールの重味をその時右手に感じた。

すると、自分が怖くなったけど、すぐに向う見ずな気分に身をまかせた。

——昌一、謝るさ、とわたしは、あの子の前に立ちはだかった。

あの子は驚いて、硬い顔になったけど、気を張って、

——昌一、謝るさ、とわたしのいい方を真似て、わたしを馬鹿にしようとした。でも、懸命な気持が透けていて、ぎごちなかった。

——こっちへ来な、といって、わたしは左手であの子の右の手頸を把った。

最初あの子はまだ薄笑いを浮かべていうなりになったけど、すぐに力をこめて、わたしに抗った。あの子が怯えているのが判ると、気持よかった。連れの子供たちがかたまってついて来るので、バールを水平に振り廻した。低く空気を切る音がして、先頭の子の洋服を掠めた。勢がついていたので、昌一のお腹に当ってしまって、鈍い音がした。子供たちは一斉に踏みとどまって、昌一とわたしを見守っていた。昌一が犠牲になって連れて行かれるのに、手の施しようがないと思っていたのだろう。やがて、一人が逃げ出すと、われ先にと逃げて行った。そして、わたしたちを遠巻きにして、うかがっているのらしかった。松林のなかに蟹みたいな影が動いていた。

わたしが昌一を連れて行ったのは、馬の脚を灼くための柵のなかだった。……十吉さんが寄ったら、後生だんて頼んでおくれ。馬に灸《やいと》すえてもらいたいんて、そう背戸の松吉さんがいいに来たことがあった。十吉さんは柵に馬を繋ぎ、脚の内側に灼いた鉄を当てたっ

け。毛の焼ける臭いがしたと思うと、ジュと音がした。灼鏝《やきごて》にからまった白い煙が、馬のお腹の下をくぐって流れた。すぐに馬は跳ねようとした。でも樫の木の柵をゆするだけで、力は体のなかへ逆流して行くみたいだった。仕方なく、背伸びしたがって、キリキリ舞いをした。鼻をうごめかし、歯を出して空気に嚙みついた。

昌一は顫え始め、やがて胴震いして吸う息ばかり大きくなって行った。

——姉さんがバールを持ってるから、顫えてるのかや、とわたしは聞いた。

昌一は首を横に振ろうとしたけど、それが顫えとまじり合ってしまい、はっきりした動きにはならなかった。わたしはバールを柵のそとへ投げて、聞いた。

——なにが恐いのかや。

——…………。

——あんたが悪いっけもんで、恐いさ。

——…………。

——悪いと思うか。

昌一はバッタみたいに、とめどもなく首をたてに振った。それは発作に見えて、あの子が自分の意志で頷いているのではないようだった。

——悪いと思っているのかや。

わたしは、しり込みして行く昌一の、手頸をひったくった。あの子はわたしの前をふらついて行き、喉のあたりを柵の横木にぶつけ、急いで向き直って身構えた。でも、そのまま柵にへばりついてしまった。眼でわたしに縋りながら、歯を鳴らして顫えていた。

わたしには自分の眼が見える気がした。それは、夕闇のなかに浅く沈みかけているのが泥に嵌ったようで、動かなかった。眼がそんなふうになってしまうことが、自分のことでも不思議だった。わたしは、気がついて昌一の足もとを見、それから松の根が這っている地面を見通した。夕焼があるかなしかの残り火みたいに映っていて、闇と交替しきる時だった。昌一をそこに残して造船所へ戻ろうとして、馬の柵を出て振り返ると、あの子はまだ姿勢を変えずにいた。わたしの姿が見えなくなるまでは動けない、と思っていたのだろうけど、わたしは、自分の眼をあの子の前に置いて来た気がした。

静南の部落の灯が遠くでまたたいていた。切れ切れになった鎖のように、短いつながりがいくつかあった。造船所跡の小屋にも事務所にも電燈は点かなかった。どこもかしこももう廃《すた》ってしまっていた。そんな当り前なことまで不確かになって、わたしはここへ来て見たのか。造船所は五年も前に倒産しているのに……。海の青い闇の中では、荒れ気味な波の音がしていた。しばらく聞いていると、それは少しずつ高まって来た。丸柱に支えられたトタン屋根に、そっくり移し取られて響くので、海の一部が頭上にもあるようだった。めずらしくもないし、殺風景なことなのに、海の状態はわたしを惹いていた。昔の作業場の屋根の下を通って、浜へ出て見た。そして、知らないうちに渚の近くまで行っていた。しぶきの幕が近くで揺れていた。それが少しずつ体にしみて来た。足もとでは砂利を這う波の音がしていて、わたしは自然と耳を澄ましてしまう。そこには人の声がまぎれ込んでいるようだった。やがて、浜の小さな範囲が赤く染まったのが判った。わたしに向けられたなにかの合図のように思えたので、そっちへ歩いて行った。静南の浜といえば昼間見馴れているようだけど、夜のなかを歩いて見ると、少しも知らないところのようだ。見上げると、まばらな星はとても遠く、わたしとは無関係だった。星座のことを知っていればどうにかなったのに、とわたしは、意味もない後悔をした。とにかく、あの赤い光のところまでは行ってみよう、と自分にいい聞かせ続けた。大きな石が次々と足をはぐらかして、なんにも進んでいないと思えることもあった。そのあとで、急に平な緊った砂地へ出ると、こんなに楽に歩いたことはないと思えるほど足が軽く動いた。そういう身近なことに没頭してしまって、赤い光を忘れていることが多かった。でも、きっと、見当を間違えないで、およそ最短距離を歩いてそこへたどり着いたのだろう。そこでは、昌一が焚火に当っていた。昌一は漁協で夜業を終えて来たらしく、疲れている様子だった。小柄な体をなお小さく折り曲げて、顔は木彫りの猿みたいだった。わたしは、十二年前、いたずらだったこの子をひどくいじめたことがあった。その時感じた怯えが長い年月どこかにひそんでいて、今夜この子に現れているように思えた。わたしのせいだ、と感じて、ちぢかんでいる昌一をまともに見られない気がした。昌一もわたしを盗み見た。こんな姉弟ってあるかしら。わたしには、この子に懸けてやる適当な声も見つからない。

母さんが燃し物を抱えて、赤っぽい闇から姿を見せた。そっちへ煙が流れたので、顔をしかめた。母さんは、どうしたのか少しむくんでいて、柔和に見えた。母さんが煙をよけた方へ、わたしも歩いて行った。

――だるかないの、母さん。

――ううん、だるかないよ。なぜだ。

――そんならいいのよ。

――元気なもんだ、お蔭さんと。

――母さんちはなにをしているの。わたし、石持を釣っている人が焚火をしているのかって思った。

――夕方父さんのことを急に思い出したもんで、こんなことをして見ただに。まあ、気休めだけえが。

――気休めって……、お父さんのことが怖くなったの。

――そうだ。あの人も最期が並みじゃあないっけでの。

――いいわよ、そんなことはどっちだって。

――斎光さんの書きものを隠してくれ、隠してくれ、っていい続けての。

――斎光さんの書きものなんか、打っちゃればよかったのに。

――それじゃあ、また罰《ばち》が当るって思っていた。本当いうと、父さんは斎光さんの教えへ入りたかっただに。へえだけえが、入っちまうと今度は出られなくなる。医者は要らないっていいだすようになる。そうなるのが目に見えていたもんで、斎光さんの書きものを燐が燃えてるように怖がっただに。

――お父さんは癒《なお》りたかったのね。

――癒りたいっけさ。癒りたくて、癒りたくて。

――もう癒りたくないっていったっていうけど……。

――大抵のこんじゃあなかったっけでの。立つことも出来んし、坐ることも出来ん、寝ていたって苦しい、この世に居ようがないっていってたもんな。

――死んだ方がいいって思ったの、母さんは。

――死んだ方がどれほどいいか。お医者が来て鞄に手を入れた時、急に、いいようのない眼をして、先生、なにを出すですか、光ったカネの道具は出さんようにして下さい、頼みますんて、といったりしての。

――……。

――お医者が気が悪がっての、苦笑いしていたっけ。

――母さんはお父さんが怖いの……。

――ううん、そういうことはない。怖いとこもあったけえが。

――……。

――子供じゃあないし、怖いで通るもんか。

――死んだ人を鎮めようと思っているんでしょ。

――それはそうだ。へえだけえが、父さんは最期になって、きれいだなあ、きれいだなあっていったっけよ。

――……。

――それでしまいだっけ。よっぽど苦しいっけだの。きれいだなあ、見よ、きれいだに、と十五、六回はいったっけの。

――どうでもよくなったのかしら。

――身を入れていってた。乗り出すようにして、相当に大い《いか》声を出していた。父さんだって一遍しか死なないわけだけえが、母さんは、息を引き取る間ぎわにいいことをいってくれたって、今でも思ってるに。

――……。

――それだって、火は焚いた方がいいに。父さんのなかにだって、静かになり切れんものは一杯あるんての。そいつらが声を出いて暴れているかも知れん。

——母さん、いつまでそんな他愛ないことをいってるの。一回きりだからどうなのよ。なぜ、いつまでもそんなことを考えてるの。

——なんの、昼間は考えちゃあいいん。明るい間は人様と揃って気持よく働いているに。

——火なんか消して。

——……。

——水を掛けて、火を消してよ。

母さんはなにか呟いていて、返事をしなかった。わたしは波打ぎわへ行った。どうしたらいいのか、とにかく、海の水を運んで火を消したいと思った。それを見てから、蟹戸へ行かなければ、と思っていた。でも、母さんがなにか呟いているのが気になり、それが声になるまで待っていようとは思った。わたしは焚火を背にして、しぶきの幕に映る自分の影を見ていた。それはわたしよりも二廻りも大きく、人の形の穴に見えた。

【参考資料】

後記（昭和四十七年六月河出書房新社刊『試みの岸』）

昭和四十三年夏、私は一人の読者から手紙を受け取った。その人は鈴木年秋《としあき》さんといい、当時十九歳の青年であった。手紙の末尾には、自分の家へ遊びに来てほしいと書き添えてあった。彼の家というのは、天竜川の中流の二俣というところにあって、そこへは私の住む藤枝から、東海道線と地方鉄道を乗り継いで二時間ほどで行けると聞いていた。また、二俣というのは山間の古い町で、徳川信康の城趾もあると聞いていたので、勧められるままに、鈴木さんの家へ遊びに行った。そして、静かな二日間を過ごすことができた。その時、鈴木さんは、

――僕は藤枝へは三、四回しか行ったことがありませんが、最初に行った時のことを、特によくおぼえています。子供のころ、近所に馬喰の小父さんがいて、連れて行ってくれたんです、といった。

藤枝は二俣の東南にあって、海に近い。私は、この二つの町の相互の位置の占め方や、鈴木さんの小さな旅について考えて見た。そうしたことが、まだ形のない物語の想に、形

を与えてくれるキッカケになりそうだった。

〈黒馬に新しい日を〉は雑誌《文学界》の四十四年四月号に書いたが、この話の元になったのは、以上のような前年の夏の見聞だった。天竜川の二俣を大井川の速谷に変え、藤枝を駿河湾西岸の港としたけれど、登場人物にとって、いわば基本となる移動の道筋は、鈴木さんの言葉にしたがったものだ。山と海を馬でつなぐ、というようなことだ。それから、《文芸》の四十五年十月号に〈試みの岸〉を書いた時にも、この移動の道筋を繰り返すことにした。十吉も、余一のように、馬と共にこのコースを行くことにした。

一方、多くの人がそうであるように、子供の時、私が馬に対して抱いた関心は相当なものだった。商売の関係で、家には馬力がよく出入りしていたし、街道には馬車というものもあった。しかし、終戦を境にして、私などの身辺からは馬は姿を消してしまった。で、私にはこの空白を文章で埋めたい気持があった。この点助けになったのは、かつて馬力を引いていた大石信さんの体験談であった。

そこへ更に、私は祖父の想い出を組み込みたかった。祖父というのは荒い商売をした男で、御前崎で難破した船を買ったり、青島《チンタオ》の港へ出張して、沈没したドイツの軍艦を払い下げたりしたという。祖父もすでに姿を消した人なのだから、これも、十吉の行動を通して空白を埋める気持だった。

《文芸》四十七年三月号に書いた〈静南村〉は、以上の二つの話の続きとして出てきた。

佐枝子も或るモデルを想定して書いて行ったものだが、書きながら気がついたのは、自分の女性像を彼女に託そうとして、それに心を奪われているということだった。いわば、ひたすら女を書こうとして、あれこれ思いを巡らす、というのがいつわらない気持であった。ところが、男の場合なら、ひたすら男を書こうとはしない。例えば、十吉の心に注ごうとしたのは、私の男性像などではなくて、世界観であった。男が男を描く時には、男とは……、という前提など忘れている。しかし、女を描く時には、女とは……、と考えざるを得ない。古風でしかもありきたりな心構えに違いないが、私には、暗示にかけられたようで気になる経験であった。

この三部作を書くに際しては、福島由紀子さん、寺田博さん、金田太郎さんに特にお世話になった。本を作るに当っては、藤田三男さんと青木健さんが苦心して下さった。これら諸兄姉にも、それから、装画を引き受けて下さった加藤清美さんにも、厚くお礼申し上げる。

昭和四十七年五月　　著者

新しい読者へ

著者から読者へ
小川国夫

〈試みの岸〉

風景とは何でしょうか。住民にとっては、農産物や魚や家畜や鉱物を与える有り難い母体でありますが、地震や台風の大被害も、これを介して彼らに及ぶのです。さらに、旅の人や運送に従事する人々には、馬の死や船の難破が失望となります。しかし、住民が彼らを助けてくれ、危険から救い出してくれることさえありますから、息を引き取った馬や、浅瀬に打ち上げられてしまった船は、謝礼として持ち主からその地の住民に贈られるのが、しきたりでした。

歴史を考えてみれば、〈試みの岸〉の主人公・法月十吉は、かつては住民に与えられるべき品物を横取りしてしまったことになります。このように解すれば、〈試みの岸〉の筋書きは、容易に読み進めることが出来ます。

〈黒馬に新しい日を〉

少年余一の家族は、彼のしっかりした保護者であったかどうかはわかりません。おそらく彼は、不安に脅える小さな者だったでしょう。母親に死なれ、愛する叔父・十吉が刑務所へ行ってしまいました。

余一に残った確かな頼りは、自分の手で育てあげた馬だったのです。

著者は、この種の少年が、中国大陸へ送られる馬に付き添って、次々と西へ行くのを見たことがあります。彼らは、過激にも、非条理にも馬との一体化を考えているようでした。

カフカの〈変身〉においては、グレゴール・ザムザは、甲羅のある虫になることによって、人間から遠い遠い対極へ行ってしまったかのようです。メルヴィルの〈白鯨〉のエイハブ船長は、人間と断絶した動物の気持ちを推し測って、最も人間的な、憎みの激情を感じました。これも混乱であり、矛盾です。

余一の場合、真っ直ぐな愛情が、あやまりなく馬に向かって走ったのです。

〈静南村〉

佐枝子にとって、第一の人は、十吉であったとも考えられます。そして、第二の人は、余一ではなかったか。残念ながら二人とも、佐枝子の強い思いには、応えてくれないように思えるのです。

それなら、佐枝子は静南村のとても美しい大自然から、貴重な思い出の地点を探り出すのを諦めたかというと、そんなことはありません。日々、綿密に探して、愛する人に添って立ちたいと思うのです。

彼女の胸の空白の埋め合わせは、いつの日につくものでしょうか。空白が空白を重ねているようでもありますが、反対にその執念の根強さが、大きな恵みを掘り当てることもあり得るのではないでしょうか。

それにしても、書き手である私は、彼女を自殺へ追い込んでしまうのではないかと、はらはらしながら、次の文字を置くのです。

二〇〇八年二月十八日

蕩児の帰郷

解説

長谷川郁夫

帰郷、という行為が志なかばの青年作家の内面にどんな事態をもたらすものであるかは、容易には判らない。故郷の丘を望むトリノ駅前のホテルの一室で自殺したイタリアの戦後作家チェーザレ・パヴェーゼの四十一歳の死を想って、それが繊細な詩人の魂にとってどれほどの苦痛を伴うものかが想像されるばかりだ。若き日のフォークナー、ヘミングウェイにもそうした辛い経験があったことと思う。

小川国夫が十年の空白期間を置いて、郷里である静岡県藤枝市に舞い戻ったのは三十二歳、昭和三十五年十月初めのことだった。舞い戻った、などと記したのは、漂泊癖のあるこの青年には、帰郷もまた旅のつづきのような気分もいくらかは混じっていたかも知れないと推察されるからである。「やはり、郷里は新鮮な感じで私の眼に触れた。自然も家々も人々もそうだった」と、旅人は最初の印象を綴っている(「作家のふるさと」)。

無論のこと、妻子を抱えた帰郷が、賭けにも似た一つの重大な選択であったことはいうまでもない。故郷の町はやがて小説家の最後の泊地となる。

「作家のふるさと」(昭和四十四年)には、

「どんな平凡な田舎町にも、美しい一隅というものは、容易に見出すことが出来る。それは、まだ自然がふんだんにあるから、という理由による。川岸の大木とか、稲や野菜、蜜柑、草花、鳥の声などから、私は慰めを得た。しかし、田舎にいると、精神の働きが危機に見舞われることも事実だと思った。というのは、周囲の自然が、誕生し、生育し、熟し、枯れる、というコースを素直に辿っているからだと思った。そのことが人間の精神まで、自然の保護色に染めてしまう」

と記されていて、帰郷、そして故里での暮しが文学者にとっていかに危険な賭けであるかを実感していた様子が窺われるのである。

昭和二十八―三十一年まで、足掛け四年のフランス滞在中は、単車を駆って南欧の各地、アフリカ北西岸・マグレブまでを放浪した。その積極性は、旧制高等学校以来悩まされたノイローゼ状態からの解放を意味するが、その際にも、駿河湾西岸の故郷の光が甦り、風を感じた日もあったようだ。

「冬になると、私の視界には、地中海地方がよみがえる。陽光が私のぐるりに、駿河湾の岸を洗い出すからだ。ネーブルの畑と蜜柑畑はかなり似ている。松は共通といってもいい。渚が、真青な海の向こうにかくれるところまで、見きわめられる。かつて私は、南欧や北アフリカを単車で旅行しながら、同じ渚に身を投げ出し、同じ澄み切った光を浴びていた。

夜もそうだった。日本の冬空そっくりの鋭い星の光の下を、繰り返し繰り返し走った」（「人間の中の自然」）

「十二月の或る日、道を歩いていると、いきなり南フランスのことが甦った。（中略）なぜ思い出したのだろう、と考えてみると、光と風がきっかけだということがわかった。冬の静岡県には（日本の太平洋岸にはといってもいいかと思う）南フランスの春とよく似た日が多い。土や人家の違いは大きいが、明るさと空気がそっくりなのだ。感じる者をよすがとして、二つの土地が照応したともいえるであろう」（「よすが」）

フランスから帰国して四年間、東京・大森に住んで文学修行に打ち込んだ。三十二年、旧制静岡高等学校の同級生で東大英文科に進んだ丹羽正やかれの文学仲間らと同人誌「青銅時代」を創刊、同誌に拠って小説を書きついだのだった。大森の家には、夜になると大学勤務の帰途、同人たちが立ち寄り文学談議に熱中して、しばしば泊っていくことがあった、という。この月に憑かれた男たちについて、のちに作家は、「私は思った。世間一般から見れば、私たちはファンテジストであろう」と回想する。「地位にも金銭にも関係ないところで、深刻なからみ合いをやり、反面、同類意識を感じ合っている。有効性も正義もないところで、ただ直観によって価値を否定し合い、時には肯定し合おうとする。指標がないから、底無しの沼へ落ちて行く危険がある。しかし、その不安を培養地にして何かを結実させなければならないと思い込んでいる。私たちはファンテジストに違いない」と（「或る過程」）。

しかし、翌朝、それぞれの勤め先に向かう友人たちを見送った後、無職の青年は一人取り残されたような思いを抱えて原稿用紙の枡目を埋める作業に没頭するのだった。創作へのやみくもな情熱に煽られて、「底無し」の地獄を這う日々が続いた。

と、年譜的記述を辿るだけでは、誤解を招く虞れがある。大学を中退してフランスに遊学した、いわば崖っ縁に立つ三十歳の青年を内面で支えていたのは、いくらか暗く翳ってはいても、無名ながらすでに一箇の小説家であるという強烈な自恃であったと想像されるからである。「アポロンの島と八つの短篇」が「青銅時代」創刊号に発表され、的確なデッサンによる省略と抑制の利いた、彫りの深い初期文体の完成時も近づいていた。そこからは、生への強い意志までが感得されるのである。

思えば、旧制高等学校時代、美術に惹かれて、スケッチブックを手に近隣の野山を廻り、駿河湾西岸から遠洲灘の果てまで彷徨したとき、青年はかれ自身においては一人の孤独な絵描きであった。東大国文科に進んで習作が「近代文学」に掲載されたとき、すでにして小説家であった。と、この青年が揺ぎない誇りと自信の持ち主であったことを確認しておかなくてはならない。

帰郷は、生活苦、不健康な日常、焦燥の煉獄、屈託の思いからの脱出、あるいは逃避とみられるが、そのことで作家の内面までが癒されたとは到底考えられない。どころか、生まれ育った地である狭い共同体のなかで、アイデンティティーのずれは、一層のこと身心に応えたことと推察されるのである。ファンテジストに対する周囲の無理解、警戒の視線に苛立った日もあったことだろう。生家に帰り着いた十月一日の夜、「門の外の旧東海道は、かなり遅くまでざわめいていた。藤枝宿の鎮守の社のお祭りだったからだ。これも幼年時代から親しんできた雰囲気であり、私を本来の停滞へ取りこめるように作用した。この柔らかなどうしようもない古い町と家の拘束に、どう抵抗しようか。これからの書斎は、およそこの郷土になじまない、自分一人だけの抽象的な実験場になるだろうと思えた」(「或る過程」)

小説家が周囲の空気と融和し、光と風がふたたびあるがままに感じられるようになるには、帰郷までの経緯を悉《つぶ》さに回想した半自伝「或る過程」(昭和六十三年)が書かれ、平成三年、「です」「ます」調によって長篇「悲しみの港」が「朝日新聞」に連載され、帰郷時の内的光景が解きほごすように描かれるまで、およそ三十年の歳月が必要とされたのだ、と私は思う。

昭和四十年までの五年間に単行本二、三冊分の短篇が、深夜の書斎で書き継がれた。作家の精神が「自然の保護色」に染まらなかったのは、アイデンティティーのずれのお蔭であったといえるかも知れない。煉獄の闇のなかで、確固たる文学世界が築かれた。簡勁な文体が硬質でいくらか観念的にみえるのが、それが生まれた場所を明かしているだろう。絵画的なイマージュが見事に鏤められた形容句の断片が特徴であるのも、言葉の錬金術師の仕事だった。四十年九月五日、「朝日新聞」紙上で、島尾敏雄によって三十二年に自費出版した「アポロンの島」が激賞されたとき、作家は無名のまま成熟期を迎えていたのである。進水式を待つ大船のように。堰が開けば大海へと滑り出す寸前であったのだ。

＊

二年前のこと、静岡新聞で小川さんのDVD制作が企画され、その収録に立ち会った。客間（そこは、小説家が生まれた場所だ、という）で、聖書を読むシーンを撮りたいとのカメラマンの希望に応えて、小川さんは旅先にも持ち歩いて丸くボロボロになったフランス語版聖書を手にして頁を繰った。しばらくしてボソボソと読み始めたのは、ルカ伝の一章、放蕩息子の譬えの条りだった。時々、顔を上げて、ほら放蕩息子は父親（神）に赦されるんだよ、などと解説が入る。

聴きながら私は、五十年近くも前の小川さん自身の蕩児の帰郷体験が、やはりさまざまな意味で辛いものであったのだと、今更ながらに思われた。同時になぜか、故郷の町を漂い歩く若き日の小川さんの散歩姿が、脳裡に浮んだ。

小説家は、自宅近くの蓮華寺池の畔を廻り、寺の裏山を越え、ときには徹夜の明け方、何キロも離れた高草山に登った。焼津、小川など港の辺りを放浪した日々もある。喫茶店で憩い、帰途は居酒屋に立ち寄った。人々の語り合う声を聞き、郷土の空気に馴染もうとするかのように。散歩が、小説家にとっては創作にかかる前の準備運動の一つであったとも考えられる。雨の日も、深夜にも、家を出て近隣を歩いたという回想からも、それは裏付けられるだろう。

しかし、そのとき私の眼前に見えたのは、眼ばかりを光らせて前屈みに歩く姿の、異様なまでに暗いイメージだった。「確かに私はよく散歩するが、楽しいということはない。その途次、暗い思いが視界まで陰らせて、身を苛まれる気がすることもある」などという、「悠蔵が残したこと」の「後記に代えて」にあった二行が記憶に甦ったりもしたのである。

小説家は昼間感じとった風を光を、孤独な「実験場」に持ち帰って、写真家が暗室で陰画《ネガ》を焼きつけるように、原稿用紙に写しとっていたのではないか。言葉が物の実在を現わす光であることを実感したのである。文章家についての喩えとしては、その文体が感じさせるように、鑿を打つ石彫家といった方がより適切かとも思われるのだが。

「経験は抽象化され、敷衍され続けるものだ。無形の相として、仕事の中に遍在しているのだろう。私はこのごろ、文学的形成の奥にあるものを凝視する心持になっている」（「治癒力」）

凝視する。この一言が、四、五十年以前の小川さんの精神的な姿勢《ポーズ》を表わすに相応しいものと考えられるのである。凝視すること、その一点に作家の自己形成は懸かっていた。ストイックといえるほどの自己呪縛があったと感じられ、そこに不気味な迫力が現われたことだろう、とも想像されるのである。

十数年前の一時期、小川さんから「文学の極北を目指せ」と忠告されたことがあった。出版人・編集者として道に迷ったような気分に陥った私を叱咤する言葉だった。しばらくの間、これが酒席での戯れの合言葉のようになった。

その言葉の意味を、私は純粋にまで昇華することと解釈して、梶井基次郎の作品や吉田一穂などの詩篇を思い浮べたものだった。つまりは、ファンテジストの窮極の境地を、である。と思えば、現実に打ちのめされた私には、いかにもそれは遠い言葉というほかなかった。しかし、最近になってようやく、小川さんが意味したところは、現実の「奥にあるものを凝視」せよとの含みであったことに気付いた。私の態度は小川さんを失望させたに違いない、と今にして悔やまれるのである。

そして、思い出す。

二十二歳の私を出版の道へと駆り立ててくれたものが、復刊「アポロンの島」（昭和四十二年）の透明な光と、四十四年四月号の「黒馬に新しい日を」（「文學界」）にはじまる「試みの岸」三部作、そして「展望」四十四年十一月号に載った「或る聖書」の三作であったことを。日本の小説言語によって、メタフィジカルな光景が鮮烈な視覚的イメージを伴って描き出されたことに感動した。文学の可能性が無限であることを確信したのだった。

＊

「多くの人がそうであるように、子供の時、私が馬に対して抱いた関心は相当なものだった。商売の関係で、家には馬力がよく出入りしていたし、街道には馬車というものもあった。しかし、終戦を境にして、私などの身辺からは馬は姿を消してしまった。で、私にはこの空白を文章で埋めたい気持があった」

と、作者は単行本「試みの岸」（昭和四十七年）の「後記」に記した。欠落感に似た思いを、別のエッセイでは「馬の眼は、汗は、虻に下腹の血を吸われていた馬は、街道に倒れて足掻いていた馬は、もはやあとかたもないし、補うものもない」（「『黒馬に新しい日を』について」）と表現している。

「黒馬に新しい日を」までの作品は、聖書の周辺に材をとった何篇かを除けば、その多くは幼年時、成長期の体験を断片的に抽出して、デフォルメしたり、誇張した半自伝的なク

『試みの岸』フランス語版カバー
（平20・4 刊行予定 ソイユ社）

『試みの岸』函
（昭47・6 河出書房新社）

『或る聖書』函
（昭48・9 筑摩書房）

『アポロンの島』函
（昭32・10 青銅時代社）

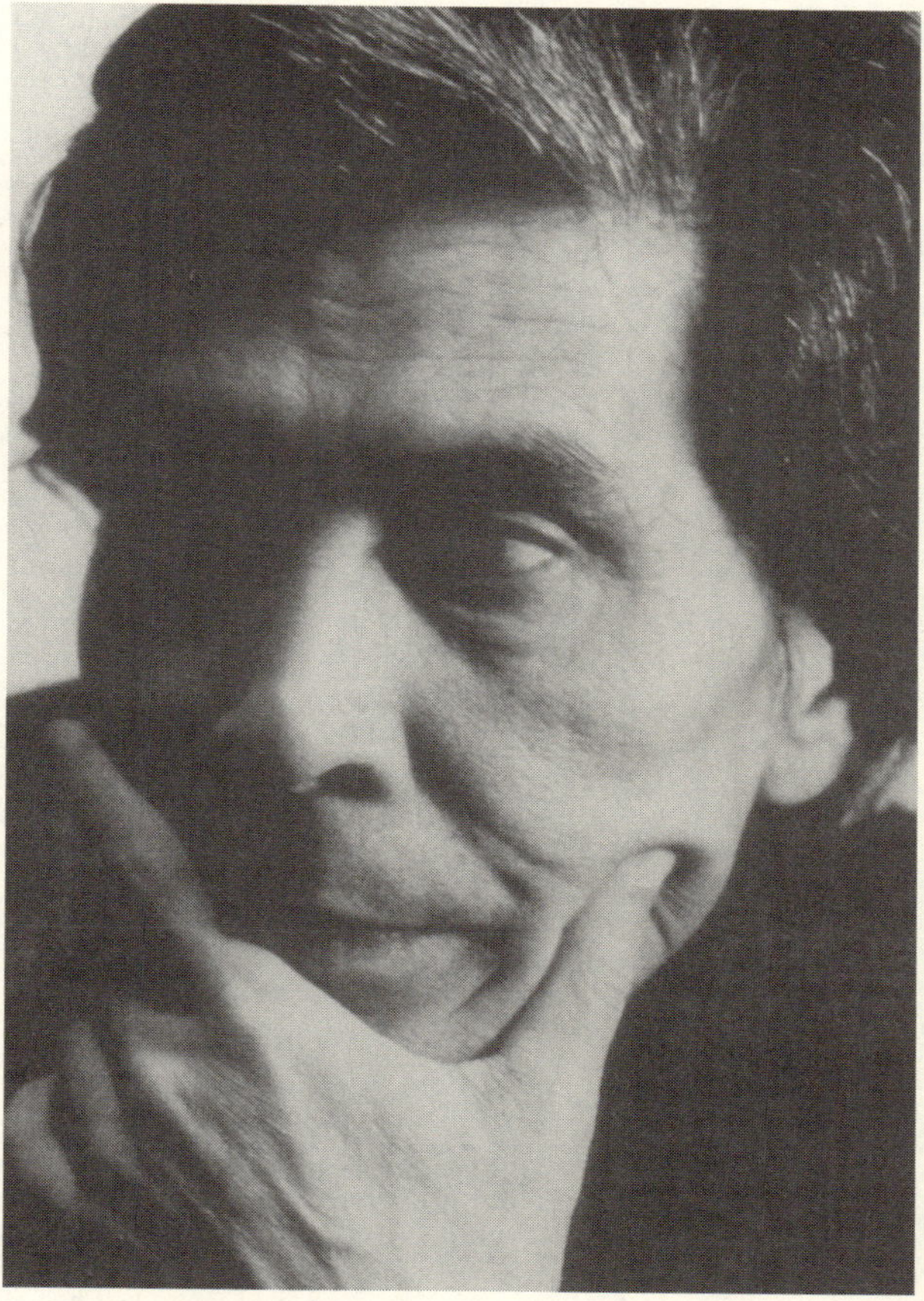

小川国夫　1990年頃（撮影・村瀬信彦）

ロッキーだった。土地の記憶に繋がるものであるのは、郷里との調和を図り、自身のなかに明るさを取り戻そうとする努力の現れであったといえるかも知れない。馬についても、その空白感を埋めるだけなら、幼年時の観察をもとに、逞しいデッサンの力で、文章において馬を生き返らせる技術が、その手固い守備範囲のなかにはあった筈である。

ところが作家は、「黒馬に新しい日を」において、完全なるフィクション化を試みたのだった。キャンバスに向って油彩に挑む後期印象派の画家のように、と思わせるのは、この作品が造型的で、視覚的にあまりに鮮明であるという印象からである。後期印象派というのは、例えば、作者が十歳代後半から熱愛する「向日葵」「星月夜」の画家、ゴッホのこと。読み進むうちに、その手法をわが物としたことばかりでなく、かれの暗く悲しい眼差しへの共感までが感じられる。具象画に見せかけて、じつは多量の光の屈折によってデフォルメされた別世界であることとの共通点をいうのである。

視る、とは光をあてること。事物の存在を現すことである。さらに眼を凝らせば、事物を透視して、光は裏側まで届く、といえるだろうか。しかし、そもそもはそれが言葉の力であった。

凝視の対象が事物ではなく、動物、あるいは人間の内面であれば、と考えるなら、余一少年が崖から堕ちた馬に変身することも、シュルレアリスム的な奇想というより、的確で肉太のデッサンがもたらした、ごく自然な筆の運びであったと思われるのである。

ある座談の席で、作者は「こういう苦しみもあり得るんじゃないかということなんですが、惨憺たるところをなめて馬になってしまったということを書きたいというわけで、その惨憺が表出できるかということだったわけです」と語っている（「原体験の周辺」）。

また、

「『黒馬に新しい日を』は暗い形だけれども、幸福とは何か、不幸とは何かということを追求したともいえると思いますね。（中略）幸福とは戦慄すべきことともいうべきでしょうか。この状態がある夜突然少年に襲いかかってくる。そして数分の間にことはなしとげられてしまうわけです」

とは、同じ席で語られた自作解説の言葉だった。

幸福とは何か。なるほど、「試みの岸」（「文藝」昭和四十五年十月号）には、船と馬とが胸中に躍動する二つのものであった主人公・十吉の想念として、「それを彼が愛しているというより、それが彼を愛しているといえるほど、彼には、われを忘れさせるものだった」という一行を挟む美しい数行の記述もあった。

深夜、血塗れの足を引き摺りながら駅の待合室に辿り着いた余一の下半身は馬になっていた。駅員の点した電燈は、かれの上半身を照らし出したのだろう。煤けて泥だらけの印象のこの画面で、半獣神の姿になった少年の戸惑い苦悩する様子には、一種のエロティシズムさえ漂うのである。

しかし、不幸もまた戦慄すべきことというべきだろう。「試みの岸」で、成長した十吉は喧嘩相手に向って、「俺には、金銭の損より大事なことがある。俺はこの土地で試されているさ、逃げるわけにゃあ行かん。ここを漕ぎ抜けなきゃあ、運命に勝てんように思えるもん」と、啖呵を切る。ここに「試みの岸」三部作の意図は明らかだが、その土俗的世界はあまりに暗い。船を手に入れる夢を抱きつづけた十吉は、いわば共同体への侵犯者だった。

土埃のたつ方言の活用が地方色を際立たせ、それぞれが自身の肉体だけを頼りに、その限界まで生きるほかない、口数の少い人々の間に、吃水線すれすれに暴力の気配が生ずる。作者は舞台全体に危険色を塗りこめるように、絶えず不安な感じを漂わせるのである。

十吉も、余一も、佐枝子も、登場人物の誰れもが暗い。見えない超自然の力によって試されるかのように、ささやかな夢を打ち砕かれ、山間（馬）と海辺（船）との間を黙々と往還する。真夏の陽差しが岩壁を這う蜥蜴の背の一点に集中するように、光は行為とその傷ましい痕跡だけを非情に焙り出す。男女の間もまた、ほの暗い影の部分のなかにある。光があふれるほど事物の影は濃くなる。

「静南村」（「文藝」昭和四十七年三月号）の主人公・佐枝子が狂気に誘われて死地に選んだ蟹戸の岩場も、三部作の暗さを象徴する場所といえる。「蟹戸で海と崖はこすれ合っていた。あそこには、しぶきを浴びて砂利にまぎれて、黒い蟹ばかり走り廻っている」とあって、「段段岩を登りきると、崖がいきなり海へ落ちこんでいた」と設定されている。黒い蟹は、闇に蠢くものの存在を暗示する一つか、と思われる。とは、「人目がないとこには、死霊がしのんでいる」という佐枝子の母親の言葉からの連想である。

人は誰れもが暗い試みの岸辺に立たされているのだ。とすれば、この重い問いはまず、帰郷時の作者自身に向けられたものであり、作品はその全身全霊を画面に投影した結果とみることができるのではないか。主人公たちそれぞれは作者の内面に育った分身であった、とも。

＊

「黒馬に新しい日を」「試みの岸」「静南村」は発表時、問題作として注目され、発表順を並びかえて単行本にまとめられてからは、新装版、文庫本となるなどひろく読まれたが、必ずしも十分に理解された訳ではなかった。筋立てを無視した極度に難解な作品であるという理由にもよるが、今にしていえば、乾いた文体で乾燥した空気を描き、土色を思わせる風土を舞台とした作品が、日本文学の湿潤に馴染まぬものと感じられたからだろう。岸、崖、といった垂直的なイメージは、この作品の形而上学性を保証するものだが、そのこともまた理解を遠ざける要因の一つとなったのかも知れない。

「小川国夫全集」刊行時以来、十数年ぶりに読み返すことができたのは大きな喜びではあったが、同時に、重い内容の問いを受け容れるのは、理由《わけ》あって（正直に、一度ならず試みの岸に佇んだという自覚のある、と記すべきだろうか）私には辛い時間でもあった。しかし、そう感じることによって、この三部作が、凝視の力と見事なデフォルメで現実を抽象化し、日本語表現の最高の位置にまで高め得た、日本文学の稀れなる達成の一つであることを再確認したのだった。

年譜

小川国夫

一九二七年（昭和二年）

一二月二一日、静岡県志太郡藤枝町（現、藤枝市）長楽寺に生まれる（藤枝市本町一丁目八番八号の現住所に同じ）。父冨士太郎、母まきの長男（第二子）。祖父は後年、代表作『試みの岸』の主人公十吉のモデルになった人物。度胸のよい商売をして先の地に鋼材、肥料等を扱う小川国産商店を創立するが、この年に倒産して銀行管理となる。

一九三二年（昭和七年）　五歳

九月、疫痢に罹り、重態となる。一〇月、全快。

一九三三年（昭和八年）　六歳

藤枝駅に近い青島町（現、藤枝市内）に両親と共に移り住む。四月、青島幼稚園に入園。父が喀血し、その鮮血を見る。

一九三四年（昭和九年）　七歳

四月、青島小学校に入学。

一九三五年（昭和一〇年）　八歳

母につれられて初めてメソジスト教会へ、次いで、カトリック教会へ行く。

一九三六年（昭和一一年）　九歳

この年か翌年、再臨派教会の土曜学校に参加、『聖書』を知る。

一九三七年（昭和一二年）　一〇歳

青島町の店舗に近い場所に父が土地を買い二

階建の家を新築し転居。

一九三八年（昭和一三年）一一歳

一二月、肺結核に腹膜炎を併発、一時重態となる。

一九三九年（昭和一四年）一二歳

休学。入院三ヵ月、自宅療養を許されると読書にふけり、あきると病床の枕元に画板を置き、腹這いになって絵を描く。

一九四〇年（昭和一五年）一三歳

休学。

一九四一年（昭和一六年）一四歳

四月、六年生に復学、二歳下の弟義次と同級になる。この年、小川国産商店は銀行管理をとかれた。

一九四二年（昭和一七年）一五歳

三月、青島小学校卒業。四月、志太中学校（現、藤枝東高等学校）に入学。学科は合格だが病歴をみると軍事教練に耐えられない、という理由で一部の教諭たちが不合格にしようとしている、と聞いた母が説得してまわった。

一九四三年（昭和一八年）一六歳

六月、農家へ勤労奉仕に出る。

一九四四年（昭和一九年）一七歳

七月、学徒動員となり、用宗海岸の小柳造船所に通う。

一九四五年（昭和二〇年）一八歳

八月、終戦で動員を解かれ学校に戻る。生徒会ができ、その会長となったが、予科練から復学した上級生にバットで殴られる。こうした心労に受験勉強の疲れが加わり、軽い神経症に罹る。

一九四六年（昭和二一年）一九歳

三月、志太中学校四年修了。九月、旧制静岡高等学校（現、静岡大学）文科乙類（ドイツ語）に入学。

一九四七年（昭和二二年）二〇歳

一〇月、カトリックの洗礼を受ける。

一九四八年（昭和二三年）二二歳
初めて小説を書く。――小泉八雲の『銀河』という小品集からとった、なかば翻訳のようなもの――「消えた小説」。
一九四九年（昭和二四年）二三歳
東京大学の哲学科を志望し受験したが失敗。
三月、旧制静岡高等学校卒業。
一九五〇年（昭和二五年）二三歳
四月、東京大学文学部国文科入学。
一九五一年（昭和二六年）二四歳
大森教会の救世軍活動に打ちこむ。
一九五三年（昭和二八年）二六歳
一〇月、「東海のほとり」を『近代文學』に発表。同月、（東京大学在学中）ソルボンヌ大学に留学。
一九五四年（昭和二九年）二七歳
五月、「動員時代」を『近代文學』に発表。
七月、グルノーブル大学へ移籍。九月、スペイン、北アフリカへ単車で旅行。一二月、スイスへ旅行、フライブルク市の修道院に二〇日間滞在。
一九五五年（昭和三〇年）二八歳
七月、イタリアへ、九月、ギリシアへ各四〇日間の単車旅行。一〇月下旬、パリに出て滞在。
一九五六年（昭和三一年）二九歳
三月、ドイツ、オーストリア、イギリスを旅行。七月、帰国。東京都大田区新井宿に住み、東京大学へは復学せず、九月から創作活動に入る。
一九五七年（昭和三二年）三〇歳
丹羽正、金子博等と『青銅時代』を始める。
六月、「アポロンの島と八つの短篇」を『青銅時代』（一）に発表。一〇月、私家版『アポロンの島』を刊行。一一月、御手洗綏子と結婚。一二月、「北アフリカ」を『青銅時代』（二）に発表。
一九五八年（昭和三三年）三一歳

四月、本多秋五を、同月、藤枝静男を、五月、志賀直哉を訪ねる。八月、「ユニアの旅と六つの短篇」を『青銅時代』(三)に、一一月、「闇の力」を『近代文學』に発表。

一九五九年(昭和三四年) 三三歳

三月、夫人とヨーロッパ旅行。九月、「聖母の日」「囚人船」、評論「志賀直哉」を『青銅時代』(四)に発表。

一九六〇年(昭和三五年) 三三歳

一月一日、長男暁夫出生。一〇月、「死者たち」を『青銅時代』(五)に発表。同月、藤枝に移り住み、父の事業所に勤める。

一九六一年(昭和三六年) 三四歳

二月、ウイスキーを飲み過ぎて血を吐き、一ヵ月入院。八月、「酷愛」「サラゴサ」を『青銅時代』(六)に発表。九月一九日、次男貴士出生。

一九六二年(昭和三七年) 三五歳

三月、「去年の雪」を『近代文學』に、五月、「浸蝕」第一回(一〇号まで四回連載・未完)、「肉の神学」を『青銅時代』(七)に発表。

一九六三年(昭和三八年) 三六歳

七月、「エンペドクレスの港」を『青銅時代』(八)に、九月、「兄貴」を『近代文學』に、一二月、「苛酷な夏」を『文芸静岡』に、「鞭打苦行者」「二つの顔」「アンダルシアの本」を『近代文學』に発表。

一九六四年(昭和三九年) 三七歳

七月、「青池のほとり」を『青銅時代』(九)に、八月、「港にて」を『近代文學』に、一二月、「樟」を『文芸静岡』に発表。

一九六五年(昭和四〇年) 三八歳

七月、「自伝的短篇」を『青銅時代』(一〇)に発表。九月五日、『朝日新聞』〝一冊の本〟で島尾敏雄が『アポロンの島』を絶賛。

一九六六年(昭和四一年) 三九歳

六月、「ゲラサ人の岸」を『風景』に、七

月、「悠蔵が残したこと」を『審美』に、九月、「河口の南」を『中央公論』に、一〇月、「生のさ中に」を『南北』に発表。

一九六七年（昭和四二年）四〇歳

七月、『アポロンの島』を審美社より刊行。同月、「海からの光」を『群像』に、「或る過程」を『南北』に、八月、「地中海の漁港」を『文學界』に発表。一〇月、『生のさ中に』を審美社より刊行。

一九六八年（昭和四三年）四一歳

二月、「影の部分」を『南北』に、三月、「大亀のいた海岸」を『三田文学』に、四月、「サラゴサ」を『ポリタイア』に、七月、「心臓」を『風景』に、八月、「入江の家族」を『文藝』に発表。同月、『海からの光』を南北社より刊行。

一九六九年（昭和四四年）四二歳

二月、「ゲヘナ港」を『群像』に、四月、「黒馬に新しい日を」を『文學界』に、九月、「マグレブ急送」を『ポリタイア』に発表。一〇月、『悠蔵が残したこと』を審美社より刊行。一一月、「或る聖書」を『展望』に発表。

一九七〇年（昭和四五年）四三歳

四月、「闇の人」を『新潮』に発表。同月二四日、三男光生出生。六月、「我は呼吸に過ぎない」を『すばる』に、一〇月、「試みの岸」を『文藝』に発表。一二月、随筆集『一房の葡萄』を冬樹社より刊行。

一九七一年（昭和四六年）四四歳

三月、「先生の下宿」を『ちくま』に、七月、「彼の故郷」を『群像』に発表。

一九七二年（昭和四七年）四五歳

三月、「静南村」を『文藝』に発表。五月、対談集『かくて耳開け』を集英社より刊行。六月、「塵に」を『文學界』に発表。同月、『リラの頃、カサブランカへ』を冥草舎より、『試みの岸』を河出書房新社より刊行。

七月、「モルヒネを」を『青春と読書』に発表。一二月、随筆集『漂泊視界』を冬樹社より刊行。

一九七三年（昭和四八年）　四六歳

一月、「血と幻」を『群像』に、四月、「青銅時代」を『波』（一二回連載）に、「その血は我に」を『文芸展望』に、六月、「海鵜」を『週刊朝日』に、「消えた青年」を『すばる』に発表。同月二五日より二〇日間、ヨーロッパ旅行。七月、随筆集『静かな林』を先駆文学館より、九月、『或る聖書』を筑摩書房より刊行。一〇月二〇日より一三日間、ソヴィエト旅行。一一月、「愛の種族」を『審美』に、「炎の人・ゴッホ」を『太陽』に発表。

一九七四年（昭和四九年）　四七歳

三月、「秘曲」を『高一時代』に発表。六月、『彼の故郷』を講談社より、九月、『青銅時代』を新潮社より刊行。一一月、『小川国夫作品集』全六巻別巻一巻を河出書房新社より刊行開始。

一九七五年（昭和五〇年）　四八歳

一月、「砂丘」を『群像』に、二月、「旅役者」を『新潮』に、四月、「闇の力」を『文藝』に発表。六月、『ゴッホ』を平凡社より、七月、『流域』を河出書房新社より、一〇月、対談集『途にて』を小沢書店より、随筆集『雲間の星座』を冬樹社より刊行。

一九七六年（昭和五一年）　四九歳

一月、対談集『その声に抛りて』を小沢書店より刊行。同月、「イシュア前記」を『文藝』に、三月、「石の夢」を『群像』に発表。六月、『天の花 淵の声──能界遊歩』を角川書店より刊行。同月四日から三四日間、ヨーロッパ旅行。一〇月、「ヨレハ前記」を『すばる』（隔月で六回連載）に、「幾波行き」を『群像』に発表。同月、『ヨーロッパ古寺巡礼・パリからサンチャゴまで』を平凡社より、一二月、島尾敏雄との対談『夢と現実』を筑摩書房より刊行。

一九七七年（昭和五二年）　五〇歳

一月、「単車事故」を『文藝』に、三月、「静岡附近」を『文學界』に発表。同月、『花深き』を湯川書房より刊行。四月、「風の中の動悸」を『季刊創造』に、五月、「アプローチ」を『青銅時代』（二〇）に、六月、「幾波回想」を『群像』に発表。同月、『小川国夫の手紙』を麦書房より、一一月、『天草灘』を潮出版社より、対談集『彼に尋ねよ』を小沢書店より、一二月、『ステンドグラス』を平凡社より、随筆集『舷にて』を冬樹社より刊行。

一九七八年（昭和五三年）　五一歳

二月、『角よ故国へ沈め』を平凡社より刊行。四月、「這う人」を『すばる』に、六月、「硫黄」を『すばる』に、「崖の絵」を『文体』に発表。一〇月五日から三五日間、アフリカ旅行。一一月、随筆集『親和力』を小沢書店より、一二月、講演集『葦の言葉』を筑摩書房より刊行。

一九七九年（昭和五四年）　五二歳

一月、「幾波新道」を『すばる』に、五月、「甘い砂」を『すばる』に、六月、「カサブランカの不良」を『PLAYBOY』に発表。七月、下村寅太郎との対談『光があった』を朝日出版社より刊行。九月、一〇月、「エル・キーフの傷」前・後篇を『すばる』に発表。一〇月、『血と幻』を小沢書店より刊行。

一九八〇年（昭和五五年）　五三歳

二月、『アフリカの死』を集英社より、三月、『想う人』を小沢書店より、五月、『遥かな海亀の島』（ピーター・マシーセン著、青山南共訳）を講談社より、同月、『小川国夫全紀行1 なだれる虹』を、六月、『小川国夫全紀行2 予期しない照明』を作品社より、七月、『冷静な熱狂』を筑摩書房より刊行。

六月二八日、父冨士太郎死去。一二月、「親父の血痕」を『新潮』に発表。

一九八一年（昭和五六年）　五四歳

一月、「星の呼吸」第二回を『すばる』（二〇回連載）に発表。同月、随筆集『サハラの港』を小沢書店より、三月、対談集『西方の誘惑』を朝日出版社より刊行。四月、「鷺追い」を『作品』に発表。九月、『若潮の頃』を新潮社より刊行。一一月、「衆道」を『文藝』に発表。

一九八二年（昭和五七年）　五五歳

三月、「三次」を『文學界』に、四月、「弱い神」を『新潮』に発表。同月、立原正秋との往復書簡集『冬の二人』を創林社より刊行。六月、「われに小径を」を『文藝』に発表。一一月、写文集『イエスの風景』を講談社より、『新天の花　淵の声』を角川書店より、一二月、埴谷雄高との対談『闇のなかの夢想』を朝日出版社より刊行。

一九八三年（昭和五八年）　五六歳

一月、「巫女」を『群像』に、「白い駱駝の川」を『すばる』に発表。三月末日より一〇日間、イスラエル旅行。五月、「召命」を『新潮』に、七月、「志太神父の経験」を『海燕』に、九月、「貝殻のように」を『文藝』に発表。一〇月、写文集『スペイン憧憬』を講談社より刊行。一一月、「濟流」を『群像』に、「静かな明るい休息」を『文藝』に発表。

一九八四年（昭和五九年）　五七歳

一月、「幻の亀」を『新潮』に、同月、「棗椰子の林」を『すばる』に、三月、「焼津港」を『文藝』に発表。五月、写文集『新富嶽百景』を岩波書店より刊行。七月、「川の便り」を『文藝』に、一〇月、「神に眠る者」を『すばる』に、一一月、「船底」を『文藝』に発表。一二月、丹羽正との滞欧中往復書簡『青の諧調』を小沢書店より刊行。

一九八五年（昭和六〇年）　五八歳

一月、「荒野のダビデ」を『月刊カドカワ』（六回連載）に、「存在証明」を『新潮』に、「明るい体」を『世界』に発表。三月一五日から一五日間、イスラエル旅行。四月、「青い落葉」を『文藝』に、九月、「逸民」を『新潮』に発表。同月、写文集『古都アッシジと聖フランシスコ』を講談社より刊行。

一九八六年（昭和六一年）　五九歳

一月、「崖の絵と祖母」を『海燕』に、「放蕩息子」を『群像』に、「手強い少年」を『新潮』に、二月、「記念の絵」を『文學界』に発表。六月二〇日、「逸民」で第一三回川端康成文学賞受賞。七月、随筆集『流木集』を小沢書店より刊行。一〇月、「天の本国」を『群像』に発表。同月、『逸民』を新潮社より、一一月、写文集『祈りの大聖堂シャルトル』を講談社より、『ヴァン・ゴッホ』を小沢書店より刊行。

一九八七年（昭和六二年）　六〇歳

一月、「小さな花」を『新潮』に、五月、埴谷雄高との往復書簡「〈終末〉の彼方に」を『世界』（一二回連載）に発表。七月、『聖書と終末論』を岩波書店より刊行。一一月、「跳躍台」を『文學界』に発表。同月、『回想の島尾敏雄』を小沢書店より、『ダンテ神曲』を集英社より刊行。

一九八八年（昭和六三年）　六一歳

一月、「この世の旅人」を『海燕』に発表。二月、同月、『王歌』を角川書店より刊行。二月、「憂いの日」を『文學界』に、三月、「鷲」を『群像』に、五月、「肋骨」を『文學界』に、八月、「舞踊団の思い出」を『文藝』に発表。一〇月、埴谷雄高との往復書簡集『隠された無限』を岩波書店より、一一月、『或る過程』を河出書房新社より刊行。同月、「問題児」を『海燕』に発表。

一九八九年（昭和六四年・平成元年）　六二歳

一月、『地中海の慰め』を小沢書店より刊行。二月、「函館附近」を『文學界』に発表。六月、『遊子随想』を岩波書店より刊行。九月、一〇月、「弱い神」を『群像』に発表。一一月、『遠つ海の物語』を岩波書店より刊行。

一九九〇年（平成二年）　六三歳
一月、「献身」を『群像』に、「酒の中の獣」を『文學界』に発表。四月、大阪芸術大学文芸学科教授に就任。九月、「マグレブ、誘惑として」を『群像』（一二回連載）に発表。一〇月、『跳躍台』を文藝春秋より刊行。

一九九一年（平成三年）　六四歳
一月、「白骨王」を『文學界』に発表。九月、『小川国夫全集』全一四巻を小沢書店より刊行開始。一一月一日、「悲しみの港」を『朝日新聞』夕刊に連載開始（二七一回）。

一九九二年（平成四年）　六五歳
三月一日、母まき死去。

一九九三年（平成五年）　六六歳
一一月、『藤枝静男と私』を小沢書店より刊行。

一九九四年（平成六年）　六七歳
一月、『悲しみの港』を朝日新聞社より刊行。二月、「黙っているお袋」を『文學界』に発表。六月、『悲しみの港』で第五回伊藤整賞受賞。八月二三日から一四日間、スペイン旅行。一〇月、『私の聖書』を岩波書店より刊行。

一九九五年（平成七年）　六八歳
一月、『マグレブ、誘惑として』を講談社より刊行。同月、「他界」を『新潮』に発表。二月一七日から二七日間、イスラエル旅行。四月三日から六月一九日まで毎週【ＮＨＫ人間大学】「イエス・キリスト　その生と死と復活」放映。六月、「上條兄妹」を『すばる』に発表。同月、『黙っているお袋』を小沢書店より刊行。七月、「生徒会長」を『群像』に発表。
一九九六年（平成八年）　六九歳
一月、「薬の細道」を『文學界』に、九月、「若木さえ」を『新潮』に、一〇月、「学校嫌い」を『群像』に発表。一二月、『イエスの言葉』（ジャン・イヴ・ルルー編、小川国夫訳）を紀伊國屋書店より刊行。
一九九七年（平成九年）　七〇歳
一月、「彰さんと直子」を『文學界』に発表。六月、『昼行燈ノート』を文藝春秋より刊行。八月、「母の二つの家」を『文學界』に、一〇月、「オディル」を『群像』に発表。
一九九八年（平成一〇年）　七一歳
一月、「二少女」を『文學界』に、「星月夜」を『群像』に、七月、「求道者」を『群像』に、八月、「プロヴァンスの坑夫」を『新潮』に発表。同月、『ハシッシ・ギャング』を文藝春秋より、九月、『聖書と終末論』を小沢書店より刊行。一〇月、「サント・マリー・ド・ラ・メール」を『群像』に発表。一一月、吉本隆明との対談『宗教論争』を小沢書店より刊行。
一九九九年（平成一一年）　七二歳
二月、『ハシッシ・ギャング』で第五〇回読売文学賞受賞。三月二七日、掌編小説「母さん、教えてくれ」を『東京新聞』に発表。八月、「流れ者」を『群像』に、九月、「一日」を『文學界』に、一〇月、「人攫い」を『群像』に発表。
二〇〇〇年（平成一二年）　七三歳
一月、「鑑平崩れ」を『群像』に、「かます御殿」を『新潮』に、三月、「おりん幻」を『文學界』に発表。同月二五日、『青銅時代』創刊同人の丹羽正死去。六月、「葦の匂い」を『新潮』に発表。同月一九日、長年にわたる小説家としての業績により、日本芸術院賞受賞。七月、「女よりも楽しい人」を『文學界』に、九月、「一太郎舟出」を『群像』に、一〇月、「夢のような遺書」を『群像』に発表。

二〇〇一年（平成一三年）七四歳
一月、「ばば垂れ鑑平」を『群像』に、二月、「にかわのような悪」を『新潮』に、一〇月、「寅の年、秋」を『文學界』に、一一月、「琴の想い出」を『群像』に発表。同月二三～二四日の二日間、台湾輔仁大学における現代文学国際会議において「聖書と芥川龍之介」と題して講演。

二〇〇二年（平成一四年）七五歳
一月、「亀さんの夕焼け」を『新潮』に、「舞い立つ鳥」を『群像』に、四月、「くらがり三次」を『群像』に、七月、「無に降り」を『群像』に、九月、「危険思想」を『新潮』に、一〇月、「幾波行き」を『群像』に発表。

二〇〇三年（平成一五年）七六歳
一月、「綾」を『群像』に、三月、「暴力とは」を『文學界』に、四月、「奉安殿事件」を『新潮』に、八月、「與志への想い」を『群像』に、同月、掌編小説「しのさん」を『読売新聞』（大阪版）に、九月、「自首する綾、迫害される権さん」を『群像』に、一一月、「島流し」を『群像』に、一二月、「死について」を『群像』に発表。

二〇〇四年（平成一六年）七七歳
一月、「弱い神」を『群像』に発表。同月九日、自宅前で転倒、左大腿骨頸部骨折により藤枝市立病院に入院（四五日間）。七月、「戦争は済んだ」を『群像』に発表。

二〇〇五年（平成一七年）七八歳
一二月一五日、日本芸術院会員に推挙される。

二〇〇六年（平成一八年）七九歳
一月、「葦枯れて」を『文學界』に、七月、「潮境」を『新潮』に、一〇月、「止島」を

『群像』に発表。一一月三日、旭日中綬章を受章。一二月、随筆集『夕波帖』を幻戯書房より刊行。
二〇〇七年（平成一九年）八〇歳
一月、「未完の少年像」を『群像』に、一〇月、「修道女志願」を『新潮』に発表。

（山本恵一郎　編）

著書目録

小川国夫

【単行本】

アポロンの島・私家版　昭32・10　青銅時代社
アポロンの島　昭42・7　審美社
生のさ中に　昭42・10　審美社
海からの光　昭43・8　南北社
悠蔵が残したこと　昭44・10　審美社
一房の葡萄　昭45・12　冬樹社
海からの光　昭46・12　河出書房新社
かくて耳開け*　昭47・5　集英社
リラの頃、カサブランカへ　昭47・6　冥草舎
試みの岸　昭47・6　河出書房新社
漂泊視界　昭47・12　冬樹社
静かな林　昭48・7　先駆文学館
或る聖書　昭48・9　筑摩書房
彼の故郷　昭49・6　講談社
現代作家掌編小説集（上）*　昭49・8　朝日ソノラマ
青銅時代　昭49・9　新潮社
小川国夫 光と闇*　昭49・9　おりじん書房
ゴッホ　昭50・6　平凡社
流域　昭50・7　河出書房新社
途にて*　昭50・10　小沢書店
雲間の星座　昭50・10　冬樹社
その声に抛りて*　昭51・1　小沢書店
天の花 淵の声　昭51・6　角川書店

ヨーロッパ古寺巡礼	昭51・10	平凡社
精神のリレー＊	昭51・12	河出書房新社
夢と現実＊	昭51・12	筑摩書房
花深き	昭52・3	湯川書房
小川国夫の手紙＊	昭52・6	麥書房
わが青春わが文学＊	昭52・9	集英社
天草灘	昭52・11	潮出版社
彼に尋ねよ＊	昭52・11	小沢書店
ステンドグラス	昭52・12	平凡社
艀にて	昭52・12	冬樹社
角よ故国へ沈め＊	昭53・2	平凡社
親和力	昭53・11	小沢書店
葦の言葉＊	昭53・12	筑摩書房
遠い百合	昭54・4	書肆山田
光があった＊	昭54・7	朝日出版社
血と幻	昭54・10	小沢書店
永遠のギリシア＊（新潮古代美術館4）	昭54・11	新潮社
アフリカの死	昭55・2	集英社
想う人	昭55・3	小沢書店
小川国夫全紀行1　なだれる虹	昭55・5	作品社
小川国夫全紀行2　予期しない照明	昭55・6	作品社
冷静な熱狂	昭55・7	筑摩書房
サハラの港	昭56・1	小沢書店
エーゲ・ギリシアの古代文明＊	昭56・2	講談社
西方の誘惑＊	昭56・3	朝日出版社
若潮の頃	昭56・9	新潮社
冬の二人＊	昭57・4	創林社
イエスの風景＊	昭57・11	講談社
新天の花　淵の声	昭57・11	角川書店
闇のなかの夢想＊	昭57・12	朝日出版社
定本・アポロンの島	昭58・9	沖積舎
スペイン憧憬＊	昭58・10	講談社
新富嶽百景＊	昭59・5	岩波書店
定本・生のさ中に	昭59・6	沖積舎
定本・悠蔵が残したこと	昭60・7	沖積舎

古都アッシジと聖フランシスコ＊　昭60・9　講談社
流木集　昭61・7　小沢書店
逸民　昭61・10　新潮社
祈りの大聖堂シャルトル＊　昭61・11　講談社
聖書と終末論　昭62・7　岩波書店
回想の島尾敏雄　昭62・11　小沢書店
王歌　昭63・1　角川書店
定本・海からの光　昭63・9　沖積舎
隠された無限＊　昭63・10　岩波書店
或る過程　昭63・11　河出書房新社
地中海の慰め　平1・1　小沢書店
遊子随想　平1・6　岩波書店
遠つ海の物語　平1・11　岩波書店
平家物語＊（新潮古典文学アルバム13）　平2・5　新潮社
跳躍台　平2・10　文藝春秋
芥川龍之介＊（群像・日本の作家11）　平3・4　小学館
志賀直哉＊（群像・日本の作家9）　平3・12　小学館
藤枝静男と私　平5・11　小沢書店
悲しみの港　平6・1　朝日新聞社
私の聖書　平6・10　岩波書店
マグレブ、誘惑として　平7・1　講談社
黙っているお袋　平7・6　小沢書店
島尾敏雄＊（新潮日本文学アルバム70）　平7・9　新潮社
砂の上の黒い太陽＊　平8・11　人文書院
昼行燈ノート　平9・6　文藝春秋
ハシッシ・ギャング　平10・8　文藝春秋
聖書と終末論　平10・9　小沢書店
宗教論争＊　平10・11　小沢書店
夕波帖　平18・12　幻戯書房

【翻訳】

遥かな海亀の島＊　昭55・5　講談社
イエスの言葉　平8・12　紀伊國屋書店

【全集】

小川国夫全集（全一四巻）　平3・9〜平7・11　小沢書店

小川国夫作品集（全六巻・別巻二）　昭49・11〜昭51・1　河出書房新社

現代文学大系66＊　昭43　筑摩書房

新鋭作家叢書（小川国夫集）　昭46　河出書房新社

現代日本キリスト教文学全集15＊　昭48　教文館

現代日本文学大系92＊　昭48　筑摩書房

現代日本キリスト教文学全集6＊　昭48　教文館

現代の文学37＊　昭48　講談社

現代日本キリスト教文学全集9＊　昭48　教文館

現代日本キリスト教文学全集16＊　昭49　教文館

現代日本キリスト教文学全集17＊　昭49　教文館

筑摩現代文学大系88　昭50　筑摩書房

新潮現代文学65　昭55　新潮社

少年少女日本文学館20＊　昭62　講談社

文学1987＊　昭62　講談社

文学1988＊　昭63　講談社

昭和文学全集24＊　昭63　小学館

日本の名随筆79＊　平1　作品社

ふるさと文学館26＊　平6　ぎょうせい

馬の文化叢書9＊　平6　馬事文化財団

文学1995＊　平7　講談社

ふるさと文学館55＊　平7　ぎょうせい

文学1996＊　平8　講談社

日本の名随筆別巻89＊　平10　作品社

文学1999＊　平11　講談社

川端康成文学賞全作品　平11　新潮社

1＊

【文庫】

アポロンの島（解＝饗庭孝男） 昭46 角川文庫
生のさ中に（解＝月村敏行） 昭47 角川文庫
悠蔵が残したこと（解＝森川達也） 昭48 角川文庫
日本の短編小説＊（解＝小田切進） 昭48 潮文庫
一房の葡萄（解＝渡辺広士） 昭50 角川文庫
海からの光（解＝磯田光一 年） 昭50 講談社文庫
リラの頃、カサブランカへ（解＝牧野留美子） 昭51 角川文庫
或る聖書（解＝上田三四二） 昭52 新潮文庫
彼の故郷（解＝川村二郎） 昭52 講談社文庫
アポロンの島（解＝島尾敏雄） 昭53 新潮文庫
生のさ中に（解＝利沢行夫） 昭53 講談社文庫
流域（解＝藤枝静男） 昭53 集英社文庫
漂泊視界（解＝上総英郎） 昭53 角川文庫
現代短編名作選＊（解＝佐伯彰一） 昭55 講談社文庫
試みの岸（解＝大橋健三郎） 昭55 新潮文庫
温かな髪 昭56 河出文庫
アフリカの死（解＝清水徹） 昭58 集英社文庫
悲しみの港（エッセイ＝飯田善國） 平9 朝日文芸文庫
アポロンの島（解＝森川達也 年＝山本恵一郎） 平10 文芸文庫
戦後短篇小説再発見1＊ 平13 文芸文庫（解＝川村湊）
戦後短篇小説再発見16＊ 平15 文芸文庫（解＝富岡幸一郎）
あじさしの洲・骨王（解＝富岡幸一郎 年＝山本恵一郎） 平16 文芸文庫

わが名はタフガイ＊（解＝池上冬樹）　平18　光文社文庫

「著書目録」には原則として、編著・再刊本・豆本・限定本は入れなかった。／＊は対談・共著等を示す。**【文庫】**の（　）内の略号は、解＝解説　年＝年譜を示す。

（作成・編集部）

本書は、小沢書店刊『小川国夫全集』第三巻（一九九二年一月）を底本とし、多少ふりがなを加えました。本文中明らかな誤植と思われる箇所は正しましたが、原則として底本に従いました。また、本文中の表現で不適切と思われるものがありますが、発表時の時代背景と作品価値を考え、そのままにしました。

試《こころ》みの岸《きし》

小《お》川《がわ》国《くに》夫《お》

二〇〇八年三月一〇日第一刷発行
二〇一九年九月 三日第二刷発行

発行者——渡瀬昌彦
発行所——株式会社 講談社
東京都文京区音羽2・12・21 〒112-8001
電話 編集（03）5395・3513
販売（03）5395・5817
業務（03）5395・3615

デザイン——菊地信義
印刷——豊国印刷株式会社
製本——株式会社国宝社
本文データ制作——講談社デジタル製作

定価はカバーに表示してあります。

講談社
文芸文庫

ISBN978-4-06-290006-5

講談社文芸文庫

青木淳選	建築文学傑作選	青木 淳——解
青柳瑞穂	ささやかな日本発掘	高山鉄男——人／青柳いづみこ-年
青山光二	青春の賭け 小説織田作之助	高橋英夫——解／久米 勲——年
青山二郎	眼の哲学｜利休伝ノート	森 孝一——人／森 孝一——年
阿川弘之	舷燈	岡田 睦——解／進藤純孝——案
阿川弘之	鮎の宿	岡田 睦——年
阿川弘之	桃の宿	半藤一利——解／岡田 睦——年
阿川弘之	論語知らずの論語読み	高島俊男——解／岡田 睦——年
阿川弘之	森の宿	岡田 睦——年
阿川弘之	亡き母や	小山鉄郎——解／岡田 睦——年
秋山駿	内部の人間の犯罪 秋山駿評論集	井口時男——解／著者——年
秋山駿	小林秀雄と中原中也	井口時男——解／著者他——年
芥川龍之介	上海游記｜江南游記	伊藤桂一——解／藤本寿彦——年
芥川龍之介 谷崎潤一郎	文芸的な、余りに文芸的な｜饒舌録ほか 芥川vs.谷崎論争 千葉俊二編	千葉俊二——解
安部公房	砂漠の思想	沼野充義——人／谷 真介——年
安部公房	終りし道の標べに	リービ英雄-解／谷 真介——案
阿部知二	冬の宿	黒井千次——解／森本 穫——年
安部ヨリミ	スフィンクスは笑う	三浦雅士——解
有吉佐和子	地唄｜三婆 有吉佐和子作品集	宮内淳子——解／宮内淳子——年
有吉佐和子	有田川	半田美永——解／宮内淳子——年
安藤礼二	光の曼陀羅 日本文学論	大江健三郎賞選評-解／著者——年
李良枝	由熙｜ナビ・タリョン	渡部直己——解／編集部——年
生島遼一	春夏秋冬	山田 稔——解／柿谷浩一——年
石川淳	黄金伝説｜雪のイヴ	立石 伯——解／日高昭二——案
石川淳	普賢｜佳人	立石 伯——解／石和 鷹——案
石川淳	焼跡のイエス｜善財	立石 伯——解／立石 伯——年
石川淳	文林通言	池内 紀——解／立石 伯——年
石川淳	鷹	菅野昭正——解／立石 伯——解
石川啄木	雲は天才である	関川夏央——解／佐藤清文——年
石原吉郎	石原吉郎詩文集	佐々木幹郎-解／小柳玲子——年
石牟礼道子	妣たちの国 石牟礼道子詩歌文集	伊藤比呂美-解／渡辺京二——年
石牟礼道子	西南役伝説	赤坂憲雄——解／渡辺京二——年
伊藤桂一	静かなノモンハン	勝又 浩——解／久米 勲——年

▶解=解説 案=作家案内 人=人と作品 年=年譜を示す。 2019年8月現在